Ao seu lado

Kasie West

Ao seu lado

Tradução
Débora Isidoro

6ª edição
Rio de Janeiro-RJ / Campinas-SP, 2023

VERUS
EDITORA

Editora
Raïssa Castro

Coordenadora editorial
Ana Paula Gomes

Copidesque
Maria Lúcia A. Maier

Revisão
Cleide Salme

Foto da capa
Sunti/Shutterstock

Projeto gráfico e capa
André S. Tavares da Silva

Diagramação
Juliana Brandt

Título original
By Your Side

ISBN: 978-85-7686-765-4

Copyright © Kasie West, 2017
Todos os direitos reservados.
Edição publicada mediante acordo com Taryn Fagerness Agency
e Sandra Bruna Agencia Literaria, SL.

Tradução © Verus Editora, 2019
Direitos reservados em língua portuguesa, no Brasil, por Verus Editora. Nenhuma parte desta
obra pode ser reproduzida ou transmitida por qualquer forma e/ou quaisquer meios (eletrônico ou
mecânico, incluindo fotocópia e gravação) ou arquivada em qualquer sistema ou banco de dados
sem permissão escrita da editora.

Verus Editora Ltda.
Rua Benedicto Aristides Ribeiro, 41, Jd. Santa Genebra II, Campinas/SP, 13084-753
Fone/Fax: (19) 3249-0001 | www.veruseditora.com.br

CIP-BRASIL. CATALOGAÇÃO NA FONTE
SINDICATO NACIONAL DOS EDITORES DE LIVROS, RJ

W537a

West, Kasie
    Ao seu lado / Kasie West ; tradução Débora Isidoro. – 6. ed.
– Campinas [SP] : Verus, 2023.
    ; 23 cm.

    Tradução de: By Your Side
    ISBN 978-85-7686-765-4

    1. Romance. 2. Literatura juvenil americana. I. Isidoro,
Débora. II. Título.

19-55294
                          CDD: 808.899283
                          CDU: 82-93(73)

Vanessa Mafra Xavier Salgado – Bibliotecária – CRB-7/6644

Revisado conforme o novo acordo ortográfico.

Seja um leitor preferencial Record.
Cadastre-se no site www.record.com.br e receba
informações sobre nossos lançamentos e nossas promoções.

Atendimento e venda direta ao leitor:
sac@record.com.br

Para minha *Autumn, que é independente, esperta e sarcástica —
uma das minhas combinações favoritas. Amo você!*

Eu estava trancada na biblioteca tentando não entrar em pânico. Literalmente trancada. Tipo, sem saída. Todas as portas, todas as janelas, todas as entradas de ar. Bem, eu não tinha olhado as entradas de ar, mas estava pensando nisso. Não estava suficientemente desesperada, pelo menos não ainda. Meus amigos perceberiam o que tinha acontecido e viriam me soltar, dizia a mim mesma. Eu só precisava esperar.

Tudo começou quando precisei ir ao banheiro. Bem, antes disso teve muito refrigerante, um Dr Pepper de dois litros que Morgan havia levado para a biblioteca. Eu tinha bebido mais que minha parte da garrafa quando Jeff se sentou ao meu lado, e, cada vez que ele se inclinava para perguntar a minha opinião, eu sentia nele o cheiro de árvores, céu e sol.

Só quando escureceu lá fora e as bibliotecárias avisaram que tínhamos que ir embora, fomos para a garagem no subsolo, onde nós quinze nos dividiríamos em quatro carros, só então percebi que eu não conseguiria chegar nem na rua, muito menos fazer toda a viagem até a fogueira no cânion.

— Preciso fazer xixi — anunciei depois de jogar a bolsa no porta-malas do carro de Jeff.

Lisa abriu a janela. O carro dela, estacionado ao lado do de Jeff, já estava com o motor ligado.

— Pensei que viesse comigo, Autumn. — Ela sorria com ar de cumplicidade. Sabia que eu queria ir com Jeff.

Também sorri.

— Já volto. Não tem banheiro perto da fogueira.

— Tem um monte de árvores. — Jeff deu a volta no carro e fechou o porta-malas. O barulho ecoou pela garagem quase vazia. No carro dele, vi três cabeças no banco de trás e mais uma no banco do passageiro. Não. Eles foram mais rápidos que eu. No fim, teria que ir com Lisa. Tudo bem, eu teria tempo de sobra para conversar com Jeff na fogueira. Não era da minha natureza fazer declarações ousadas de amor eterno, mas, com a tremedeira nos membros causada por quase dois litros de cafeína e o aviso de Lisa sobre a Avi poder chegar no Jeff antes de mim ecoando na minha cabeça, eu me sentia poderosa.

Voltei apressada pelo longo corredor, subi a escada e continuei pela passarela de vidro de onde era possível ver um pátio. Quando cheguei ao andar principal da biblioteca, metade das luzes já estava apagada.

A biblioteca era muito grande e precisava de mais banheiros, pensei quando cheguei lá. Abri a pesada porta de madeira e encontrei um reservado. A caixa que continha os protetores de papel para assento estava vazia. Pelo jeito, eu teria que me equilibrar sobre o vaso.

Quando estava fechando o zíper da calça, as luzes se apagaram Dei um gritinho, depois ri.

— Que engraçado, gente. — Dallin, o melhor amigo de Jeff, devia ter encontrado a chave geral. Era bem a cara dele.

Mas as luzes continuaram apagadas e ninguém riu do meu grito. Devia haver detectores de movimento. Balancei as mãos. Nada. Dei um passo à frente e tateei a porta, tentando não pensar em todos os germes grudados nela, até encontrar o trinco e abri-la. A luz da rua entrava pela janela, e eu conseguia enxergar o suficiente para lavar as mãos. O banheiro era ecológico, só oferecia secadores de ar. Enxuguei as mãos no jeans, preferindo rapidez à maneira mais ineficiente que existe para secar as mãos. Meu reflexo no espelho era só uma sombra, mas me aproximei dele para ver se a maquiagem estava borrada. Pelo que conseguia enxergar, estava tudo bem.

Fora do banheiro, no corredor, só algumas lâmpadas no teto iluminavam o caminho. O lugar estava todo fechado. Andei mais depressa. A biblioteca à noite era mais sinistra do que eu imaginava. A passarela de vidro de três metros de comprimento brilhava com a neve que havia começado a cair lá fora. Não parei, apesar da tentação. Minha esperança era de que a neve não prejudicasse nossa fogueira. Se ela ficasse acesa, seria mágica. Uma noite perfeita para confissões. Acho que Jeff não ficaria apavorado quando eu falasse, certo? Não, ele tinha me paquerado a noite toda. Até escolheu a mesma era que eu para o trabalho de história. Não devia ser só coincidência.

Quanto à cabana com as meninas depois da fogueira, a neve seria perfeita. Talvez ficássemos presas lá. Já aconteceu uma vez. No começo fiquei estressada, mas acabou sendo o melhor fim de semana que já tive, com chocolate quente, brincadeiras na neve e histórias de fantasmas.

Cheguei à porta que dava para a garagem e empurrei a barra de metal. Ela não se mexeu. Empurrei de novo. Nada.

— Jeff! Dallin! Não tem graça! — Encostei o nariz no vidro, mas, até onde eu conseguia enxergar, dos dois lados da porta, não havia nada, nem carros nem pessoas. — Lisa?

Por força do hábito, levei a mão ao bolso da calça onde deixava o celular. Vazio. Tinha guardado o telefone na bolsa preta com todas as minhas coisas — roupas, casaco, lanches, câmera, remédios —, e a bolsa estava no porta-malas do carro do Jeff.

Não.

Corri a biblioteca inteira procurando outra saída. Uma saída que, aparentemente, não existia. Seis portas, todas trancadas. E lá estava eu, recostada na porta que dava para a garagem, sentindo o frio penetrar minha pele, presa na grande biblioteca vazia, sentindo a cafeína e a ansiedade travando uma guerra dentro de mim.

O pânico foi crescendo em meu peito e me deixou sem ar. *Calma. Eles vão voltar*, disse a mim mesma. Era muita gente entrando em muitos carros. Todo mundo devia ter pensado que eu estava em outro grupo. Assim que os quatro carros chegassem ao local da fogueira, alguém perceberia que eu não estava lá e eles voltariam.

Calculei o tempo que isso levaria. Trinta minutos para subir o cânion, trinta minutos para voltar. Eu ficaria aqui por uma hora. Bom, eles teriam que encontrar alguém com uma chave para abrir a porta. Mas isso não demoraria muito mais. Todos estavam com celular. Ligariam para os bombeiros, se fosse preciso. Legal, agora eu estava ficando dramática. Não seria necessário telefonar para nenhum atendimento de emergência.

A argumentação lógica ajudou. Eu não precisava ficar nervosa com isso.

Não queria sair de perto da porta por medo de que meus amigos não me vissem, quando voltassem. Ou de que eu não os visse ou ouvisse. Mas sem o celular ou a câmera, o tempo simplesmente não passava. Comecei a cantar desafinado, depois ri do meu esforço. Talvez contasse os buracos nos painéis do teto ou... olhei em volta e não achei mais nada. Como as pessoas se distraíam sem um celular?

— ... *skies are blue. Birds fly over the rainbow.* — Cantar não me renderia um contrato com nenhuma gravadora, mas nem por isso eu parava de berrar algumas canções. Fiz uma pausa e senti a garganta dolorida. Devia ter se passado uma hora, pelo menos.

Meu traseiro formigava e o frio do assoalho tinha se espalhado pelo meu corpo, me fazendo tremer. Acho que desligavam o aquecimento no fim de semana. Levantei e me alonguei. Talvez tivesse um telefone fixo em algum lugar. Até agora eu não tinha pensado em procurar. Nunca tive que procurar um telefone. Sempre tinha o celular comigo.

Pela sétima vez naquela noite, atravessei a passarela de vidro. Agora tudo era branco. O chão estava coberto de neve, as árvores também. Que pena que eu não tinha minha câmera comigo para registrar o contraste do cenário, as linhas escuras do prédio e das árvores contra a brancura ofuscante da neve. Como não podia fotografar, continuei andando.

Comecei a procurar na entrada, mas não achei um telefone em lugar nenhum. Talvez tivesse um aparelho no escritório fechado, mas uma mesa enorme me impedia de enxergar lá dentro. E, mesmo que conseguisse ver, era evidente que eu não tinha uma chave. Passei por uma porta de vidro para um espaço onde ficava a metade dos livros. A outra metade estava atrás de mim, na seção infantil. Lá era mais escuro, e fiquei um tempo perto da porta, olhando para a área à minha frente. Estantes grandes e sólidas ocupavam o centro, cercadas por mesas e cadeiras.

Computadores.

Havia computadores ao longo de uma parede lateral. Eu poderia mandar um e-mail ou uma mensagem.

Mais para dentro daquele salão estava ainda mais escuro. Havia algumas luminárias de mesa espalhadas por ali, e pus a mão sob a cúpula de uma delas para ver se eram só decoração ou se realmente funcionavam. A luminária acendeu. Quando cheguei perto dos computadores, eu já tinha acendido três luminárias. Elas não ajudavam muito a dispersar a escuridão em um espaço tão grande, mas criavam um ambiente agradável. Ri de mim mesma. Ambiente para quê? Um baile? Um jantar à luz de velas para uma pessoa só?

Sentei na frente de um computador e o liguei. A primeira tela era uma caixa para digitar o usuário e a senha do funcionário da biblioteca. Deixei escapar um gemido. A sorte não estava do meu lado essa noite.

Ouvi um rangido sobre a cabeça e olhei para cima. Não sei o que esperava ver, mas só havia escuridão. O prédio era velho, devia ser a acomodação dos materiais. Ou a neve e o vento em uma das janelas mais altas.

Outro barulho lá em cima me fez andar depressa para o corredor. Subi a escada correndo e cheguei à porta da frente. Puxei as maçanetas com toda a força. As portas continuavam fechadas. Olhei por uma estreita janela lateral. Carros passavam na avenida principal na frente do prédio, mas a calçada estava vazia. Ninguém ouviria, se eu batesse no vidro. Eu sabia. Tinha tentado mais cedo.

Estava tudo bem. Não havia mais ninguém na biblioteca, só eu. Quem mais seria idiota o bastante para ficar presa em uma biblioteca? Sozinha. Sem ter como sair. Distração. Eu precisava de uma distração. Mas não tinha nada comigo.

Livros! O lugar estava cheio de livros. Podia pegar um, encontrar um canto e ler até alguém me achar. Algumas pessoas considerariam esse cenário um sonho que se realizava. Eu também. Havia poder nos pensamentos. Isso era meu sonho se tornando realidade.

Acordei, assustada, e demorei alguns minutos para lembrar onde estava: presa em uma biblioteca. O livro que tinha escolhido para ler descansava aberto em meu colo, e minha cabeça havia caído sobre o braço da cadeira. O pescoço doeu quando sentei direito. Massageei o nó que tinha se formado ali. O relógio na parede sobre o balcão da recepção marcava 2h15.

Por que ninguém se preocupou comigo? Ou me procurou? Talvez estivessem procurando. Nos lugares errados. Todo mundo achava que eu tinha ido para a fogueira? Que tinha decidido voltar para casa de lá?

Meus pais me matariam. Nunca era fácil convencê-los a me deixar passar o fim de semana na cabana com as meninas. Eu tinha que negociar muito. Minha mãe era advogada, especialista em me fazer ver as coisas do jeito dela, por isso eu sempre falava primeiro com meu pai. Além do mais, ele trabalhava em casa ("Criando o lema ou o jingle perfeito para a sua empresa." Palavras dele, não minhas.). Portanto, era ele quem estava sempre disponível para ouvir meus pedidos. Quando ele ficava do meu lado, normalmente conseguíamos convencer minha mãe. A negociação aconteceu mais ou menos assim:

— Pai, posso ir para a cabana da Lisa no fim de semana?

Ele virou a cadeira para me olhar.

— O que acha que fica melhor? "Tommy's, porque todo dia é dia de donut."

— Ahh. Todo dia *é* dia de donut. Eu ainda não comi o meu hoje.

Ele levantou o dedo.

— Ou "Tommy's, eles são quentes e gostosos".

— Quem é quente e gostoso? Parece que está falando de uma casa cheia de universitários ou alguma coisa assim.

— Tem razão. Eu preciso da palavra *donuts* aqui, não é? — Ele virou a cadeira e digitou alguma coisa no computador.

— E aí? Posso ir no fim de semana?

— Para onde?

— Para a cabana da Lisa.

— Não.

Eu o abracei e apoiei a cabeça em seu ombro.

— Por favor. Os pais dela também vão, e eu já fui para a cabana outras vezes.

— Um fim de semana inteiro é tempo demais.

Sorri para ele com minha melhor cara de súplica.

— Eu vou ficar bem. Prometo. E no outro fim de semana nem vou sair, vou ficar e ajudar com as tarefas de casa.

Dava para ver que ele estava amolecendo, mas ainda não tinha se convencido.

— E vou sair com o Owen na próxima vez que ele estiver na cidade.

— Você *gosta* de sair com seu irmão, Autumn.

Dei risada.

— Ah, eu gosto?

— A firma da sua mãe vai organizar um jantar de negócios daqui a duas semanas. Se pode passar um fim de semana na cabana, também pode lidar com isso.

Nada poderia ser pior que lidar com um jantar de negócios. Mas esse é o significado de fazer acordos: abrir mão de alguma coisa por outra que você quer mais.

— Tudo bem.

— Então está certo — ele respondeu.

— Posso ir?

— Vou ter que falar com sua mãe, mas tenho certeza que ela vai concordar. Se cuida. E leva o celular. As regras para o fim de semana são: não beber, não usar drogas e ligar para nós todas as noites.

Beijei o rosto dele.

— As duas primeiras podem ser complicadas, mas a terceira é fácil.

— Engraçadinha.

Ligar para eles todas as noites. Hoje eu não tinha telefonado. E não ligaria amanhã. Isso os colocaria em modo parental total. Meu pai ligaria para os meus amigos. Se eles ainda não tinham entendido por que eu não estava lá, entenderiam que, em algum trecho do caminho, eu tinha sido deixada para trás. Alguém somaria dois e dois. É claro, meus pais nunca mais me deixariam sair de casa depois disso, mas, pelo menos, alguém me encontraria.

Minha cabeça doía, e fui até o bebedouro do lado de fora do banheiro. No mínimo, lá teria água. E mais nada. *Mais nada*. Balancei a cabeça. Esses pensamentos eram errados. Alguém logo me encontraria. Se não essa noite, amanhã cedo, quando abrissem a biblioteca. Eu não conseguia lembrar o horário de funcionamento aos sábados. Abria às dez? Só mais oito horas. Fácil.

Estava ficando mais frio no prédio. Encontrei uma caixa de termostato na parede, mas estava trancada. Esse lugar parecia ter medidas de segurança bem caprichadas.

Ouvi uma batida cadenciada ao longe. Havia música em algum lugar. Corri para a porta da frente e vi um grupo de pessoas passando pela calçada, rindo. Eles tinham um celular, um iPod ou alguma coisa que brilhava no escuro e tocava música alta o suficiente para eu ouvir. Bati no vidro e gritei. Ninguém virou ou parou. Nenhum deles olhou em volta como se tivesse escutado algum ruído. Bati de novo e gritei mais alto. Nada.

— Ouvir música em volume muito alto prejudica a audição — falei, apoiando a testa no vidro. Foi quando vi um papel branco preso à parte inferior da porta. Peguei o papel e li o que estava escrito nele: "Esta biblioteca estará fechada de 14 de janeiro, sábado, a 16 de janeiro, segunda-feira, em cumprimento ao feriado do Dia de Martin Luther King Jr.".

Fechada o fim de semana *inteiro*? Os três dias? Eu ficaria presa aqui por mais três dias? Não. Eu não ia aguentar. Não poderia passar três dias sozinha em um prédio enorme. Isso era meu pior pesadelo.

Meu coração agora batia tão depressa que parecia que meu peito ia arrebentar. Os pulmões travaram com a falta de ar. Puxei as correntes que envolviam as maçanetas da porta da frente com toda a força.

— Quero sair, me deixa sair.

Uma voz dentro de mim dizia para eu me acalmar e não piorar a situação. Ia ficar tudo bem. Eu estava presa em uma biblioteca, sozinha, mas estava segura. Podia ler, correr na escada e me distrair. Havia muitas distrações por aqui.

Mais tranquila, ouvi alguma coisa atrás de mim. Passos no assoalho de madeira.

Virei e colei as costas à porta. Foi quando vi uma sombra na escada e um objeto de metal brilhando em sua mão direita. Uma faca. Eu não estava sozinha, afinal. Definitivamente, eu não estava sozinha.

3

Fiquei tão colada à parede quanto era possível. Talvez a pessoa não me visse. Não, isso era improvável, levando em conta que segundos antes eu estava esmurrando a parede e puxando as correntes da porta. Teria dado na mesma se gritasse: "Estou presa em uma biblioteca, desesperada para sair!"

Qual era o plano agora? Eu podia correr para algum lugar. Podia me fechar em uma sala. Mas, até onde sabia, todas as salas estavam trancadas e eu não conseguiria entrar em nenhuma delas. Quando eu me preparava para correr para algum lugar, qualquer lugar, procurar uma arma ou um esconderijo, ele falou:

— Não vou te machucar. Não sabia que tinha mais alguém aqui. — Levantou as mãos e, como se só então percebesse que segurava uma faca em uma delas, abaixou-se e guardou a arma na bota.

Isso não me fez sentir muito melhor.

— O que está fazendo aqui?

— Só precisava de um lugar para ficar.

Maravilha. Eu estava presa na biblioteca com um sem-teto? Um sem-teto com uma faca. Meu coração batia na garganta.

Notei que ele tentava falar com um tom calmo, mas a voz soava áspera.

— Vamos sentar em algum lugar e conversar. Vou buscar minha bolsa. Deixei lá em cima, na escada. Já volto. Tudo bem? — As mãos permaneciam erguidas diante dele, como se isso fosse suficiente para me deixar à vontade. — Não liga para ninguém até a gente conversar.

Ele achava que eu ia telefonar para alguém? Se eu tivesse acesso a um telefone, não estaria aqui. Se tivesse acesso a qualquer equipamento de comunicação, um megafone, uma máquina de código Morse — essas máquinas têm nome? —, eu não estaria aqui. Mas não ia revelar meu trunfo.

— Tudo bem — respondi.

Assim que ele me deixou sozinha, desci a escada correndo e passei pela porta de vidro. Se ele estava armado, eu também queria estar.

Fui para trás de uma estante na fileira do fundo. Estava ofegante e não conseguia enxergar nada. Estendi a mão e peguei o maior livro que encontrei. Na pior das hipóteses, poderia bater na cabeça dele com o livro.

— Oi? — ele chamou do outro lado da sala.

— Não chega perto de mim.

— Onde você está?

— Não interessa. Quer conversar? Pode falar. — Se eu me fizesse de durona, talvez ele acreditasse.

A voz soou mais alta, o que significava que ele devia estar andando na minha direção.

— Não precisa ter medo de mim.

Por que ele não ficava do outro lado da sala? A gente não precisava sentir as gotas de saliva um do outro para poder conversar.

Dei um passo para trás, bati o joelho na prateleira e dois livros caíram no chão, fazendo um barulho alto. Segurei com mais força o livro em minha mão e corri para a porta. Mas ele foi mais rápido e bloqueou o caminho. Levantei o livro.

— Para — falei.

Ele deu mais um passo na minha direção. Joguei o livro nele. Ele se esquivou. Peguei outro livro da estante mais próxima e o arremessei. Dessa vez acertei seu ombro.

Ele levantou as mãos acima da cabeça.

— Sério?

— Já chamei a polícia — falei.

Ele disse um palavrão.

Joguei outro livro.

— É melhor me deixar em paz. Eles vão chegar a qualquer momento.

Agora estávamos mais próximos, e uma das luminárias que eu tinha acendido antes brilhava à direita. Foi quando o reconheci.

— Dax? — perguntei, surpresa.

— Eu te conheço?

Eu ainda devia estar no escuro.

Aliviada, abaixei o livro que estava segurando. Dax Miller não teria sido minha primeira opção de companhia para ficar trancada em uma biblioteca. Na verdade, se pudesse escolher qualquer garoto do colégio, provavelmente ele seria o último. Sua reputação não era das melhores. Havia histórias sobre ele. Muitas histórias. Mas não era um desconhecido. E eu não tinha medo dele, o que me fez relaxar imediatamente.

— Você estuda no meu colégio.

Eu não sabia se ele me conhecia, como a maioria dos outros alunos. Eu trabalhava no anuário e vivia tirando fotos, o que significava que eu estava em todos os lugares ao mesmo tempo. Era difícil não ser muito conhecida participando de tantos eventos. Mas eu nunca tirei uma foto *dele*. Ele não participava de nada. Bem, nada patrocinado pela escola, pelo menos.

Dei um passinho para a frente e me coloquei no círculo de luz da luminária para ele poder me ver.

Vi o reconhecimento em seu rosto quando ele me olhou desde os cabelos castanhos na altura dos ombros até as botas pretas de plataforma antes de me encarar. E não pareceu gostar do que viu.

— Você chamou mesmo a polícia?

— Não. — Toquei os bolsos. — Estou sem celular.

Ele olhou para os meus bolsos como se não acreditasse em mim, depois assentiu e se aproximou da bolsa que havia deixado ao lado de uma cadeira.

Fui atrás dele.

— E você?

— Eu o quê? — Ele abriu o zíper da bolsa.

— Tem celular?

— Não.

Olhei para a bolsa sem saber se ele dizia a verdade.

— Eu precisava falar com os meus pais. Eles devem estar malucos de preocupação. Ninguém sabe onde eu estou. — Era o que eu imaginava, já que ninguém tinha voltado. — Só preciso de um celular para avisar que estou aqui.

Ele tirou um saco de dormir da bolsa e o estendeu no chão.

— Não tenho celular.

Ele tinha levado um saco de dormir para a biblioteca? Então não estava preso. Não como eu. Será que tinha planejado passar a noite ali?

— Mas você não é um sem-teto.

— Eu não disse que era.

— Por que está aqui?

Ele entrou no saco de dormir, estendeu a mão e apagou a luz.

— Por que ficou preocupado quando falei que tinha chamado a polícia? Está metido em alguma encrenca?

— Dá para ficar quieta? Estou tentando dormir.

Se meu corpo todo não tremesse como gelatina, eu poderia ter chutado o cara, mas só me aproximei de uma cadeira, sentei e apoiei a cabeça nos joelhos. Isso não devia ter me surpreendido. Dax era reservado no colégio, vivia sozinho. Por que me contaria sua história de vida agora?

Não tinha importância. Estava tudo bem. Eu ficaria bem. Pelo menos já sabia que Dax não estava tentando me matar ou machucar. Embora Dax fosse... bem, Dax... era melhor que ficar sozinha. E tinha que ter um celular naquela bolsa grande, afinal o cara tinha levado um saco de dormir. Quando ele dormisse, eu revistaria suas coisas e encontraria o telefone. Agora que tinha um plano, eu me sentia muito melhor.

Meu peito relaxou, aliviando os pulmões, que ardiam. Essa era a coisa mais esquisita que já tinha acontecido comigo. Poderia até ser uma história engraçada mais tarde. Muito mais tarde, quando eu estivesse em casa com os meus pais e na minha cama, debaixo de um edredom bem quentinho.

Estava frio aqui.

Eu me espreguicei e apoiei a cabeça no braço da poltrona, fingindo que ia dormir. Não sabia se ele conseguia me ver ou mesmo se estava tentando, mas queria que pensasse que eu estava dormindo. Então, quando eu tivesse certeza de que ele tinha apagado, encontraria seu celular, ligaria para casa, e isso tudo acabaria.

O relógio na parede marcava 3h20. Meus olhos ardiam de passar tanto tempo acordada. Pensei no que meus amigos estariam fazendo. No que Jeff estava fazendo. Conheço Jeff desde o primeiro ano do ensino médio, gosto dele desde o segundo ano, e agora, no meu último ano, decidi que era agora ou nunca. Nós dois iríamos para a faculdade no próximo ano, e, antes de ir embora, eu queria ver se a agitação que eu sentia sempre que ele estava por perto poderia se transformar em um bom relacionamento.

Foi hoje de manhã que ele me parou no corredor da escola? Lembrei daquele momento.

— Autumn!

Virei com a câmera na mão e o fotografei. Ele era fácil de fotografar, com seus traços suaves, sinceros e simpáticos. O sorriso iluminava o rosto todo, fazia os olhos verdes cintilarem e tornava a pele morena radiante.

Ele me alcançou.

— Acho que você tem mais fotos minhas que os meus pais.

Era bem provável.

— A câmera te ama, não posso fazer nada.

— A câmera está me convidando para sair?

— Bom, ela não vai a lugar nenhum sem mim.

Ele levantou uma sobrancelha, como se quisesse que eu concluísse a sugestão. Queria convidá-lo para sair. Queria muito. Mas, se tivesse que tomar a iniciativa, não seria no meio de um monte de gente no corredor da escola.

Ele continuou:

— Então, eu estava pensando em reunir um grupo para ir à biblioteca hoje à noite e fazer aquele trabalho de história que o sr. Garcia pediu. Topa?

Eu deveria ter dito "não", mas, quando tinha a chance de passar mais tempo com Jeff, sempre tentava aproveitar.

— Sim, eu quero ir. Vou ter que falar com a Lisa. Vamos para a cabana com a Morgan e a Avi.

— Vamos antes disso, e depois, quando vocês subirem para a cabana, podemos parar e fazer uma fogueira para comemorar o fim dos trabalhos.

Dei risada e empurrei seu ombro de leve.

— Já planejou tudo.

— Já. E aí, pode falar com as meninas?

— Posso. Vai dar certo.

— Eu sabia. Vou falar com o Dallin e os caras. A gente se vê hoje à noite.

E ele me viu, sim, antes de eu ficar trancada na biblioteca. Se Jeff tivesse trancado aqui comigo, em vez do Dax, teria sido divertido.

Ele já teria pensado em um jeito de escorregar pela escada de madeira ou apostar corrida nos carrinhos de livros até o saguão. Jeff era o oposto de Dax. Jeff sorria muito e brincava sempre, e, quando ele estava por perto, todo mundo não parava de rir. Dax era sério e carrancudo, e parecia estar sempre analisando as situações.

Jeff. Onde ele estava? Tinha acontecido alguma coisa ruim? Ele achava que eu tinha fugido dele e da nossa comemoração na fogueira? Por que ninguém percebeu que eu tinha sumido? Não fazia diferença. Logo eu teria um jeito de avisar para todo mundo onde eu estava. Logo teria um telefone.

O cenário à minha volta era turvo e desfocado. A sensação era familiar, mas minha cabeça não entendia o que estava acontecendo. Eu estava em uma sala fria sem janelas ou portas. Era como uma grande geladeira. No instante em que pensei nisso, as paredes se tornaram escorregadias de gelo, o chão também. Tudo se cobriu de gelo. Comecei a bater os dentes com tanta força que eles doíam. E então um cheiro de almíscar me envolveu. Como um abraço de Jeff. E logo Jeff estava ali, me abraçando. A sala de gelo desapareceu, substituída por um campo verde e infinito. Estávamos abraçados no meio do cenário.

— Eu também sempre gostei de você — ele cochichou. — Não sei por que demoramos tanto para admitir isso.

— Porque eu tinha medo — falei.

— De quê?

Do que eu tinha medo? De deixar alguém se aproximar? De dar a ele o poder de me magoar? De abrir mão do controle? Possibilidades não doíam tanto quanto realidades. Possibilidades são empolgantes e infinitas. Realidades são definitivas. Isso sempre me fez hesitar com Jeff, pensar que, se eu contasse o que sentia e ele não correspondesse, isso seria o fim. Não haveria mais "e se", nem "pode ser", não haveria mais sonho.

Sonho. Era isso. Só um sonho. Tudo era só um sonho. Eu precisava acordar agora.

Abri os olhos. O sol entrava pelas janelas de cima, iluminando a sala. A decepção era um peso em meu peito. Eu podia estar sonhando, mas estar presa na biblioteca não havia sido um sonho. Eu ainda estava ali. Ainda estava presa.

Com Dax. Ele não estava mais deitado no chão. Para onde tinha ido?

Sentei depressa e vi pontos pretos, e senti o saco de dormir escorregar de cima dos meus ombros quando me endireitei. O saco de dormir de Dax. Ele o tinha posto em cima de mim. Deixei o saco de dormir cair no chão e fiquei olhando para ele ali caído, inútil. E, imediatamente, senti falta do calor.

Eram oito da manhã e meu estômago doía de fome. Ninguém tinha ido me procurar.

— Ficou ofendida com o saco de dormir?

Soltei um gritinho. Dax estava sentado em uma poltrona do outro lado da sala, com as pernas estendidas para a frente e cruzadas nos tornozelos. Vestia jeans e camiseta preta de mangas compridas. O cabelo escuro e úmido ia ficando mais ondulado à medida que secava. Havia uma sombra de barba em seu queixo. Ele segurava um livro aberto contra o peito. A posição em que estava sentado, com um ombro bem mais baixo que o outro, as sombras brincando em seu rosto e criando formas escuras, o contraste do livro vermelho contra a camisa preta... alguma coisa me fez lamentar não ter minha câmera.

— Você não devia se aproximar de uma garota desse jeito.

— Eu nem me mexi.

— Eu sei. Falei brincando. Só não tinha te visto aí. Obrigada pelo saco de dormir. — Um arrepio me fez estremecer, revelando que eu ainda precisava dele. — Eu... preciso ir ao banheiro.

— Não precisa me avisar.

— Só estava dizendo, tudo bem?— Levantei, abaixei a perna esquerda da calça, que havia subido durante a noite, e fui ao banheiro. O assento do vaso estava frio, e o espelho mostrou que eu estava pior do que imaginava. O rímel borrado dos dois lados do rosto fazia os olhos cor de âmbar parecerem mais escuros do que eram. O cabelo, que no dia anterior tinha ondas perfeitas, agora estava todo embaraçado, e três dias sem limpar a pele provocariam a pior explosão de acne do planeta. Abri a torneira e fiz o possível para limpar o rímel borrado, depois enxaguei a boca.

Ajeitei o cabelo com os dedos até ficar aceitável. Ainda sentia o pescoço dolorido por causa da posição desconfortável em que havia dormido, e meu estômago ficaria bem chateado se eu não encontrasse comida em algum momento do dia. Estava brava comigo por ter adormecido na noite anterior antes de pôr em prática o plano para achar o telefone de Dax. Por que ele dificultava tanto essa situação? Aliás, por que ele não queria que as pessoas soubessem onde nós estávamos? Será que estava envolvido em alguma confusão com a lei... de novo? O que tinha feito dessa vez? Eu nem sabia o motivo da primeira confusão. Havia boatos de que ele tinha dado uma surra em um cara. Não me surpreenderia, se isso fosse verdade.

Senti outro arrepio. Ontem à noite estava muito empolgada com minha roupa — camiseta verde e solta, jaqueta estruturada e jeans. Mas senti calor quando fazíamos o trabalho na biblioteca. Muito calor, na verdade. Pela centésima vez, agora me arrependia de ter tirado a jaqueta e guardado na bolsa. E de tê-la deixado no porta-malas do carro do Jeff. Minha bolsa. Se *ela* estivesse comigo, tudo isso já teria acabado. Mesmo sem o celular, eu teria tudo de que precisava para passar o fim de semana.

Devia ter comida em algum lugar por ali. As bibliotecárias precisavam almoçar. Uma sala de descanso, talvez? No terceiro andar, encontrei o que procurava: a cozinha. Não só havia uma geladeira, como duas máquinas de venda, uma de refrigerantes, outra de lanches. Era bem cruel ver toda aquela comida ali sem ter como pegar nada. Chutei a máquina de refrigerante quando passei por ela, pensei em tentar pegar um pela fresta larga na parte de baixo, mas logo desisti da ideia. Uma vez li uma história na internet sobre um homem que teve que ser resgatado pelo corpo de bombeiros porque ficou com o braço preso em uma máquina dessas.

A geladeira, diferente de todo o restante na biblioteca, não estava trancada. Era bem grande, do tipo industrial. Tinha quase esquecido que as pessoas fazem casamentos e eventos na biblioteca. Era um prédio enorme e lindo que agora havia se tornado minha prisão. Cruzei os dedos e abri uma das portas. Na prateleira do meio tinha um pedaço de bolo recheado. Eu não sabia nem por que alguém guardaria um pedaço tão pequeno. Mas o comeria, agradecida, mais tarde.

Abri a segunda porta da geladeira prateada e encontrei um pote transparente com sei lá o que, mas vi que havia manchas escuras de mofo nas laterais dele. Ao lado, havia dois sacos de papel. Peguei o primeiro e vi que alguém tinha escrito "NÃO COMA A MINHA COMIDA" com caneta permanente. Abri o saquinho e olhei dentro dele. Uma maçã e um iogurte vencido há uma semana. Considerando o aviso do lado de fora, eu esperava alguma coisa mais digna de ser roubada. Peguei a maçã e deixei o iogurte para mais tarde. Na outra sacola, tinha mais um pote e uma lata de refrigerante. Peguei o pote de plástico e abri bem devagar. Não vi sinais de mofo, mas também não consegui identificar o conteúdo. Massa? Vegetais? Cheirar não ajudou. Isso podia esperar. Peguei o refrigerante e deixei as outras coisas.

Encontrei xícaras de café no armário e dividi o refrigerante em duas delas. As gavetas não continham utensílios de verdade, mas achei uma faca de plástico. E a quebrei quando tentei cortar a maçã ao meio. Comeria a metade e torceria para Dax não ser germófobo.

Lavei a maçã em água morna, depois a mordi. Nada jamais teve gosto melhor. Encontrei guardanapos em uma gaveta, e, depois que comi minha parte, embrulhei a outra metade, peguei as xícaras e desci a escada para encarar Dax de novo. Se conseguisse conquistar a confiança dele, não teria que vasculhar sua bolsa. Ele me emprestaria o celular. Ele vai me emprestar. Eu era legal. As pessoas gostavam de mim. Dax também gostaria.

5

A biblioteca principal era clara durante o dia; muitas janelas deixavam entrar os raios oblíquos de sol. Carregando as duas xícaras pelas alças, ofereci uma a ele.

— Encontrou café?

— Coca resolve?

Ele pegou uma das xícaras, e eu ofereci a metade da maçã embrulhada em um guardanapo.

— O que é isso? — ele perguntou sem pegar a fruta.

— Meia maçã.

— Encontrou meia maçã?

— Encontrei a maçã inteira. Comi metade. Posso comer inteira, se...

Ele pegou o pacote da minha mão.

— De nada.

Dax levantou a xícara num brinde e bebeu um gole.

Nem um "obrigado".

— Uma das bibliotecárias deve ser ladra de maçãs. O saquinho onde a encontrei era de alguém acostumado a ter sua comida roubada. Agora colaboramos para essa desconfiança.

— Tenho certeza que você vai repor a maçã mais tarde.

— Talvez. — Voltei à cadeira onde havia dormido. O saco de dormir continuava no chão. Olhei para ele por um longo instante sem querer ter que usá-lo, mas meus braços estavam cada vez mais arrepiados, por isso engoli o orgulho e o peguei. Envolvi os ombros com

29

o saco de dormir e sentei, segurando a xícara entre as mãos e desejando que fosse uma bebida quente dentro dela.

Quando o refrigerante acabasse, poderíamos dividir um iogurte, um pedaço de bolo e um prato misterioso. Eu conseguia praticamente sentir meu estômago encolhendo. A menos que...

Olhei para a grande bolsa aos pés dele.

Quando levantei a cabeça, ele estava olhando para mim.

— O que tem aí? — perguntei.

Ele devia saber exatamente a que eu me referia, porque respondeu:

— Pouca coisa.

— Comida? Se planejou passar o fim de semana inteiro aqui, deve ter trazido alguma coisa para comer.

— Não planejei passar o fim de semana aqui.

— Onde pretendia ficar? Como veio parar aqui?

— O plano era ficar em outro lugar.

Esperei um esclarecimento, mas a resposta acabou aí.

— Você não é de falar muito.

— Eu falo quando tenho coisas para dizer.

— Devo entender isso como uma prova de inteligência?

— Não, é só uma resposta.

O fim de semana seria longo.

Ele fechou o livro e o colocou sobre a mesa a seu lado, depois se inclinou para a frente e apoiou os cotovelos nos joelhos.

— Por que está aqui? — perguntou.

Eu queria dar uma resposta sarcástica para competir com as dele. Alguma coisa como "queria roubar maçãs para comer e passar o fim de semana lendo livros". Mas me segurei. Se ele soubesse mais sobre mim, talvez percebesse que eu só queria ir embora. Eu não estava ali para estragar seu plano, qualquer que fosse ele.

— Eu precisava fazer xixi.

Ele se recostou na cadeira e pegou o livro, como se eu estivesse mentindo.

— A gente estava aqui fazendo o trabalho de história que o sr. Garcia pediu. Já fez o seu?

Ele deve ter percebido que eu estava realmente respondendo à pergunta, porque deixou o livro fechado no colo e balançou a cabeça para dizer que não.

— Então, a gente estava aqui e ficou até a biblioteca fechar para terminar o trabalho. Todo mundo estava indo embora, entrando nos carros, e eu voltei para fazer xixi.

— Seus amigos te deixaram aqui? — A expressão dele mudou. Agora estava surpreso.

— Estávamos em quatro carros. A Lisa pensou que eu ia com o Jeff.

— Seu namorado?

— Ele não é meu namorado... ainda. Enfim, o carro do Jeff estava lotado, por isso ele deve ter pensado que eu estava com a Lisa, com o Dallin ou outra pessoa. Mas eu não estava com ninguém, é claro.

— É claro.

— Está rindo da minha cara?

— Não. Estou confuso.

— Com o quê? — Deixei a xícara vazia sobre a mesa ao meu lado.

— Com o fato de eles não terem voltado.

— Ah, eu também estou confusa com isso. — Mais ou menos.

— Será que foi sacanagem?

— Acha que meus amigos me sacanearam?

Ele deu de ombros.

— Foi um *acidente*? Todos te esqueceram por acidente?

— Eles não fariam isso. Devem ter pensado que eu fui para casa, ou não perceberam que foi aqui que me perderam de vista e estão me procurando em outro lugar. — Eu já havia imaginado um milhão de teorias sobre o motivo de eles não terem voltado para me buscar, e cada uma era pior que a outra. Eu precisava parar, antes que ficasse maluca de tanto pensar nisso.

31

Dax descruzou os tornozelos e inclinou o corpo para a frente de novo.

— Eles te perderam de vista?

— Não sei onde eles estão. Não sei por que não voltaram. Tem um motivo, e é um bom motivo, e vamos rir juntos de tudo isso quando eu sair daqui. Vamos dar muita risada e tudo vai fazer sentido. Vai ser uma história que vou contar para sempre. Aquela vez que fiquei presa na biblioteca com o...

Parei de repente. Meu rosto ficou quente e baixei a cabeça. Não sabia como terminar a frase, mas nenhuma opção parecia boa. O criminoso? O drogado? O filho do drogado? Eu já tinha escutado todas essas versões.

Ele levantou as sobrancelhas.

— Termina. Estava indo bem.

— Desculpa.

— Por quê?

— Deixa para lá. Essa é a minha história. E a sua?

— A minha?

— Por que está aqui?

Ele levantou o livro.

— Queria ler.

— E roubar maçã para comer?

— Quê?

— Nada. É que contei porque estou aqui e é só isso que recebo em troca?

— Não tem muitos livros em casa. A menos que a gente conte *O bom livro*, é claro. Mas esse é usado basicamente para me condenar.

— Ele passou a mão no cabelo e ficou quieto. Como se tivesse falado demais.

Mas ainda não havia falado nada.

— Tudo bem. Não precisa me contar. Quando a gente sair daqui, cada um vai seguir o seu caminho.

Ele suspirou.

— Falando nisso, eu não sei como vai lidar com isso quando descobrirem a gente aqui, mas podemos contar cada um a sua história? Você repete a versão do xixi, e eu simplesmente saio quando abrirem as portas.

— Não posso contar que você estava aqui?

— Faz o que você quiser. Conta para os seus amigos que ficou presa aqui comigo, tanto faz... Mas as bibliotecárias, a polícia...

— O que tem a polícia? — Fechei o saco de dormir em torno dos ombros. — Por que a polícia vai se meter nisso?

— Se alguém registrou o seu desaparecimento, a polícia vai se envolver nisso.

— E se alguém registrou o *seu* desaparecimento?

— Não.

— Por que não? Os seus pais não podem estar preocupados com você?

— Não.

— Você se meteu em alguma confusão?

— Não. E nem quero.

— Se depender de mim, não vai ter problema algum. — Pelo menos, era o que estava dizendo nesse momento, quando tentava conquistar sua confiança. E usar seu celular.

Estava torcendo para o telefone ser mais fácil de obter que sua confiança. Porque dava para perceber que confiança não era uma coisa que ele costumava dar para as pessoas.

Ouvi muitos boatos sobre Dax nos últimos dois anos. Lisa, que se orgulhava de saber tudo sobre todo mundo, tinha me contado a maior parte deles, cochichando, apressada, sempre que o víamos pela escola. Ele chegou transferido no meio do segundo ano. Sua frequência era irregular. No começo do terceiro ano, tinha passado alguns meses no centro para jovens infratores. Quando voltou, ele exibia uma tatuagem no pulso esquerdo e estava mais quieto do que nunca. Não tinha amigos, até onde eu sabia, e nunca o vi na hora do almoço. E o via ainda menos fora do colégio. Uma vez ele estava no cinema com uma garota que eu nunca tinha visto antes. Jamais reconheceu minha existência. Não que eu me incomodasse. Ele era só mais um garoto da escola.

Pelo jeito como olhava para mim agora, percebi que continuava preferindo me ignorar. Será que ele sabia o meu nome? Notei que não o havia usado nenhuma vez. Eu não sabia o que aconteceria quando finalmente fôssemos encontrados aqui, mas agora era melhor eu dizer o que ele queria ouvir.

— Ninguém precisa saber.

Dax voltou à leitura sem nenhuma palavra de gratidão. Ele sabia dizer "obrigado"?

Eu me inclinei para a frente e desamarrei as botas. Estava com elas havia muito tempo e sentia dor no peito dos pés. Eu as tirei sem saber se a ideia era boa. Usava só um par de meias finas e curtas, e meus pés ficaram imediatamente frios. Eu os puxei para cima da cadeira e para baixo do saco de dormir.

— Tem máquinas de venda na cozinha, mas estou sem dinheiro... E você?

Ele mudou de posição na cadeira, levou a mão ao bolso de trás de calça e pegou a carteira. Abriu e tirou uma nota. De onde eu estava, não dava para ver se era um dólar, vinte ou alguma coisa entre um valor e outro.

— Imagino que suas coisas ficaram em um daqueles quatro carros que te deixaram aqui e não voltaram.

— Eles vão voltar.

Um canto de sua boca se ergueu num sorriso. Ah, que bom, eu o divertia.

— Isso é tudo que eu tenho — ele disse, apontando para a mesa onde havia deixado o dinheiro. — Gastei com sabedoria.

— Não estou com fome agora, vamos deixar para depois.

— Ficou satisfeita com meia maçã?

— Vamos ter que racionar a comida. As refeições vão ter que ser mais espaçadas, para aguentarmos até terça-feira. — Um iogurte, o bolo, o Tupperware de comida misteriosa e o que o dinheiro pudesse comprar, isso era tudo que tínhamos para três dias ou até eu encontrar o celular dele. Em algum momento, ele não tomaria conta da bolsa.

— Doze horas presa em uma biblioteca, e você já é uma sobrevivente.

Cruzei os braços.

— Parece que você se diverte rindo da minha cara.

— Eu fui sincero. Tipo, se algum dia você tiver que enfrentar uma situação de vida ou morte de verdade, já vai saber como arremessar livros e arrumar comida.

Os livros que joguei na noite anterior formavam uma pilha bagunçada atrás dele. Eu precisava arrumar aquilo.

— Ah, e, se você enfrentar uma situação de vida ou morte, pode ler e distribuir insultos.

— Eu estou lendo sobre como sobreviver a três dias com uma menina rica e mimada.

Menina rica e mimada? Realmente ele não me conhecia. Sim, meus pais tinham dinheiro, mas eram ótimos em me fazer trabalhar por tudo.

— Levando em conta que não quer que eu conte para ninguém sobre você estar aqui, está se esforçando muito para despertar a minha vontade de fazer o contrário.

Ele bufou.

— Pelo jeito como me olha, já sei que não vai ficar de boca fechada. Já deduziu tudo sobre mim.

— Você não sabe nada a meu respeito.

— Tudo que preciso saber está estampado na sua cara.

— Nesse momento, a única coisa que deve estar estampada na minha cara é que eu te acho um babaca.

Ele inclinou a cabeça como se dissesse: *exatamente*.

Argh. Eu nunca conheci ninguém mais irritante. Era difícil acreditar que eu ainda teria que passar mais três dias com ele. Eu tinha que sair dali antes disso. Eu *ia* sair antes disso. Até lá, não precisava ficar ali sentada, ouvindo suas ofensas.

Voltei à passarela de vidro. O vidro devia ter algum revestimento especial, porque não estava embaçado, nem havia neve grudada nele. Mas tinha neve em todos os outros lugares. Fiquei surpresa com a quantidade. O acúmulo alcançava as janelas mais baixas que eu conseguia enxergar do outro lado. Era muita neve. Talvez por isso ninguém estivesse me procurando. Será que todos ficaram presos na cabana?

36

Minha bolsa estava no porta-malas do carro de Jeff. Será que ele não notou que eu não estava com o grupo quando viu a bolsa? Talvez não tivesse olhado dentro do porta-malas. Era sábado de manhã. Ele ainda devia estar na cama. Quando acordasse e olhasse dentro do porta-malas... Mas por que ele olharia o porta-malas? Isso tudo era muito complicado. Minha esperança de ser resgatada antes de terça-feira, quando as bibliotecárias voltariam, diminuía a cada minuto.

Eu não podia mais ficar na passarela. Estava congelando. Corri até o outro lado e desci até a porta da garagem para dar mais uma olhada. Nada tinha mudado. Se esfriasse mais, eu teria que começar a correr pela biblioteca.

Não queria voltar lá para cima, por isso me sentei no chão na frente da porta, imaginando o carro de Jeff chegando, ele saindo do carro e sorrindo para mim através do vidro como se tudo fosse parte de uma brincadeira. Tudo na vida era divertido para Jeff.

Como no dia anterior, quando eu procurava um livro sobre a Segunda Guerra no corredor de história da biblioteca e Jeff apareceu atrás de mim.

— Acho que sem querer peguei o livro que você está procurando.

— Sem querer?

— Eu ouvi quando você disse qual era o seu assunto. Deve ter ficado gravado na minha mente.

Sorri e estendi a mão para pegar o livro que ele me oferecia. Jeff o levantou até eu não conseguir alcançá-lo. Dei risada, e ele me ofereceu o livro de novo, só para repetir o mesmo gesto. Suspirei e, dessa vez, esperei Jeff colocar o livro em minhas mãos, o que ele fez.

— Você acha que o sr. Garcia obrigou a gente a fazer esse trabalho na biblioteca porque ele odeia o Google ou porque é um velho antiquado? — Jeff perguntou.

— Acho que um pouco de cada, e porque ele sabia que isso era mais difícil para nós. Na verdade, acho que ele queria que a gente passasse o fim de semana inteiro fazendo esse trabalho.

— Acho que a gente não devia ter escrito "história é coisa do passado" na lousa. Ele ficou ofendido.

Dei risada.

— A gente? *Você* escreveu isso na lousa. Eu ia escrever que "história de trás para a frente é airótsih".

Jeff puxou meu cabelo de leve quando disse:

— Teria sido engraçado. Você devia ter escrito.

Eu jamais teria sido capaz disso. Eu tinha ficado nervosa só de ver o Jeff escrevendo na lousa.

— Eu também fiz uma piada. Acho que o sr. Garcia gostou da minha observação superinteligente sobre a matéria dele — Jeff comentou.

Eu ri.

— Acho que ele gosta de você.

Seu dedo deslizou pelo livro, perto da minha mão.

— Todo mundo gosta de mim, Autumn. — E piscou para mim. Podia ser uma piada, mas era verdade. Todo mundo gostava do Jeff.

— Quando foi a última vez que esteve aqui na biblioteca? — ele perguntou.

— Quando eu era criança. Minha mãe costumava me trazer para a hora da leitura da Mamãe Ganso. Era uma mulher que se vestia como uma velhinha. Ainda não sei por que era Mamãe Ganso. A gente devia pesquisar isso hoje. Nada de Segunda Guerra Mundial. Essa é a informação que realmente precisamos saber.

— Verdade. Se chamavam a mulher de Mamãe Ganso, ela devia se vestir de ganso, não de velhinha. Vamos procurar a bibliotecária e pedir para ela explicar essa história. — Ele uniu as mãos em torno da boca. — Bibliotecária!

— *Shhh* — reagi.

Ele riu e cochichou:

— Que foi? Fiz alguma coisa errada?

Sorri.

— Acho melhor a gente realmente ler alguma coisa para acabar esse trabalho e sair daqui.

— Isso. Lição de casa. É nisso que temos que nos concentrar. — Ele pegou um livro, virou algumas páginas, mas seus olhos continuavam cravados nos meus.

Baixei os olhos. Atrás de Jeff, mais ou menos na linha da cintura dele, vi uma cabeça surgir como se estivesse em cima da prateleira da estante. Gritei antes de reconhecer Dallin. Jeff virou para trás.

— Vocês dois precisam adiantar a leitura — Dallin falou.

Jeff pegou os dois livros entre os quais estava o rosto de Dallin e os usou como uma prensa, apertando a cabeça dele.

— Ei, não esmaga a minha genialidade! — Dallin gritou.

— Você é um idiota — Jeff respondeu.

Dallin não conseguia parar de rir. Eu tinha certeza de que estávamos prestes a ser expulsos da biblioteca.

— O que está fazendo? — Eu me assustei, arrancada da lembrança pela pergunta de Dax. Mudei de posição no chão para olhar para trás.

— Parece que você tem mania de assustar as pessoas.

Ele estava na porta aberta no fundo do salão, a uns seis metros de distância.

— Eu te chamei duas vezes.

— Ah. Bom, eu estava pensando. — Dax não falou nada, e eu perguntei: — Precisa de alguma coisa?

— Tem uma TV na sala de descanso. Achei que ia gostar de saber.

— Sala de descanso?

— É.

— Eu não vi nenhuma sala de descanso quando andei pela biblioteca ontem.

— Então não deve ter notado. Mas a TV só pega estações locais.

Eu me levantei quando ele se afastou. Era quase meio-dia. Eu não sabia o que as emissoras locais exibiam na hora do almoço, mas não ia recusar uma televisão. Corri atrás dele.

— O que vamos ver? Novela?

— Hoje é sábado.

Ah, é. Não tem novela. Desenho animado? Qualquer coisa servia.

— Conhece bem o horário das novelas?

— De cor — ele confirmou, sério.

Ao lado da porta de que Dax se aproximou tinha um teclado eletrônico. Precisávamos de um crachá de funcionário para abrir a porta. O que não tínhamos. Dax não parecia se incomodar com isso. Ele sacudiu um pouco a maçaneta, deu um empurrão forte e a porta cedeu. Quantas vezes ele já havia ficado na biblioteca? Parecia conhecer bem o lugar.

— Como fez isso?

— É um prédio velho. Algumas portas são menos resistentes que outras.

Eu o segui para dentro da sala.

— Quais portas?

— Nenhuma para o lado de fora.

Mas e as outras? As portas das salas onde podia ter um telefone? Eu teria que tentar abrir todas de novo mais tarde.

Dax parou na frente de uma máquina de venda de comida e examinou os produtos do outro lado do vidro. Eu me aproximei imediatamente da geladeira que ainda não havia explorado. Abri a porta e só encontrei sachês velhos de ketchup. Fechei a porta, suspirei e me juntei a ele na frente da máquina.

Ainda não sabia quanto dinheiro ele tinha. Dava para comprar um pacote de pretzels ou cinco? Pensei que escolheríamos juntos o que comprar, mas ele introduziu o dinheiro na abertura e começou a apertar os botões.

— Não tenho alergia a nenhum tipo de alimento — avisei, adotando uma atitude passivo-agressiva para apontar sua falta de consideração.

— Que bom — ele respondeu ao pegar o pacote de batatas que caiu no compartimento. Depois sacudiu a máquina, mas ela não liberou mais nada. A tela digital anunciava que ainda tínhamos quatro dólares. Dax apertou mais dois botões, e dessa vez a máquina liberou uma barrinha de amendoim e caramelo. De novo, ele sacudiu a máquina sem nenhum resultado.

Então pegou os dois produtos, deu um passo para o lado e fez um gesto me convidando a escolher. Ah. Era esse o plano? Cada um de nós escolher dois produtos?

— Obrigada — resmunguei e fui examinar as opções. — Eu devolvo o dinheiro.

— Não precisa.

Escolhi bolacha salgada de queijo e uma barrinha igual à dele. Imaginei que amendoim fosse a oferta que mais se aproximava de saudável e nutritiva naquela máquina. Ainda restava um dólar, e eu me afastei.

— Alguma preferência? — ele perguntou enquanto examinava os produtos.

Dei de ombros.

— Nenhuma.

— Alguma coisa que simplesmente detesta?

Levantei as sobrancelhas, depois sorri para ele.

— Na máquina — ele acrescentou sem morder a isca.

— Não, pode escolher qualquer coisa.

Dax pegou mais uma barrinha. Uma boa escolha, provavelmente.

Era uma sala pequena, e por isso eu imaginava que deveria ser mais quente que a área principal da biblioteca. Mas não era. Talvez porque uma janela coberta de gelo ocupava boa parte de uma parede.

Dax pegou o controle remoto da televisão que ficava sobre um carrinho de metal com rodas. Ele me deu o controle e saiu da sala sem dizer nada.

Bom, parece que ele não queria ver televisão, só ficar longe de mim. Devo ter estragado completamente seu fim de semana. Um fim de semana de quê? Leitura? Ficar sozinho em uma grande biblioteca? Talvez ele planejasse roubar alguma coisa aqui, e eu estraguei tudo. A biblioteca tinha algo importante para roubar?

Apontei o controle para a televisão e pressionei o botão de "ligar". Fui mudando de canal. Golfe, tênis, desenho animado e um filme antigo. Parei aí, sentei no sofá e abri a barrinha.

— Essa era a única opção? — Dax perguntou quando voltou para a sala. Ele usava um moletom e carregava o saco de dormir vermelho, que jogou no meu colo antes de se sentar na outra ponta do sofá.

Fiquei tão surpresa que gaguejei:

— N... não — E dei o controle remoto para ele.

Dax mudou de canal e escolheu o desenho animado, *Scooby-Doo*. Eu me embrulhei no saco de dormir. Tinha um cheiro bom de almíscar, e imaginei se era esse o aroma de Dax. Depois me perguntei por que imaginei esse tipo de coisa.

Vimos o desenho em silêncio por vários minutos antes de eu dizer:

— Depois da milésima vez que o monstro é uma pessoa disfarçada, acho que eles já deviam ter começado a olhar *antes* se aquilo não era uma máscara.

— Aí seria um desenho de dois minutos. — Um sorrisinho distendeu seus lábios. Talvez ele tivesse senso de humor, afinal. Bem lá no fundo. Talvez escondido na bolsa de viagem.

A bolsa. Estava sozinha na outra sala, sem ninguém tomando conta dela. Ele estava abrindo a barrinha, se acomodando no sofá. Tinha até posto os pés em cima da mesinha de centro. Eu teria uns dez minutos, pelo menos. Encenei uma espreguiçada. Eu tinha dado duas mordidas na barrinha de amendoim. Precisava guardar um pedaço para mais tarde, mesmo. Embrulhei o que sobrou e deixei o pacote em cima da mesa com as bolachinhas de queijo.

— Já volto. Vou ao banheiro.

— Não precisa...

— Verdade. Você não quer saber. — Era muito difícil responder só "tudo bem"? Eu tinha o hábito de dizer às pessoas onde estaria porque estava sempre com um grupo, embora isso não tivesse servido de nada na noite anterior. Talvez ele não estivesse acostumado a informar seu paradeiro por estar sempre sozinho. Olhei para trás quando cheguei à porta. Dax estava totalmente concentrado na televisão. Isso era perfeito.

7

Quando voltei àquela seção da biblioteca, a bolsa de Dax não estava exatamente onde eu a tinha visto pela última vez. Ele a tinha escondido? Não, só a empurrou para baixo da cadeira, percebi. Corri para lá sabendo que não tinha muito tempo e me abaixei. A alça preta estava para fora do esconderijo, e eu tentei movê-la. A bolsa ficou presa e tive de puxar mais algumas vezes para soltá-la, atenta a qualquer ruído.

Abrir o zíper levou cinco segundos, os segundos mais barulhentos da minha vida. Foi como se o ruído ecoasse pela sala toda enquanto eu prendia a respiração. Com a bolsa aberta, olhei para trás para ter certeza de que ainda estava sozinha. Estava. A bolsa continha tudo que devia ter para uma noite fora de casa: produtos de higiene pessoal (eu ia matar esse cara por não ter me contado que tinha creme dental), roupas, meias, algumas barrinhas de proteína (ele planejava dividir?) e finalmente, finalmente, no fundo da bolsa, encontrei o que procurava. Um celular. Era um velho aparelho modelo flip, e, quando o abri, vi que a tela estava escura.

Eu não sabia ligar o telefone. Apertei e segurei o botão lateral por alguns segundos. Nada. Tentei o botão com o desenho de um telefone verde. Ainda nada.

— Sério? — Dax falou atrás de mim.

Virei para ele ainda abaixada, perdi o equilíbrio e caí sentada. Agora eu segurava o celular na frente do corpo, totalmente à vista.

— Você tem um telefone — falei. — Estou presa aqui e você tem um telefone.

— Você mexeu nas minhas coisas? — Era uma pergunta, mas a raiva em sua voz a transformava mais em uma acusação.

— Eu fui obrigada, porque você disse que não tinha um celular, mas tem. Só quero ligar para a minha família. Eles devem estar preocupados comigo.

— Pode ligar. — Ele apontou o celular.

Isso era alguma pegadinha? Olhei de novo para a tela preta.

— Não consigo ligar o aparelho.

— Exatamente. — Ele arrancou o celular da minha mão, enfiou na bolsa e fechou o zíper.

— Como assim, *exatamente*? Pode ligar para mim?

— Não, não posso. Está sem créditos e sem bateria.

— Ah. — Continuei sentada no chão, desanimada demais para levantar. — Bom, então não serve para muita coisa.

— É que, antes de vir para cá, esqueci de pensar em você e nas suas necessidades.

— Por que trouxe um celular sem bateria? O carregador não está aí?

— O que você acha?

— Aliás, por que me seguiu?

— Porque você estava com cara de culpada quando saiu da sala, como se fosse cometer um crime.

— Você conhece bem essa cara?

— Não mexe nas minhas coisas — ele falou em voz baixa, quase inaudível.

— Desculpa por ter mexido na porcaria da sua bolsa. Só queria sair daqui. Minha família deve estar morrendo de preocupação. Sua família não está preocupada?

— Não.

— Aposto que está. Você fugiu?

— Não.

— Qual é, então? Só saiu? Ninguém liga se você passa o fim de semana fora? Se passa a noite em uma biblioteca vazia?

— Eles me deixam entrar e sair quando eu quero, e eu não denuncio ninguém pela plantação de maconha no porão. Funciona bem.

Fiquei em silêncio por um momento, chocada. Tinha ouvido histórias sobre a mãe dele ser uma drogada, mas era difícil saber o que era boato e o que era fato.

— Seus pais plantam maconha no porão?

— A família que me acolheu. Esquece o que eu disse.

Por algum motivo, eu estava mais surpresa por ser a família que o abrigava do que se fossem seus pais de verdade.

— Não olha para mim desse jeito. É perfeito. A melhor situação que já tive.

Melhor situação que ele já teve?

— Sinto muito.

— Por quê? Eu tenho liberdade. Eu é que lamento por você e por essa sua vidinha previsível.

— Talvez eu lamente porque isso te transformou em um completo babaca.

— Melhor que ser uma mimadinha ingênua e arrogante.

Soltei um suspiro frustrado. Essa palavra de novo. Por que eu ainda insistia? Eu não era uma dessas meninas que precisavam salvar garotos perdidos. Levantei e comecei a me afastar, mas antes de ir muito longe, voltei, abri a bolsa dele e avisei:

— Vou pegar um pouco do seu creme dental.

A expressão dele era um misto de espanto e raiva quando saí dali levando a pasta de dente.

No banheiro, apoiei a cabeça na parede de ladrilhos frios e cobri o rosto com a mão. Ele não tinha um telefone, a única coisa que me dava um pouco de esperança. Eu estava presa ali de verdade, oficialmente.

Quando senti a respiração acelerar, me lembrei de me manter concentrada nas coisas boas. Eu tinha creme dental. E uma televisão. Podia fazer alguma coisa com isso.

Quando os créditos do filme rolaram na tela da pequena televisão da sala de descanso, uma lembrança invadiu minha mente. Há duas semanas, fui ao cinema com alguns amigos. Jeff, o primeiro dos meninos a chegar, passou por cima de muitos pés e contornou as pernas de uma fileira inteira de gente para se sentar ao meu lado.

— Está guardando lugar para a Lisa? — ele perguntou.

Eu estava.

— Não — respondi, no mesmo instante em que Lisa entrou na sala e viu seu assento ocupado. Olhei para ela por cima do ombro de Jeff, e Lisa sorriu. Eu devia uma para ela.

— Estava guardado para mim, então?

— Vamos dizer que sim — falei, e roubei um punhado de pipoca do pacote na mão dele.

— A primeira porção é de graça — ele avisou.

— Ah, fala sério. Quanto custa a segunda?

Ele levantou as sobrancelhas.

— Por que não arrisca?

Não aceitei a provocação e mudei de assunto.

— Cadê o Dallin e todo mundo?

Antes que Jeff pudesse responder, Dallin e os outros entraram na sala dando risada.

— Minha mãe vai matar vocês — Zach avisou, tentando ajeitar o cabelo. — Estou de castigo.

— Por isso te sequestramos — Dallin respondeu. — Quando ela ficar brava, pode dizer que a culpa é nossa.

Zach ainda alisava o cabelo com as mãos.

— A fronha era necessária, mesmo?

Jeff riu e olhei para ele.

— Não quis participar do sequestro do Zach?

Ele deu de ombros.

— Eu queria chegar aqui logo.

Qual era o problema comigo? Era o que eu pensava agora ao desligar a televisão. Sempre que estava longe de Jeff, imune às nossas interações, eu conseguia perceber claramente todos os sinais. Mas, quando estava perto dele, era como se meu cérebro sofresse um curto-circuito, e eu não conseguia decidir se ele gostava de mim ou não. Eu precisava parar de pensar tanto. Se eu contratasse meu pai para criar um slogan para minha vida, provavelmente seria: "Sai da sua cabeça". Ou: "Não é tão ruim quanto seu cérebro faz parecer". Mas esses slogans simples pareciam mais fáceis de recitar do que de aplicar.

Tentei dormir. Estava cansada. Meus ombros doíam, os olhos pulsavam e a cabeça latejava. Um cochilo ajudaria. Mas fazia duas horas que eu havia discutido com Dax, e me sentia mal por ter chamado o garoto de babaca outra vez. Eu não brigava com as pessoas. Nunca tinha chamado ninguém de babaca. Odiava conflitos, mas ele parecia despertar isso em mim. Mas com os próximos dias pairando diante de nós, dias frios e solitários, eu sabia que precisava me esforçar mais para me dar bem com ele.

Eu teria de engolir tudo isso. Os pais dele, a família que o abrigava, plantavam maconha no porão de casa. Isso era bem ruim, mas eu também não conseguia ignorar a segunda parte da declaração. A parte sobre como o deixavam entrar e sair quando quisesse. Podia parecer liberdade, mas será que isso não significava que não se importavam com ele e só queriam o dinheiro que ganhavam por abrigar um menor? Apesar da atitude indiferente, eu tinha a sensação de que Dax também suspeitava disso.

Enquanto estava ali deitada, olhando para a mesinha de centro à minha frente, notei uma pequena gaveta. Estendi a mão e a abri. Tinha um baralho lá dentro. Eu o peguei e o virei de um lado para o outro. Levei cinco minutos para me convencer a fazer o que sabia que precisava fazer.

Desci a escada. Ainda estava claro lá fora, e haveria luz por mais algumas horas. Estava mais quente no andar de baixo. *Quente* não era a palavra certa; menos frio descrevia melhor. Dax continuava sentado exatamente como antes. Só que dessa vez ele mantinha a mão esquerda sobre a cabeça. Dava para ver a tatuagem no pulso, mas eu não estava suficientemente perto para ver o que era. Ele olhou para mim por cima do livro como se esperasse que eu dissesse alguma coisa.

— Oi — foi tudo o que eu disse.

Como não falei mais nada, ele retomou a leitura.

Eu não tinha ido ali para dizer "oi". Forcei as palavras seguintes a saírem da minha boca.

— Eu encontrei um baralho.

Ele olhou para as cartas que eu virava novamente entre as mãos.

— Hum... quer jogar?

— Jogar o quê? — ele perguntou.

Se eu respondesse do jeito errado, ele diria "não".

— Tanto faz. Você que sabe.

Ele suspirou.

— Não precisa fazer nada disso.

— Fazer o quê?

— Você sabe.

Eu não sabia. Sentia pena dele, e ele conseguia ler essa emoção no meu rosto como tinha lido a aversão e o medo dele na noite anterior. Do mesmo jeito que soube que eu ia mexer na sua bolsa mais cedo. Eu era tão transparente assim?

— Pode continuar me tratando como sempre me tratou.

— Como assim? — Até onde eu sabia, antes da noite anterior eu não o tratava de jeito nenhum.

— Pode continuar me ignorando. Mais dois dias, e você vai embora. Melhor manter o costume.

Opa.

— Isso não é verdade. Eu não te conhecia. Você não queria que te conhecessem. É exatamente o contrário do que está dizendo. É você quem ignora todo mundo. Não sabe nem o meu nome...

A última frase deve ter pegado Dax de surpresa, porque foi a primeira vez que ele abandonou o ar duro e me encarou de verdade. Sem a guarda alta, parecia mais jovem. Grandes olhos castanhos, cabelos escuros e ondulados, uma expressão vulnerável no rosto.

— Autumn.

Foi minha vez de fazer cara de surpresa. Eu podia jurar que estava certa sobre isso. A repentina mudança na energia tirou de mim a vontade de brigar.

— É só jogar uma porcaria qualquer comigo. Estou entediada.

Ele não se moveu.

— Eu sou teimosa.

Ele sorriu.

— Irritante te descreve melhor — ele disse, mas se levantou e andou até uma das enormes mesas de madeira.

Sentei na frente dele e abri o baralho. Embaralhei as cartas e distribuí cinco para cada um de nós.

— O que vamos jogar? — ele perguntou.

— Pôquer. Cinco cartas. — Meu pai costumava organizar noites de jogatina com os amigos em casa e às vezes me deixava participar, se um dos parceiros não aparecia. Ele até me passava umas cartas e me deixava ganhar algumas rodadas. Eu tinha certeza de que todo mundo sabia disso, mas era divertido.

— Tudo bem. — Dax pegou suas cinco cartas, e o ar de confiança desapareceu.

Talvez estivesse aborrecido com a mão. Também peguei minhas cartas. Tinha um par de três, um ás de espadas, um rei de copas e um dois de paus. Basicamente nada. Devia ficar com um par de baixo valor ou tentar outro rei ou ás trocando três cartas?

— Quer trocar alguma? — perguntei.

— Eu... — Ele olhou de novo para o que tinha. — Tenho que tentar o mesmo naipe ou formar pares?

Senti meu queixo cair antes de conseguir me segurar. Ele não sabia jogar pôquer? Não foi ele que passou quatro meses em um centro de detenção para menores? Não que eu soubesse o que acontecia nesse lugar, mas imaginava que pôquer fosse uma das coisas.

— Você não sabe jogar?

— É óbvio que não.

— Entendi.

— Ah, não é tão chocante assim.

— É sim — respondi, rindo. — Hum... — Eu nunca tive que explicar o jogo antes. — Existem várias versões de pôquer, mas essa é chamada de cinco cartas. Cada um recebe cinco cartas.

— Daí o nome.

Sorri.

— Isso. E depois você pode trocar até três dessas cartas por mais três do baralho.

— Eu tenho que trocar?

— Não. Cada mão tem uma pontuação diferente. A melhor é chamada *royal flush*. É quando você tem uma sequência de dez, valete, dama, rei e ás do mesmo naipe. Tem também o *straight flush*... — Parei, percebendo que levaria uma eternidade para explicar tudo.

Além do mais, ele olhava para mim como se não estivesse entendendo nada. Eu o estava confundindo. — Acho melhor a gente começar, e eu vou ensinando enquanto jogamos. Na verdade, vamos mostrar as cartas nas primeiras duas rodadas, e eu falo o que faria, se tivesse essa mão.

Virei as cartas para cima na mesa.

— Olha aqui, tenho um par de três e mais nada. Mas o ás é a carta mais alta, e, se nós tivermos as mesmas cartas, eu ganho por causa desse ás. Mas, se você tiver um par mais alto, ganha do meu par de três. Pensei em manter as cartas altas e trocar os três e o dois. Está fazendo sentido?

— Sim. — Ele virou as cartas. Tinha um par de setes, dois valetes e um cinco.

— Ah, você já ganhou de mim.

— Então essa é uma mão boa?

— Ah, mais ou menos. Tipo, na verdade é a terceira mais baixa. Mãos de sete podem ganhar, mas para isso é preciso pegar uma mão de setes. Um *full house* seria melhor. Então você tem que trocar seu cinco e torcer por um valete ou um sete. Mas, a essa altura, é bem provável que ganhe de mim de qualquer jeito.

Ele me deu o cinco e eu dei a ele outra carta, que coloquei virada para cima sobre as que já estavam diante dele. Era um sete.

Bufei.

— Seu FDP sortudo.

— Você acabou de me chamar de FDP?

— Desculpa. Meu pai sempre diz isso para os companheiros de jogo. Só lembrei o que significa depois que já tinha falado.

Ele olhou para a carta.

— Imagino que minha mão agora tenha melhorado.

— Quatro cartas, sim. — Coloquei meus três e o dois virados para baixo ao lado do baralho e puxei mais três cartas. Consegui um amigo para meu rei, mas as outras duas eram um oito e um valete. — Só um par de reis. Praticamente a mão mais baixa. Você ganhou.

— O que eu ganho?

— Bem, se tivéssemos apostado alguma coisa, você teria levado tudo. Mas, como não apostamos, sinta-se orgulhoso de saber que venceu sua primeira mão de pôquer.

Ele não respondeu.

— E aí, quer jogar apostando alguma coisa? — perguntei, olhando seus olhos castanhos.

— A gente já sabe que você não tem nada — ele disse.

— Podemos apostar segredos. Perguntas. — Eu tinha a sensação de que só assim conheceria Dax, porque ele não me contaria nada espontaneamente. E, apesar de saber que isso não era muito sensato, estava curiosa sobre os motivos para ele ser como era: um garoto solitário, triste e retraído.

— Você estava me enrolando? — perguntei depois de uma hora de jogo. Tínhamos parado de mostrar as cartas há um bom tempo. Ele havia aprendido o jogo com facilidade. Não sabia bem que mãos superavam outras, como disse, mas isso não tinha importância. Ele ainda ganhava de mim em quase todas as rodadas. Ainda bem que havia recusado minha proposta de apostar segredos. — Você já sabia jogar, não sabia?

— Não.

— Está escondendo cartas na manga ou alguma coisa assim? — Sem pensar, segurei a mão dele, virei a palma para cima e deslizei os dedos pelo pulso. Agora conseguia ver nitidamente a tatuagem. Três números. 14, 7, 14. Meu dedo traçou o contorno dos algarismos sem minha autorização... ou a dele.

Dax me encarou.

— Eu não trapaceio.

Retirei a mão.

— Falei de brincadeira.

Ele recolheu as cartas e as entregou para mim.

— Talvez tenha que embaralhar melhor.

Ameacei protestar, mas percebi que ele estava brincando quando vi um sorriso em seus lábios. Uma sensação de formigamento subiu pelos meus braços. Eu os esfreguei. Estava mais frio do que eu pensava.

— Eu embaralho superbem. Você é que tem sorte. Muita, muita sorte.

— Tem razão. Sou o cara mais sortudo da Terra. — Sua voz não era sarcástica, mas eu sabia que a resposta era. E com todo o direito. Ele não era um cara de sorte, exceto no jogo. Além disso, embora estivesse ganhando de mim nas rodadas, a distração não colaborava muito para melhorar seu humor. Na verdade, ele parecia ainda mais retraído. Acenei com a cabeça em direção à tatuagem. — O que significa?

— Tenho outro moletom.

Demorei um momento para compreender que a frase não era a resposta para minha pergunta. Mas quando me dei conta de que continuava massageando os braços, em vez de insistir na conversa, assenti rapidamente.

— É. Eu estou com frio. Está frio aqui, não está? Acha que dá para abrir a caixa do termostato?

— Não sei. — Ele se levantou e foi buscar um moletom cinza na bolsa para me dar.

Se eu achava que o cheiro de almíscar estava impregnado no saco de dormir, o moletom poderia ter saído diretamente de seu corpo. Era um cheiro maravilhoso. Eu o vesti e puxei a gola em direção ao nariz antes de pensar melhor no que fazia.

— Está na bolsa há algum tempo — ele disse, como se eu pudesse estar enojada com o cheiro, não para me esforçar para segurar um suspiro.

— Não, tudo bem. Está ótimo. Obrigada.

Ele se sentou e distribuí as cartas para outra jogada. Agora que ele evitava minha pergunta, a única coisa que me restava era olhar para a tatuagem. Queria saber o que significava, por que ele não me contava. Havia muitas coisas que eu gostaria de saber sobre ele.

Peguei minhas cartas. Pela primeira vez, eram boas.

— Já se sente preparado para apostar perguntas? — insisti.

— Como assim?

Baixei as cartas para olhar para ele.

— Se eu ganhar, eu te pergunto uma coisa e você me responde sem mentir. Se você ganhar, você me pergunta.

— Eu ganhei as últimas nove mãos, lembra?

— Nove? Sério? Você contou?

— Contei.

Eu ri.

— Então você não tem nada a perder.

Ele pegou as cartas e olhou uma por uma.

— E aí? Topa?

— Por que não?

Eu me abanei com as cartas e tentei manter um semblante neutro e inexpressivo.

— Quer trocar alguma carta?

— Uma.

Deslizei uma carta para ele e depois troquei uma também. Não consegui segurar o riso quando vi que tinha um *full house*. Ele baixou um *royal flush* e meu sorriso desapareceu.

Antes mesmo de eu mostrar as cartas, ele disse:

— Então minha pergunta é: Onde acha que seus amigos estão? Fala a verdade.

A pergunta foi como um soco no meu estômago.

— Como sabe que ganhou?

Ele apoiou os antebraços na mesa e acenou com a cabeça indicando as minhas cartas.

Eu as abaixei, mostrando que ele estava certo. Dax olhou para as cartas e para mim de novo, esperando.

— Eu já disse onde acho que eles estão. Estão todos me procurando.

— Ah, então a parte da sinceridade nessa aposta era só conversa?

— Tudo bem. Para ser sincera, acho que eles deduziram que eu fui para casa porque estava cansada, chateada ou alguma coisa assim.

— Como você teria ido para casa?

— Eles devem ter pensado que eu liguei para os meus pais.

— Por que pensariam isso?

— Porque eu já fiz isso antes.

Ele inclinou a cabeça.

— Você costuma sair dos lugares sem avisar ninguém?

— Eu tenho ansiedade. Crises de pânico. — Eu nunca tinha contado isso para ninguém além de meus pais e meu irmão. Meus amigos provavelmente pensavam que eu tinha algum problema para dormir, porque eu geralmente usava o sono como desculpa para ir embora.

— Em relação a quê?

— A tudo. E a nada. Normalmente consigo administrar. Mas aprendi a reconhecer quando não vou conseguir, e nesses casos eu fujo da situação. — Embaralhei as cartas e pensei em encerrar o jogo, mas ele já havia feito a pior pergunta possível. Qualquer coisa depois disso seria moleza, e eu ainda estava morrendo de curiosidade para saber algumas coisas sobre ele.

Como Dax não falou mais nada, eu acrescentei:

— Eu tomo remédio para isso. Não é nenhum grande transtorno. — Remédio que agora estava na bolsa, no porta-malas do carro de Jeff. Ficar três dias sem o medicamento não seria o fim do mundo, mas era mais uma preocupação.

Olhei para ele, desafiando-o a me obrigar a falar mais, mas ele não fez nada. Distribuí as cartas para mais uma rodada, que ele ganhou. Suspirei e esperei enquanto, recostado em sua cadeira, ele me analisava como se esperasse ver em mim a pergunta perfeita. Ele nunca tinha me olhado por tanto tempo, e não consegui sustentar esse olhar. Comecei a traçar o desenho do nódulo da madeira da mesa.

Era muito triste que ele tivesse tanta dificuldade para pensar em uma pergunta sobre mim, quando eu queria saber um milhão de coisas sobre ele.

— Por que sempre se esconde atrás da câmera?

— Quê? — Levantei a cabeça e olhei para ele. Eu nem sabia como responder a essa pergunta, porque era mais uma afirmação inverídica do que uma questão. — Eu não me escondo. Gosto de fotografia. Só isso.

Dax assentiu, depois se inclinou para trás como se esperasse eu dar as cartas novamente.

— É verdade. Gosto de tudo que tem a ver com isso. Gosto de capturar um momento para sempre. Gosto de ver as coisas de uma perspectiva diferente. Gosto de extrair um pedaço do todo e decidir qual pedaço vai ser. Gosto da previsibilidade de uma câmera, de como ela faz exatamente o que eu quero que ela faça. Gosto de capturar emoções, histórias e lembranças.

Ele levantou um pouco as sobrancelhas, como se a resposta o surpreendesse, mas ainda não disse nada, e eu continuei:

— Não estou me escondendo de nada.

— É bom saber do que gosta.

— É. — Como ele fez isso? Como me fez falar tanto com tão pouco esforço? Respirei fundo, acalmei a mente e dei as cartas mais uma vez.

Minha mão era boa. Só precisava trocar uma carta. A troca me deu um *full house*. Mantive o rosto tão inexpressivo quanto podia.

Ele trocou três cartas, e comecei a bater o pé no chão com nervosismo enquanto esperava que ele estudasse o jogo. Dax colocou dois pares na mesa.

— Ah! — falei ao baixar as cartas. — Finalmente!

Ele cruzou os braços e se recostou na cadeira.

Eu queria saber tantas coisas que era difícil fazer uma pergunta só. Olhei para o pulso dele. Queria muito saber o que significava a tatuagem, mas, como ele já havia deixado de responder uma vez, pressenti que não responderia de novo, apesar de eu ter acabado de ganhar a rodada.

Talvez ele respondesse a esta outra:

— Por que você foi para o centro de detenção para menores no ano passado?

— Pensei que todo mundo conhecesse essa história.

— Ouvi as fofocas, mas quero saber a verdade.

— Não devia ter desperdiçado a pergunta. Não é fofoca, é a verdade.

— Você espancou uma pessoa.

— Isso.

— Quem? Por quê?

— Pai provisório número quatro. Porque ele mereceu.

— O que ele fez?

— Ele era um cretino.

— Como assim?

— Ele gostava de bater na mulher. Quis mostrar para ele como é estar do outro lado. Quando a polícia chegou, a esposa o defendeu e me acusou. Eles registraram uma ocorrência.

— Que droga.

Ele deu de ombros e jogou as cartas para mim. Depois se levantou de repente.

— Estou com fome. — E se afastou da mesa em direção à porta.

Acho que tive sorte por ele responder a uma pergunta. Eu devia ter imaginado que essa aposta acabaria com o jogo.

Quando cheguei, Dax estava na frente da televisão, comendo o restante de sua barrinha. O saco de dormir estava em cima do sofá, onde o deixei. Sentei na outra extremidade e me cobri com ele.

Levantei uma ponta.

— Quer dividir?

— Não estou com frio.

Minha barrinha continuava em cima da mesa de centro, e, apesar de não sentir o estômago reclamando muito, eu a peguei e comecei a comer. Era idiotice usar comida como distração aqui. Não podia me dar esse luxo, mas continuei comendo mesmo assim.

— Posso contar nos dedos de uma mão quantas barrinhas de amendoim eu provei em toda a minha vida, mas nesse momento essa é a melhor que eu já comi.

— É.

— Você sempre come isso?

— Não.

— De que barrinha gosta mais?

— Acha que só porque jogamos baralho agora somos amigos?

Senti todo o ar sair do meu corpo e abrir espaço para a raiva.

— Não. Só queria passar o tempo. — Provavelmente ele queria que eu saísse dali, mas, como era um babaca, eu ia ficar. Apoiei a cabeça no braço do sofá e olhei para a televisão. Estava passando um jogo de basquete. Não pensei que ele fosse fã de basquete. Na verdade, antes desse fim de semana, nunca pensei que ele fosse mais que um encrenqueiro. E até agora ele só confirmava essa impressão. Puxei o saco de dormir sobre o ombro.

Se Lisa estivesse aqui, estaríamos encolhidas juntas, falando sobre os últimos garotos de quem estávamos a fim. No sábado anterior, ficamos no sofá da sala na casa dela, conversando enquanto víamos um filme.

— Quando vai contar para o Jeff que gosta dele? — ela havia perguntado.

Lisa era a única do grupo de amigas para quem eu tinha falado sobre Jeff. Não por não confiar nas outras. Eu só passava mais tempo com ela fora do colégio, por isso conversávamos mais.

— Não sei. Acho difícil me abrir com ele. Cada vez que começo, fico nervosa.

— Não tem motivo para você ficar nervosa. Ele gosta de você.

— Ele parece gostar de todo mundo.

— Mas gosta mais de você. Todo mundo já viu.

— Então por que ele não me convidou para sair?

Ela afagou minha mão.

— Acho que os garotos são tão inseguros quanto as garotas. Você está passando uma mensagem confusa para ele.

— Estou?

— Sim, você mostra interesse, mas recua quando ele corresponde.

— É verdade. Começo a pensar demais. Penso demais em tudo.

— Bom, então para. Vocês dois são uma graça juntos. E, se não contar para ele e para todo mundo logo, a Avi vai chegar nele primeiro.

— Quê? A Avi gosta do Jeff?

— Não sei, mas às vezes acho que sim. Vai pegar o que é seu — ela concluiu, depois riu muito.

Eu também ri.

Voltei ao presente com um sorriso no rosto. Sentia falta de Lisa. Parecia bobagem, porque a tinha visto no dia anterior, mas devíamos estar passando o fim de semana juntas. Eu tinha esperado muito por isso.

Olhei para a embalagem vazia em minha mão. Tinha comido o restante da barrinha. A embalagem vazia da barra de Dax também estava em cima da mesa. Calculei mentalmente o que ainda tínhamos de comida. Não havia se multiplicado, mas ficaríamos bem. As pessoas sobreviviam na natureza por mais tempo e com menos do que isso. Por que pensar nesse assunto fez meu coração bater mais rápido? Por que minha respiração de repente ficou mais acelerada? Não, eu não ia surtar por causa disso.

Às vezes a ansiedade me pegava de surpresa, quando eu não estava esperando. Quando não parecia lógico. Quando eu achava que tinha feito um trabalho perfeito, esclarecendo para mim mesma um gatilho. É como se meu coração não ouvisse. Eu sabia que toda essa situação era opressora e que meu corpo estava decidindo entrar no jogo, mas eu não queria que fosse aqui, na frente dele. Ele já me julgava o suficiente.

Levantei, tentando controlar a respiração, e saí da sala. Esse lugar me fazia sentir presa. Eu precisava de um pouco de ar fresco. Devia ter uma janela que eu pudesse abrir em algum lugar do prédio. Minha cabeça girava enquanto eu me lembrava de ter tentado abrir todas aquelas janelas na noite anterior. Fui até a escada, subi de andar em andar procurando uma que eu não tivesse tentado abrir. Cheguei, ofegante, ao fim da escada, no quarto andar. Era um espaço destinado ao estoque. Uma sala com caixas e mais caixas de coisas, decorações antigas, pedaços de tecido, toalhas de mesa. Havia muita coisa lá. Um labirinto de coisas me prendendo.

A sensação que eu tinha era de que meu coração ia saltar do peito. Eu me recostei à parede mais próxima. *Para para para para para,* disse a mim mesma. Meus olhos se encheram de lágrimas; meus ouvidos ensurdeceram, a pulsação martelando dentro deles. Eu estava surtando com a possibilidade de surtar, e isso nunca ajudava.

— Tudo bem surtar — falei baixinho, sem convicção.

Vi uma porta do outro lado, uma porta branca sem identificação, com uma barra de metal no centro. Uma porta que eu não tinha tentado abrir antes.

Tropecei em meus pés enquanto quase corria para ir empurrá-la. A porta se abriu para uma escada circular de metal. Cada degrau estalava, e a escada parecia estar muito perto de desmoronar com meu peso. Eu me segurei com força ao corrimão empoeirado e subi até o topo. Outra porta esperava por mim lá em cima, e uma pavorosa coruja de madeira no fim do corrimão guardava a porta. Eu a puxei e quase pisei no telhado, mas me contive antes de sair. O telhado era inclinado e não seria seguro nem sem a camada de neve, mas um sopro de ar frio me atingiu no rosto, secando imediatamente o suor que o cobria. Inspirei o ar gelado sucessivas vezes, esfriando meu corpo por dentro também.

Meu coração se acalmou, a respiração recuperou o ritmo. Como as pernas ainda tremiam, sentei no topo daquela escada estreita e olhei para fora, para o telhado branco de neve. Era razoável pensar que poderia passar o resto do fim de semana sentada lá em cima? O céu estava escurecendo e logo as estrelas apareceriam.

Pensei como era deitar na minha cama, como as estrelas brilhavam no teto quando estava escuro. Eu estaria lá em dois dias, talvez até antes. Pensei nas coisas que me ajudavam a relaxar, minha mãe escovando meu cabelo, meu pai cantarolando enquanto preparava ovos no fogão, meu irmão mais velho me levando de carro para comprar sorvete quando voltava para casa nos fins de semana. O resto do corpo se acalmou com esses pensamentos.

Enxuguei os olhos. Às vezes eles lacrimejavam em episódios como esse. Era irritante. Não que isso acontecesse com muita frequência. Só de vez em quando, quando coisas ou eventos inesperados me dominavam. Essa situação parecia ser um gatilho para mim. Não me surpreendia, considerando como as últimas vinte e quatro horas haviam sido incomuns. Eu voltaria ao normal assim que isso acabasse, dizia a mim mesma sem cessar. Só precisava aguentar mais um pouco.

Inclinei o corpo para trás e me apoiei nas mãos.

— Por que não consigo controlar melhor minha mente? — resmunguei, olhando para o teto. Não, não era o teto. Percebi que estava olhando para a parte de baixo de um sino, e havia uma corda pendurada nele. Eu estava em uma torre. Claro. Eu tinha visto essa torre muitas vezes lá de fora, só não tinha pensado nela ali dentro. Eu estava sentada em uma torre, embaixo de um sino que nunca tocava.

Dei um pulo para levantar, segurei a corda e puxei. Alguém notaria um sino que nunca tocava.

Alguém tinha que notar.

Ou talvez ninguém notasse. Puxei a corda dezenas de vezes, depois desci e fiquei perto da porta principal, esperando alguém chegar. Uma hora mais tarde, não havia nenhuma multidão do lado de fora da biblioteca, muito menos bombeiros preparados para fazer um resgate. Não, lá fora só havia um monte de neve intocada.

Eu poderia tocar o sino mil vezes e ninguém ouviria. Eu me afastei lentamente da porta da frente, me preparando para subir a escada de novo, quando tive uma ideia. *Alarme de incêndio*. Eu era uma idiota, mesmo. Estava em uma biblioteca pública. Havia um alarme muito melhor no prédio. Por que não pensei nisso antes?

Certamente deveria haver uma alavanca vermelha bem à vista na parede, pronta para ser acionada em caso de emergência. Mas estava escurecendo, o que complicava as coisas. Eu havia encontrado o compartimento de vidro com o extintor de incêndio. Aquele com a inscrição: "Em caso de incêndio, quebre o vidro". Deduzi que quebrar o vidro dispararia o alarme, mas me sentia mal por fazer isso quando não havia realmente um incêndio. Tinha que ter uma alavanca por aqui em algum lugar. Alguma coisa que não dependesse de quebrar um vidro. Talvez estivesse na sala principal.

Quando entrei, Dax estava novamente em seu lugar de costume, com o livro na mão, como se nem tivesse saído dali. Depois que dei uma volta na sala, ele perguntou:

— O que está fazendo?

— Tenho um plano. — Ele ia odiar, provavelmente, porque minha intenção era trazer as autoridades até nós, mas eu não ligava. Fui até o balcão da recepção e procurei um botão de emergência embaixo dela. Todos os prédios tinham esse equipamento ou só os bancos?

— Não vai me contar?

— Ah, agora quer conversar?

Ele não respondeu, e eu estava cansada do seu joguinho grosseiro. Aquele em que ele fazia o menor esforço e esperava os maiores resultados. Eu também não precisava falar.

Cozinha! Devia ter um alarme de incêndio na cozinha, sem dúvida. Era lá que havia a maior probabilidade de princípio de fogo em um lugar como aquele. Fui até lá. Ouvi os passos de Dax na escada atrás de mim. Tudo bem. Ele podia acompanhar meu plano em tempo real.

Eu estava certa. Do lado de fora da cozinha, na parede, estava meu farol vermelho de esperança. Soltei um grito de alívio. Mas, quando me aproximei dele, fui bruscamente puxada para trás pelo quadril.

— O que está fazendo? — ele perguntou.

Virei para encará-lo.

— Salvando a gente. Os bombeiros vão perceber que tem alguém aqui e vão salvar a gente.

Ele se colocou entre mim e o botão de alarme.

— Depois de quebrarem a porta a machadadas. Sem falar que o alarme deve estar ligado aos sprinklers. A sua família vai cobrir o prejuízo?

Olhei para o teto. Sim, havia sprinklers.

— Não consegue mesmo ficar mais dois dias aqui? É tão ruim assim?

Pensei no ataque de pânico pelo qual eu tinha acabado de passar, em como meu coração parecia querer saltar do peito. Eu não queria passar por outra crise dessa.

— Sim. É. Quero ir para casa. Duvido que o alarme dispare os sprinklers. Normalmente, tem que ter fumaça para isso. Tem uma janela ao lado da porta da frente. Vou ficar lá e avisar os bombeiros que não tem fogo, só pessoas presas. Eles não vão quebrar nada. Vão pegar uma chave, alguma coisa assim. — Eu não sabia se isso era verdade. Talvez alguém tentasse entrar pelos fundos ou por alguma janela. Mas eu precisava realmente disso. — Sai.

— Tenho que conseguir ir embora sem ser visto. Não faz isso. Por mim.

— Acha que porque jogamos baralho agora somos amigos?

Ele riu.

— Eu sou um babaca. Nós dois sabemos disso, mas você não é. Não atraia os bombeiros para cá.

— Por quê? Qual é o problema? O que está escondendo?

— Não estou escondendo nada. Só não quero estar no radar deles.

— Por que isso o poria no radar deles?

— Um adolescente trancado *por acidente* em uma biblioteca com uma bolsa de roupa?

— Você pode dizer que ia para a casa de um amigo depois de estudar. Eu também teria minha bolsa aqui, se não a tivesse deixado no carro do meu amigo.

— Eu só tenho mais uma chance, sabia?

— Quê? Como assim?

— Não quero acabar em um abrigo. Se tiver mais um problema, é isso que vai acontecer. Eu não duraria um dia lá. Eles têm horários e regras. Eu preciso de liberdade.

Cruzei os braços e bufei.

— Por que está aqui? De verdade?

Ele passou a mão no cabelo.

— Isso importa?

— Sim. Pode ser a diferença entre apertar ou não o botão de alarme quando você estiver dormindo.

— Está fazendo chantagem para me fazer falar?

— Vamos dizer que isso é compartilhar entre amigos.

Ele balançou a cabeça e um sorriso surgiu em seu rosto. Tinha alguma coisa muito boa em um sorriso que precisava ser conquistado. Mas ele desapareceu tão rápido quanto havia surgido.

— Minhas coisas estavam na varanda. Eu ia para o cânion, quando começou a nevar. É isso. Vai desistir do alarme agora?

— O quê? Como é que é? Os seus pais temporários puseram seu saco de dormir e sua bolsa na varanda? — Por isso ele não tinha um carregador para o celular? Por que não havia arrumado a própria bolsa? — Por que eles fizeram isso?

— Não sei. Devem ter uma festa só para vendedores de Tupperware hoje à noite. Não costumo fazer perguntas. Não me interessa.

— Pelo menos eles mandaram uma escova de dentes. — Eu tentava ver o lado positivo disso, quando era óbvio que não tinha nada de bom nessa história.

— Eu sempre deixo a bolsa preparada, pronta para sair. Gosto de dormir no cânion de vez em quando. Lá é incrível. Mas não gosto de dormir na neve.

— Por isso veio para cá.

— Isso. Fim do mistério. Viu? Não é tão sórdido quanto devia estar imaginando.

Não, era pior do que eu imaginava. Quem fazia isso? Quem punha um adolescente na rua sozinho para poder... o que eles estavam fazendo para não o querer por perto?

— A escola inteira vai saber disso na terça-feira ou só os funcionários?

— Não. É claro que não, não vou contar para ninguém. — Mas talvez eu devesse contar para alguém. Meus pais, sei lá. Ele não merecia viver desse jeito.

Meus pensamentos deviam estar escritos na testa, porque ele disse:

— Autumn. Eu pareço alguém que não recebe cuidados?

Eu o estudei da cabeça aos pés. Ele estava certo. Não parecia faminto. Era magro, mas forte. A pele era lisa, não havia olheiras, nada disso. O cabelo era grosso. Ele parecia muito bem, na verdade. Realmente bem. Senti o rosto quente e parei imediatamente de analisá-lo.

— Não. Você parece... É só que...

— Então vamos em frente. Estou bem. — Ele apontou para o alarme de incêndio. — Não toca nisso.

Sua história e o fato de eu não saber se toda a biblioteca seria encharcada pelos sprinklers, caso eu apertasse o botão, decidiram por mim. Eu podia ficar aqui. Isso não era nenhum grande problema. Dax tinha muito mais a perder do que eu. Levantei as mãos.

— Tudo bem.

— Dois dias. Você aguenta dois dias. Tenho mais barras de proteína na bolsa. Pode ficar com elas.

Eu não ia comer as barras sozinha. Isso me faria sentir muito mal.

— Normalmente leva tão pouca comida quando vai acampar?

— Normalmente não fico trancado dentro de um prédio. É sério, a biblioteca não estava nos meus planos. Decidi de última hora.

Esfreguei os braços.

— Esse prédio é realmente mais quente do que acampar na neve? Ele sorriu.

— Podemos ao menos tentar ligar o aquecimento?

Estávamos lado a lado, na frente do termostato. Dax tinha usado a faca para destravar a porta. Agora ele apertava o botão de "ligar", mas a luz piscava e desligava de novo.

— Talvez seja programado para durar um tempo — ele comentou.

— Deixa eu tentar.

— Seu jeito de apertar o botão é diferente do meu?

Eu o empurrei com um ombro.

— Talvez. — Empurrei o botão para a posição de "ligar" várias vezes, torcendo para o aquecimento começar a funcionar, mas dessa vez a luz nem piscou. Abri o painel. Na parte de trás tinha instruções para programar o sistema, mas nem seguir os passos ao pé da letra resolveu o problema.

— Pode usar esse moletom também, se quiser. — Ele puxou a frente da blusa que estava usando.

— Não, tudo bem. Por enquanto estou bem. Só acho que vai esfriar mais.

— Provavelmente está ligado, mas no mínimo. Eles não iam deixar os canos congelarem.

Ele estava certo. Talvez esse fosse todo o frio que teríamos que enfrentar.

— Odeio sentir frio. — Virei para ele. — Odeio especialmente orelhas frias. Sente.

— Sentir suas orelhas?

— É.

— Por quê?

Quando ficou evidente que ele não as tocaria espontaneamente, segurei seus pulsos e levei suas mãos às minhas orelhas. Agora estávamos frente a frente. Dax era trinta centímetros mais alto, e levantei a cabeça para olhar para ele. Suas mãos eram quentes, o que me fez ter certeza de que minhas orelhas deviam estar tão frias quanto eu sabia que estariam.

— Viu? Frias.

Ele não disse nada, só ficou olhando para mim.

Eu me senti idiota e dei um passo para trás.

— Meias. Talvez possa me emprestar um par de meias.

— Para as orelhas?

Sorri.

— Para os pés.

Ele pigarreou e olhou para os meus pés, para as meias finas e curtas.

— Sim. — Com um gesto surpreendente, ele puxou o capuz do moletom que eu usava sobre a cabeça e apertou o cordão, deixando só uma pequena abertura para eu poder enxergar. — Isso também deve ajudar. — Havia um brilho debochado em seus olhos, um brilho que eu nunca tinha visto antes.

Dei risada e o empurrei, depois me libertei do capuz.

Uma lâmpada no teto se acendeu. Eu não tinha percebido que estava escuro. Passamos o dia inteiro na biblioteca. Mais dois, e isso acabaria.

Por mais que eu quisesse dormir no sofá na sala de descanso, fazia muito frio. Então estávamos lá de novo, na sala principal da biblioteca, cercados de livros. Dax tinha me emprestado um par de meias, além do saco de dormir, e eu estava no chão, puxando as meias para cima até onde era possível.

— O que fez com minha pasta de dentes? — ele perguntou do outro lado da mesa. Desde que não apertei o botão de alarme uma hora atrás, a expressão de Dax parecia menos reservada. Como se agora ele confiasse um pouco mais em mim, talvez. Era uma boa mudança. Eu sentia como se tivéssemos algum tipo de pacto, como se agora fôssemos do mesmo time, como se estivéssemos juntos nisso.

— Ah, deixei no banheiro feminino. Vou buscar para você.

Comecei a levantar, mas ele me impediu.

— Não precisa, eu vou.

— Não pode entrar no banheiro feminino.

— Por que não? — Ele parecia achar isso engraçado.

— Porque... porque... ah, acho que pode. Podemos fazer o que quisermos. Nós criamos as regras aqui! — Minha voz ecoou pela sala. Eu não sabia se era o cansaço ou o tédio, mas comecei a rir e não consegui mais parar.

— Devo ficar preocupado?

— Não — falei, rindo. — Você vai escovar os dentes no banheiro feminino. Não liga para o que eu falei.

A última vez que tive um ataque de riso incontrolável foi há duas semanas, quando meu irmão e eu comemos uma tigela cheia de massa de biscoitos, enquanto minha mãe atendia o telefone. Ela voltou para ajudar a gente a terminar os biscoitos, e não tinha mais massa.

— Vocês vão ficar doentes. Tinha ovo cru nisso.

Olhei para meu irmão, e talvez por causa da quantidade absurda de açúcar que tínhamos ingerido, nós dois começamos a rir. Minha mãe continuou irritada, e isso só nos fez rir ainda mais. No fim, ela acabou rindo também.

— Continua rindo — Dax falou alguns minutos mais tarde, quando voltou do banheiro. — Nem teve graça.

— Eu sei. — Usei as almofadas de várias poltronas para forrar o chão embaixo do saco de dormir. Entrei nele e fechei o zíper até o queixo. — Mas quando começo a rir, é difícil parar.

— Isso acontece muito?

— Só quando estou cansada, agitada ou feliz. Ah, e às vezes quando fico nervosa.

Ele riu.

— A resposta é sim, então.

— Acho que sim. — Voltei a gargalhar.

Ele se deitou do outro lado da mesa, enrolou uma camisa e a colocou sob a cabeça.

— Mas em algum momento para?

Normalmente, a essa altura, a pessoa que testemunhava meu ataque de riso já estava rindo também. Mas Dax não ria, e isso só me fez rir ainda mais.

— Estamos presos em uma biblioteca.

— Boa noite. — Ele levantou a mão para a mesa entre nós e apagou a luminária.

— Você não é divertido. — Ao longo dos minutos seguintes, as gargalhadas foram perdendo força, até que parei de rir.

Tentei dormir, mas fiquei ali olhando para o teto. Talvez fosse a lembrança da minha mãe ou a escuridão que agora nos cercava, mas a preocupação foi penetrando em minha mente e rastejava por lá à vontade, expulsando a leveza de antes. Preocupação com meus pais tentando entrar em contato comigo. Preocupação com meus amigos pensando que eu os havia abandonado. Preocupação com o fato de Avi realmente gostar de Jeff, ser mais rápida que eu e se declarar para ele na fogueira. Minha mente estava a mil. Tentei me distrair pensando em alguma coisa sobre a qual pudesse conversar com Dax.

— Como seria o seu governo? — perguntei.

— Quê? — Dax retrucou da escuridão.

— Além de poder escovar seus dentes no banheiro feminino, que outras regras você criaria no nosso mundo de mentira?

— Regra número um. Ninguém fala depois que a luz é apagada.

Dei risada.

— Eu vetaria essa regra imediatamente.

Ele fez um ruído que poderia ser uma risada, mas também um suspiro.

— Porque nós governamos juntos no mundo biblioteca. — Virei de lado e me apoiei sobre um cotovelo, mesmo sem poder vê-lo. Seu corpo era uma forma escura a uns cinco metros de mim, e tentei me concentrar nesse contorno. — Minha primeira regra seriam os jogos. Teríamos que jogar.

— Jogos mentais?

Dei risada.

— Você é bom nisso, mas não. Jogos de verdade.

— Tipo pôquer?

— Isso, tipo pôquer.

— Você gosta de jogos.

— Gosto. — Em especial os que tinham muitas etapas e instruções que me obrigavam a ficar concentrada, porque aí eu não deixava minha mente me atropelar. Só de falar sobre essas regras nesse momento já era relaxante. Estabelecer um senso de organização às vezes ajudava a me sentir segura. — E você? Do que gosta?

Pensei que ele não ia responder, o que não teria me surpreendido, mas ele retrucou:

— Trilhas. Natureza.

— E ler?

— Sim.

— Explorar lugares novos, então?

— É... acho que sim.

— Essa pode ser a regra número dois. Você tem que ler na biblioteca. Bom, a regra não faz nenhum sentido, mesmo assim vamos manter. — Provavelmente ele não via o meu sorriso, mas até eu podia ouvi-lo na minha voz.

— Não deve ter regras no nosso mundo — Dax opinou.

— Tem razão. Essa vai ser a regra número três.

Dessa vez ele riu. Uma risada profunda, quente, que me fez sorrir mais. Era a primeira vez que eu a ouvia e esperava que não fosse a última. Deitei de costas.

— Boa noite, Dax.

— Boa noite.

Quando acordei, Dax já não estava mais no lugar dele. Eu me espreguicei. Considerando que tinha dormido no chão, havia dormido muito bem. Quentinha e confortável. Agora que estava acordada, tinha uma leve dor de estômago de fome e precisava fazer xixi, mas não queria sair do saco de dormir. Fiquei onde estava por algum tempo, até não conseguir mais me segurar.

Depois de ir ao banheiro, bebi uma xícara cheia de água torcendo para conseguir enganar a fome. Funcionou um pouco. Em seguida voltei à recepção, onde achava que tinha visto alguma coisa ontem enquanto procurava um alarme.

— O que está fazendo? — Dax perguntou quando entrou na sala e me viu atrás do balcão, revirando um cesto de vime.

— É a cesta da Mamãe Ganso.

— Eu sei.

— Ela traz a cesta toda semana para a hora da leitura. Tem uns brinquedinhos baratos para distribuir para as crianças. — Continuei revirando os brinquedos. — Por que Mamãe Ganso, aliás?

— Mamãe Ganso é o heterônimo de alguém que escreve canções de ninar.

— Você quer dizer *apelido*?

— Isso, tipo o Lemony Snicket.

— Quem é Lemony Snicket? E o que é um heterônimo?

— É uma pessoa imaginária a quem atribuem a autoria de um livro. Isso faz a história parecer mais mágica.

— Ah.

— E aí, por que está interessada nos brinquedos da Mamãe Ganso?

Peguei o que estava procurando.

— Arrá! — Levantei a mão e joguei o objeto na pilha de outros que eu já tinha encontrado.

— O que é isso?

— É aquela mãozinha grudenta de geleca.

— Tudo bem, então. — Ele jogou uma barra de proteína para mim. — Vou ler.

— Não. Não vai. Esse tédio vai me deixar maluca.

— Você devia cantar.

Olhei para ele. Será que Dax tinha me ouvido cantar naquele primeiro dia? Era óbvio que sim.

— Você sabe muito bem que eu não sei cantar.

Ele riu e meu rosto ficou vermelho.

— Estou pondo em prática a regra número um — falei, mudando de assunto. Abri a embalagem e mordi um pedaço da barrinha. — Já comeu uma dessas?

— Falei que são suas.

Peguei mais um pedaço e dei o restante a ele.

— Não consigo comer tudo. Teria dor de cabeça de culpa.

— Dor de cabeça de culpa?

— Isso existe.

— Existe em pessoas legais. — Ele enfiou a barra de proteína na boca.

— Engraçadinho.

— Regra número um? — perguntou, voltando sua atenção para minha pilha de brinquedos.

— Jogos. Acaba de mastigar, depois vamos jogar. — Dei risada. — Até rimou.

Ele revirou os olhos, mas havia neles um brilho divertido. Sim, não apertar o botão de alarme de incêndio foi a melhor coisa que eu podia ter feito. Agora estávamos jogando no mesmo time.

Estávamos no alto das escadas de madeira que ficavam frente a frente. Ele segurava a mola Slinky verde, e eu, a vermelha.

— A mola que chegar lá embaixo primeiro ganha. Só pode tocar se ela ficar presa — avisei, e minha voz ecoou no espaço amplo.

— Eu podia estar lendo.

— Eu podia estar comendo uma refeição caseira, mas nós dois estamos fazendo sacrifícios pelo bem maior.

Ele sorriu e rasgou a embalagem do brinquedo com os dentes.

— É tão boa nisso quanto no pôquer?

— Ei! Deixa a marra para *depois* que ganhar.

Colocamos as molas no alto da escada. Contei até três e as soltamos. A dele desceu três degraus, passou por um vão do corrimão e caiu no chão lá embaixo. Eu ri ao ver que a minha continuava descendo.

— Você não saiu do jogo — falei. — Só pega a mola e põe de volta no mesmo degrau.

Ele desceu a escada correndo, mais depressa do que eu esperava, e pulou por cima do corrimão quando chegou perto do fim. Pegou a mola e subiu correndo. Nunca o vi tão animado como quando devolveu a mola ao degrau e deu um empurrãozinho para fazê-la descer. Mas era tarde demais. Eu tinha ganhado antes que a mola dele descesse mais cinco degraus. Levantei as duas mãos.

— Ganhei! Quem vai ser a marrenta agora?

Ele cruzou os braços e se apoiou no corrimão, como se esperasse o ataque.

— Eu ganhei porque sou a melhor — falei, e achei bobo.

— Você treinou muito, já percebi.

— Eu sempre ganho. Sou humilde, só isso.

Ele riu, depois pegou sua mola no chão.

— Melhor de três?

— Pode ser. O que não falta para nós é tempo.

Depois da minha quinta vitória seguida, ele ficou parado no alto da escada, estudando a mola.

— Talvez a minha tenha algum defeito.

— É essa a desculpa que vai dar?

Ele a virou e puxou uma ponta.

— Se eu tivesse chiclete e uma moeda...

Franzi a testa.

— Quê?

— Se um lado ficasse mais pesado, acho que ela desceria mais depressa.

— E para que serviria o chiclete?

— Eu teria que colar a moeda com alguma coisa, não é?

— E *chiclete* é a primeira opção? Não pensou em fita adesiva ou supercola?

— Eu pensei em duas coisas que poderíamos encontrar por aqui.

— Vamos passar para o próximo jogo, antes que você comece a procurar embaixo das mesas.

— Próximo jogo?

— Vem comigo.

Eu o levei até o fim do corredor, para além de um busto de bronze do presidente da faculdade que antes ocupava o prédio, depois virei.

Os outros brinquedos estavam no meu bolso, ainda na embalagem, e peguei os dois minifrisbees que tinha encontrado. Cada um deles tinha um lançador de plástico. — Você encaixa o frisbee no lançador e aperta a ponta. Ganha quem lançar mais longe.

— Tem algum segredo para fazer isso ir mais longe?

— Não sei. Quem conhece todos os segredos é você. — Quando percebi que impressão isso poderia dar, acrescentei depressa: — Fala sério, moedas, chiclete... Talvez tenha uma boa ideia para isso também.

— Engano seu.

— Não brinco com isso desde que era pequena, então não faço ideia. Quer algumas rodadas para treinar? — Pensei que ele diria "não", mas, quando abriu o pacote e olhou para o disco azul, balançou a cabeça, aceitando a sugestão. Segurei o riso. Ele estava levando isso mais a sério do que eu imaginava.

— Que foi?

— Nada.

— Não, tem alguma coisa. Que é?

— Você gosta de competir.

Ele sorriu.

— Não fui eu que fiz bico todas as vezes que perdi uma rodada no pôquer.

— Eu não fiz bico.

— Que nome usa para aquilo?

Lancei meu disco.

— Eu chamo de demonstrar emoção. Devia tentar.

— O que é emoção? — Ele também jogou o disco do outro lado da sala. O dele aterrissou vários centímetros à frente do meu. Como ele fez isso?

— E aí, ganhei?

— Não! Foi só treino. Você quis algumas rodadas para treinar.

— Quem gosta de competir, mesmo?

Dei um empurrão no ombro dele.

— Eu é que não sou. Gosto de seguir determinadas regras, só isso.

Ele riu e recolheu nossos discos.

— Pode dar o nome que quiser.

Quando ele levantou a mão preparando o lançador, empurrei seu braço e desviei o disco, que bateu na parede.

Ele rosnou para mim, mas havia um sorriso em seus olhos.

Preparei meu lançador e não percebi que ele havia mudado de lugar e se colocado atrás de mim, até me agarrar pela cintura e girar para o outro lado.

— Assim não vale! — gritei ao ver meu disco ricochetear na janela atrás de nós.

— Pensei que atrapalhar fizesse parte das regras.

— Tudo bem, agora é sério. Vamos lançar juntos.

Preparamos os lançadores e fiquei prestando atenção nele, esperando que me empurrasse ou alguma coisa assim. Ele não fez nada, mas eu me *sentia* desequilibrada e joguei meu minifrisbee um pouco alto demais. Com a mão firme, ele lançou o dele perfeitamente e ganhou.

— *Já é hora de aplicar a regra número dois?* — Dax perguntou depois de dominar completamente algumas rodadas de frisbee.

— Regra número dois?

— Leitura.

— Ah. — Dei risada.

— A número três também serve.

— Eu vetei a regra número três. Último jogo. — Eu o puxei pelo braço para a passarela de vidro. A janela de vitral, ponto focal da sala, brilhava ainda mais com a luz refletida pelo cenário coberto de neve lá fora. Entreguei a ele a mãozinha grudenta. — Precisamos de um tira-teima.

— Qual é o jogo?

— A mão que ficar grudada no vidro durante mais tempo vence.

— E ganha o quê? — ele indagou.

— Queria apostar alguma coisa? Outra verdade?

Ele segurou a mãozinha entre os dedos como se testasse seu poder de aderência, depois assentiu.

— Isso.

Contei até três e joguei minha mãozinha por cima do corrimão. Ela era vermelha e grudou um pouco mais alto, no arco da janela. A dele era verde, e um pedacinho do cordão embaixo da mão não havia se fixado direito. Eu venceria. Era só esperar.

— Quanto tempo elas ficam grudadas? — Dax perguntou.

— Uma vez meu irmão jogou uma no teto e ela ficou lá por dois dias.

— Dois dias?

— Mas essa não é a norma. Nunca brincou com isso quando era criança?

— Não. Nunca.

Sentei e me recostei no corrimão. Estiquei as pernas para a frente.

— Gostei das meias — ele comentou.

Sorri. Eu tinha puxado as meias por cima da calça, e, mesmo sabendo que estava ridícula, desse jeito me sentia mais quentinha.

— Obrigada. Todo mundo devia usar assim.

Ele se sentou ao meu lado, os ombros quase tocando os meus. Uma eletricidade parecia radiar entre nós. Provavelmente, éramos as únicas fontes de calor naquela passarela, o que fazia essa energia parecer uma força tangível.

— Quantos anos o seu irmão tem? — ele perguntou.

— Dezenove. Está no segundo ano da faculdade. Eu sou a caçula, com todos aqueles traços de personalidade engraçados.

— Que traços são esses?

— De alguém simpático, esperto e bem-humorado.

— Você deixa traços te definirem?

— Não. Tem muitas características dos filhos caçulas com as quais eu não me identifico. E você? Tem irmãos? — Tarde demais, percebi que o assunto podia ser delicado. Ele morava em um lar temporário. Eu não sabia como isso funcionava, se houvesse mais de um filho.

— Não. Acho que isso me confere características de filho único.

— Quais?

— De uma pessoa egoísta, reservada e indiferente. — Havia em seu rosto um sorrisinho que sugeria que o comentário era brincadeira.

— Acho que você está querendo dizer confiante, independente e supermotivado.

— Por acaso você lê muitos livros de psicologia?

Por causa dos meus problemas, sim, na verdade.

— Leio, e minha amiga Lisa é filha única. — Ela gostava de falar sobre como isso a colocava em vantagem em quase todos os aspectos da vida. *Exceto em humildade*, eu sempre a lembrava. — Conhece a Lisa?

— É a indiana?

— Não, essa é a Avi. A Lisa é a baixinha de cabelo castanho.

Ele deu de ombros.

— Talvez reconheça, se encontrar com ela.

Ele não conhecia a Lisa, mas me conhecia? Sempre achei que a Lisa era mais popular.

Meus olhos passaram das mãozinhas grudadas no vidro para a paisagem lá fora. Fazia tempo que não via tanta neve acumulada.

— Acha que o sinal de celular pode estar sofrendo a influência do tempo?

84

— Por causa de um pouco de neve? Duvido. Por quê?

— Talvez eu entendesse por que os meus amigos acharam que eu fui para casa e não se preocuparam. Mas não telefono para os meus pais há trinta e seis horas. Estou surpresa por eles não estarem vasculhando a cidade atrás de mim. Normalmente, já teriam ligado para a Lisa na cabana. Eles acham que estou lá. A Lisa teria dito que eu não fui com eles, e alguém teria imaginado que estou aqui. Não consigo entender isso.

— Na cabana? Lá em cima, nas montanhas?

— É.

— Lá deve ter mais neve.

— E o sinal lá é pior?

— É possível. Se uma torre parou de funcionar ou alguma coisa assim.

— Se não conseguiram falar com ninguém, devem ter imaginado que ficamos presos por causa da neve, não é? Já aconteceu antes, já ficamos presos por causa da neve.

— Pronto. Mistério resolvido.

— É, acho que sim.

— Tem outra hipótese?

— Não. — Ele estava certo. Meus amigos estavam isolados pela neve, e meus pais deduziram que eu estava na mesma situação. Jeff não abriu o porta-malas durante o fim de semana, por isso não viu minha bolsa. Era a única coisa que fazia sentido. Lisa estava na cabana com Avi e Morgan, furiosa por eu não ter ido. Riríamos disso quando eles descobrissem a verdade: que eu havia passado o fim de semana em uma grande e sinistra biblioteca. Era uma aventura realmente nova para mim.

— Onde mais passou a noite? — perguntei.

Dax ficou em silêncio, e de repente percebi que impressão isso poderia dar, se eu não explicasse minha linha de raciocínio.

— Tipo, quando não fica em casa e está nevando — acrescentei.

— Isso não é uma coisa que acontece toda semana.

— Eu sei, mas dá para notar que também não é algo que nunca acontece.

Como ele não respondeu, eu continuei:

— Tem razão, é melhor não me falar ou posso aparecer na sua próxima parada.

O comentário provocou um sorrisinho.

— Tem umas igrejas que ficam destrancadas, de vez em quando. E eu já fiquei na escola também.

— No nosso colégio? Sério?

Dax mudou de posição ao meu lado, e seu ombro encostou no meu e ficou ali. Eu não me mexi.

— Sim — ele confirmou.

— Nunca sentiu medo?

— Não.

— Não tem medo de nada? Qual é a primeira coisa que surge na sua cabeça quando falo *pior medo*?

Ele pensou um pouco.

— Eu disse a primeira coisa. Não é para pensar, é para falar.

— Compromisso.

— Com uma garota?

— Com qualquer coisa. Garota, gato, aula. E você? — ele perguntou antes que eu pudesse pedir mais explicações.

— Não ter controle.

— Sobre o quê?

— Garotos, gatos, aulas.

Ele sorriu.

— Não sei, qualquer coisa, eu acho. Se o professor vai me chamar durante a aula, se a minha mãe vai perder o emprego... É irracional, porque não tenho controle sobre isso. Acho que esse é o ponto. Mas queria ter.

Meu traseiro estava adormecido de ficar sentada no chão, mas continuei ali, olhando para as mãozinhas grudadas no vidro, torcendo para a dele continuar lá por mais alguns minutos, para o jogo durar um pouco mais. Qual era o problema comigo? Trinta e seis horas, e de repente estava desesperada por contato humano com qualquer pessoa, pelo visto. Apoiei o peso sobre a mão direita, interrompendo nossa conexão. Dava para ver minha respiração, nuvens brancas flutuando na minha frente.

Mais um pedaço da mãozinha grudenta de Dax se soltou do vidro.

— Parece que a minha está quase caindo — ele falou e ficou em pé.

— Quero uma vitória justa.

Ele se afastou.

— E vai ter.

— Aonde vai?

— Avisa quando alguém ganhar. Estou com frio.

— Não pode ir embora. E se a minha cair?

— Você é o tipo de pessoa que vai me contar.

— Posso mentir.

Ele riu sem parar de andar.

— Não, não pode.

— Você é muito bom em ler expressões faciais, mas isso não quer dizer que não sei mentir — resmunguei, mas ele já havia sumido, e eu não sabia se tinha me escutado. Não sabia por que estava tentando afirmar que era uma excelente mentirosa, ou por que ele me fazia pensar que esse devia ser um dos meus objetivos. Realmente não era.

Demorou pelo menos mais uma hora para a mãozinha grudenta do Dax cair, e a minha despencar, alguns minutos mais tarde. Àquela altura, minhas mãos estavam entorpecidas, e os pulmões, gelados. O queixo tremia, fazendo os dentes vibrarem. Peguei as duas mãozinhas quando elas caíram no chão e voltei à sala principal da biblioteca. Lá não estava muito mais quente.

— Eu g... ganhei — gaguejei para Dax, que estava lendo, depois caí na poltrona mais próxima e joguei os dois brinquedos em cima da mesa. — Tomou na cara.

Ele sorriu.

— O discurso da vitória está melhorando. — Ele estava embrulhado no saco de dormir, mas o tirou de cima do corpo e ofereceu para mim. Não me mexi, e ele se levantou e se aproximou. — Valeu a pena? — perguntou, jogando o saco de dormir no meu colo.

— Depende da sua verdade.

— Ah, é. Qual é a pergunta? — E voltou à cadeira.

Qual era a pergunta? Não foi por isso que fiquei tanto tempo esperando naquele corredor gelado? Eu realmente queria saber outra verdade dele. Havia muitas perguntas que eu podia fazer. Como resumir tudo em uma só?

— Não sou tão interessante — ele disse quando continuei em silêncio.

— Só um mistério — respondi, e ele riu. Eu gostava muito dessa risada.

— Como assim?

— Está sempre sozinho, desaparece na hora do almoço, nunca fala, nem na aula, e não parece se incomodar com o que pensam de você.

— E eu que achei que você não prestava atenção.

— É difícil te ignorar. — Quando percebi o que ele podia estar pensando, acrescentei: — Todo mundo está sempre falando sobre você. — Eu estava indo de mal a pior. Parei enquanto podia.

— Sei. E aí, tem uma pergunta no meio disso tudo?

— Onde os seus pais estão?

Quando ele reagiu como se tivesse sofrido um golpe, me senti a pessoa mais insensível do mundo. De onde eu tirei a ideia de que tinha o direito de fazer esse tipo de pergunta, mesmo que agora estivéssemos no mesmo time?

— Não precisa responder. Vou pensar em outra pergunta.

— Meu pai é fisicamente ausente e minha mãe é mentalmente ausente.

Eu devia parecer confusa, porque ele esclareceu:

— Meu pai foi embora de casa quando eu era pequeno e minha mãe é viciada em drogas.

— Sinto muito.

— Relaxa. Já falei, estou bem. Minha situação é realmente boa. E ano que vem vou estar oficialmente livre do sistema todo.

Ele não tinha ninguém. Ninguém com quem pudesse contar quando tivesse problemas, ninguém para ajudar, se desse um mau passo ou se perdesse. Era completamente sozinho. As lágrimas que eu tentava segurar faziam meus olhos arderem.

Ele suspirou.

— Não me atribua emoções. Não finja que sabe o que estou pensando com base nas suas experiências.

Fiz um esforço ainda maior para controlar minha expressão. Eu precisava acreditar no que ele dizia. Dax afirmava que estava bem. Devia estar bem. Eu imaginava nele emoções baseadas no meu universo, não no dele.

— Desculpa.

— Não precisa se desculpar. — Ele pegou o livro e voltou a ler.

Passaram-se horas. Eu estava enrolada no saco de dormir e meus dentes não paravam de bater. Imaginei ser pela falta de comida. Será que meu corpo precisava de alimento para se aquecer? Onde eu estava com a cabeça quando decidi ficar tanto tempo em uma passarela gelada? Dax parecia não sentir frio nenhum ali sentado, lendo seu livro.

— D... Dax. — Minha garganta doía.

— Oi?

— Quais são os sintomas de hipotermia? Porque não sinto mais meus dedos.

Ele olhou para mim, depois para o livro de novo.

— Vai correr na escada ou alguma coisa assim.

— Correr na escada... — Ele estava certo. Eu só precisava ajudar o sangue a circular. Levantei e comecei a andar em direção à escada. Inúmeras estrelinhas surgiram no meu campo de visão por alguns instantes e fiquei tonta. Mas mantive o equilíbrio e continuei andando. O corredor estava escuro, o sol já se escondia no horizonte. Eu havia passado mais um dia inteiro na biblioteca. Faltava só mais um. E duas noites... Por que parecia uma eternidade?

Comecei a subir devagar, um degrau de cada vez. Quando recuperei a sensibilidade nos membros, acelerei um pouco. Minha mente começou a vagar. Estava com saudade dos amigos. Do Jeff em especial. Ele me fazia rir. Na semana passada, ele entrou na sala do anuário, onde eu organizava as páginas dos clubes no computador. Ele se sentou lá, olhou para a página em que eu tinha trabalhado durante a última meia hora e disse:

— Perfeita; agora vamos.

— Tem certeza? Não sei se ficou muito boa.

Ele mal olhou para a tela.

— Todas as fotos que você faz são incríveis. Agora vem comigo. — E me puxou pelo braço para fora da sala.

— Tenho que salvar o arquivo.

— Alguém faz isso por você. Precisa me levar até a sala dos professores e comprar um refrigerante para mim.

— Não podemos entrar na sala dos professores.

Ele parou na frente da porta.

— *Eu* não posso entrar. Mas você, pelo jeito, entra onde quiser. Os professores te adoram. Se estiver do meu lado, posso fazer qualquer coisa.

— Não vou entrar na sala dos professores.

Ele riu e bateu na porta. Meu coração disparou.

A vice-diretora atendeu.

— Pois não?

— A Autumn quer um refrigerante — ele disse.

— Não, eu... — comecei, sentindo a garganta apertar.

— Espere um minuto. — Ela fechou a porta, e eu olhei para Jeff.

— Está tentando criar problema para mim?

— Relaxa. Não vai ter problema.

Ele estava certo. Ela voltou um minuto depois com uma Coca. Quando fechou a porta de novo, eu ri.

— Viu? Os professores te amam.

— Ah, fala sério. Você escreveu o livro sobre como encantar os professores. É evidente.

Ele sorriu.

Meu pé de meia escorregou no degrau, me arrancando da lembrança e quase me jogando no chão. Segurei o corrimão e evitei o tombo. Meu estômago roncou, e pensei que a atividade física poderia me aquecer, mas me faria sentir mais fome. Fui até a cozinha e decidi que o prato misterioso tinha que ser aquecido e provado. Só tinha comido meia barra de proteína o dia todo, e isso fazia horas.

Levei um tempo para decifrar o micro-ondas. Esquentei a comida um pouco mais que o necessário, torcendo para que isso matasse as bactérias que talvez se proliferassem naquele alimento havia muito preparado. Tentei não pensar nisso quando levei uma pequena porção à boca. Tinha gosto de macarrão ao molho marinara e era muito bom. Eu não sabia se era porque não comia nada de verdade fazia tempo ou se era realmente bom, mas comi mais um pouco.

Comi exatamente a metade e deixei a outra parte para Dax.

— Desbravou o desconhecido? — ele perguntou, aceitando o pote e olhando para a comida como se não se sentisse confiante para fazer a mesma coisa. Cheirou o macarrão.

— Está bom. Eu comi.

A comida e o exercício surtiram efeito, e meu queixo finalmente parou de tremer. Dax deixou o livro de lado e comeu um pouco.

— O que acha que é? — perguntei.

— Macarrão? Um macarrão supervelho.

— Achei o gosto bom. Provavelmente porque estou com fome.

Ele comeu mais um pouco, depois me ofereceu o pote.

— Pode comer. Não gostei.

— Sério? Agora é crítico de gastronomia?

— Sim. E isso é horrível.

Peguei a massa, e só depois de comer duas grandes garfadas, entendi o que ele havia feito. Será que fingiu que não tinha gostado só para eu poder comer tudo? Porque a comida não era horrível. Eu não tinha certeza de uma coisa nem de outra. Não parecia algo que Dax faria, mas ele também não era como eu havia pensado.

— Já foi naquele restaurante italiano na Center? Gloria's ou alguma coisa assim? — perguntei.

— Não.

— Por que não gosta de comida italiana?

— Não é minha favorita.

Hum. Talvez ele não tivesse gostado, mesmo. Terminei de comer e deixei de lado o pote vazio.

— Devia fazer seu trabalho de história enquanto está aqui. Terminamos o nosso sexta-feira.

— É. Boa ideia.

Eu sabia que era a última coisa que ele faria. Queria saber como eram suas notas. Ele faltava tanto que não podia ir bem.

— Posso te ajudar, se quiser.

— Quero. Vai começando. Eu chego em duas horas.

Chutei o pé dele e sorri.

— Engraçadinho.

Eu me aproximei da pilha de livros que tinha jogado nele na primeira noite. Alguns estavam abertos e virados para baixo, com as páginas dobradas. Peguei um a um, fui alisando as páginas e formando uma pilha organizada. Depois levei todos para um carrinho no fim de um corredor. Já havia vários livros no carrinho esperando para serem guardados. Livros com títulos como: *Dez passos para a reabilitação*, *Hábitos de um adicto*, *Neuroquímica e dependência*. Não eram necessariamente os livros escolhidos por Dax, podiam ter sido lidos por qualquer pessoa, mas ele também estava aqui na sexta-feira, é claro, esperando a biblioteca fechar. Era essa a pesquisa que fazia, em vez de terminar o trabalho do sr. Garcia?

Ele não quer sua piedade, disse a mim mesma.

— Estou me arrumando para ir dormir — avisei e me dirigi ao banheiro, onde ele agora deixava todos os produtos que tinha levado na bolsa. Terminei de me preparar sem pressa e me enfiei no saco de dormir.

Acordei com um ruído que não consegui identificar. Uma espécie de estalo. Levei alguns minutos bem desorientadores para perceber que era Dax, a uns cinco metros de mim, tremendo enquanto dormia. Ele se controlava enquanto estava acordado para eu não perceber? Tentei ignorar, sabendo que ele não gostaria que eu fizesse nada, mas me senti culpada. Eu usava exatamente o que ele havia trazido para se manter aquecido. Abri o zíper do saco de dormir, saí de dentro dele e engatinhei para perto de Dax arrastando o saco comigo.

Ao lado dele, usei metade do saco de dormir para cobri-lo e me cobri com a outra metade. Ele acordou imediatamente. Ou talvez nem estivesse dormindo.

— Estou bem — resmungou.
— Acho que você adotou essa frase como mantra. Usa a metade.
— Não preciso.
— Cala a boca e pega.

Sem mais palavras, finalmente parou de resistir. Estava com frio. Mesmo sem me tocar, a temperatura embaixo do saco de dormir caiu marcadamente com sua presença gelada.

Dax riu baixinho.

— Que foi?
— Já tinha mandado alguém calar a boca?
— Não. Você arranca isso de mim.

— Como foi a sensação?

— Boa, na verdade.

Ele riu de novo e chegou um pouco mais perto, sabendo que o calor do meu corpo o aqueceria mais rápido.

Ficamos quietos por alguns instantes, só respirando. Respiração que eu podia ver como uma névoa sobre nós, deitados ali de costas. Estávamos na biblioteca havia dois dias inteiros, e, embora eu sentisse como se tivéssemos uma espécie de pacto, eu me perguntava se ele reconheceria minha existência fora dessa situação.

— Já somos amigos?

— Não tenho amigos.

Assenti, ainda que tivesse certeza de que ele não podia me ver.

— Mas... você é menos irritante do que eu imaginava.

— Obrigada. — Provavelmente isso era o mais perto que ele chegaria de um elogio, mas eu ainda me sentia ofendida. Não queria que ele soubesse, por isso acrescentei: — E você me imaginava com frequência?

Era uma brincadeira, mas o jeito como ele ficou tenso ao meu lado me fez pensar que podia ter alguma verdade nisso.

— Sim, o tempo todo.

— Eu sabia — falei, fingindo não perceber a ironia.

— É difícil pensar que alguém pode não gostar de você?

— Na verdade, é.

— Por que se importa tanto com o que os outros pensam?

Pensei na pergunta. Por que eu me importava? Porque eu gostava quando as pessoas ficavam felizes. E por que eu não gostava de pensar que alguém podia não gostar de mim?

— Não sei. — Respirei fundo. — Agora que você parou de bater os dentes, vou dormir.

— Eu não estava batendo os dentes.

— Estava, sim. Parece que tem sentimentos, apesar do esforço que faz para negar.

Ele não respondeu, só disse:

— Boa noite.

— Boa noite.

Cheguei um pouco mais perto, porque seu corpo ainda estava frio, e tentei dormir. Minha cabeça não parava. Passaram-se cinco minutos, depois dez. O segundo ponteiro do relógio de parede parecia uma batida de tambor.

Queria não me importar com o que as pessoas pensavam sobre mim.

— Por que você não se importa?

— Quê?

— Com o que as pessoas pensam sobre você.

— Porque eu não posso interferir no que as outras pessoas fazem ou pensam.

— Acho que é difícil aceitar que não posso ter alguma influência nisso. As coisas que faço mudam a opinião das pessoas.

— Uma coisa que aprendi com minha mãe é que não dá para controlar ninguém além da gente mesmo.

A menção à mãe dele desviou minha atenção. Pensei nos livros no carrinho do outro lado da biblioteca. Se ele realmente havia desistido de pensar que podia ajudá-la, não teria lido aqueles livros. *Se* ele havia lido aqueles livros. Podia ter sido outra pessoa. A mãe de Dax não era a única dependente química em Utah.

— Se você mora provisoriamente com os pais que plantam maconha no porão, onde está sua mãe? Tentando se livrar do vício para você poder voltar a morar com ela?

Ele riu baixinho.

— Ela teria que querer se livrar do vício, antes de tentar.

— Ela trabalha?

— De vez em quando, um emprego aqui, outro ali.

— Quando foi a última vez que a viu?

Ele deu de ombros, e estávamos tão próximos que um ombro tocou o meu.

— Faz tempo.

— Lamento. Isso é horrível.

— Poderia ser pior.

— Poderia ser melhor.

— Sempre poderia.

— Uau. Quanto otimismo.

— É, você já conhece minha fama: o garoto-propaganda do otimismo. Deve ser coisa de filho único.

Sorri.

— Sinto muito — repeti, porque não sabia mais o que dizer.

— É a vida.

Mas não era. Bom, não para todo mundo. Queria que não fosse para ele.

Virei de lado, de frente para ele. Sabia que estava perto, mas não calculei que o movimento eliminaria a pouca distância que ainda havia entre nós. Fingi que foi de propósito e pus a mão em seu peito.

— Ainda estou com frio — falei, esperando que ele aceitasse a proximidade como se eu a suportasse, não o contrário. Ele abriu mão de comida por mim, afinal (eu desconfiava de que tivesse sido isso, pelo menos). Que bom que não podia ver meu rosto ou ele conseguiria ler a verdade.

Dax massageou meu braço sem dizer nada, como se o gesto fosse suficiente para me aquecer.

Apoiei o rosto em seu ombro, tentando entender o que tinha dado em mim. Como ele me deixava tão relaxada? Como eu falava para ele tudo que pensava? Fazia tudo que queria? *Talvez porque ele seja o único aqui*, pensei com um sorrisinho.

Ele mudou de posição para colocar um braço embaixo da minha cabeça, e a mão descansou em minhas costas. Meu coração bateu mais depressa. Dax não tinha nenhuma reação à minha proximidade. Respirava normalmente, e seus batimentos também permaneciam normais. Eu sabia, porque minha orelha agora estava em seu peito, e eu ouvia seu coração.

— Conhece o Jeff? — perguntei.

— Seu namorado?

— Ele não é meu namorado.

— Ainda? — Dax insistiu, usando a mesma palavra que eu tinha usado mais cedo.

— Isso. Conhece?

— Pensei que já estava claro que não conheço ninguém.

— Achei que ele podia ter estado em uma das suas turmas.

— Por quê?

— Por nada.

— Só para lembrar que você tem namorado? — Ele fez uma pausa e riu.

— Ou para me lembrar? Foi você quem veio para cá.

Senti o rosto esquentar.

— Não. Eu não estava... não. Só queria saber o que acha dele.

— Do Jeff? Por que se importa com o que eu acho dele?

— Não sei. Não me importo. Deixa para lá.

Ficamos em silêncio por alguns minutos, e eu pensei que talvez ele estivesse pegando no sono, quando falou:

— O Jeff parece legal. Ele era da minha turma de inglês no ano passado. Nunca precisei dele.

Pensar nisso me fez sorrir.

— Ele é legal.

Fechei os olhos. Depois de alguns instantes de silêncio, a respiração de Dax ficou mais estável, levantando um pouco minha cabeça a cada inspiração. Eu já estava quase pegando no sono, quando ele ajeitou o braço esquerdo, e seu pulso surgiu diante dos meus olhos. *14, 7, 14.*

— O que significa a tatuagem? — cochichei. Se ele já estivesse dormindo, se não me ouvisse, eu não insistiria. E achei que ele não tivesse escutado.

Mas ele disse:

— Dia da independência.

Fiquei surpresa por ele ter respondido. Pensei que podia estar meio dormindo, de guarda baixa.

— A data está errada.

— Dia da minha independência. O dia em que deixei de me importar, de me preocupar, de tudo. O dia em que senti o gosto da liberdade pela primeira vez.

Ele falava como se fosse um bom dia, mas o que descrevia me deixava triste. Era como se nesse dia ele tivesse percebido que estava sozinho no mundo. Como podia ser um bom dia? Mas eu sabia que ele não queria minha piedade, por isso não a ofereci.

— Aconteceu alguma coisa nesse dia para chegar a essa conclusão?

— Sim. — Foi só o que ele disse.

— Liberdade, é? Quando fizer dezoito e terminar o colégio, vai querer ir embora daqui?

— Sim.

— Para onde quer ir?

— Qualquer lugar. Saber que posso ir embora quando quiser, que nada me prende aqui, é a única coisa que me impede de ficar doido. Por isso um abrigo acabaria comigo.

O silêncio nos envolveu. Ele havia parado de tremer, finalmente. Pensei em mudar de lugar, agora que ele estava mais aquecido, mas não podia.

— Não vou contar para ninguém que você estava aqui.

— Obrigado — ele sussurrou.

Eu sorri. Essas palavras eram desconhecidas para ele.

Na manhã seguinte, o peso do braço de Dax sobre minha cintura me prendia no lugar. Eu não queria me mexer e acordá-lo. Estava deitada sobre o lado direito, de costas para ele. Ele estava atrás de mim, e eu sentia sua respiração morna na nuca. Tentei controlar o arrepio que eriçava os pelos dos meus braços.

Era a primeira manhã em que eu acordava antes dele. Nosso último dia ali. Em cerca de vinte e quatro horas, alguém destrancaria as portas e nós estaríamos livres.

Dax se mexeu e fechei os olhos para não parecer que eu estava ali acordada esse tempo todo, curtindo o braço dele em cima de mim. Primeiro o braço me enlaçou com mais força e ele respirou fundo, depois, como se percebesse o que estava fazendo, resmungou um palavrão e recuou. O ar frio tocou minha pele, um toque de despertar para vários sentidos. Eu não podia me apegar a esse garoto de jeito nenhum. Ele mesmo havia falado na noite anterior que não queria vínculos. A tatuagem em seu pulso o identificava como um solitário. O que me fez pensar que eu seria diferente de qualquer outra pessoa para ele? Não era. Estávamos só tentando fazer o melhor possível em uma situação esquisita que vivíamos juntos. Isso tudo era temporário. Quando saíssemos, tudo voltaria ao normal.

Eu me espreguicei e sentei. Meu estômago roncou alto. Pus a mão em cima dele e Dax riu.

Ele sorriu, algo que fazia mais prontamente que antes, pegou uma barra de proteína na bolsa e jogou para mim.

— Qual é a primeira coisa que vai comer quando a gente sair daqui amanhã? — perguntei.

— Donuts.

— No plural?

— Cinco, pelo menos.

— Sinto falta de salgado, não de doce. Talvez um hambúrguer com fritas.

— Também é bom.

— Tudo parece bom — falei, pegando metade da barra e devolvendo o outro pedaço para ele. — Menos isso.

Ele comeu a outra metade de uma vez só.

— Realmente não é donuts — falou com a boca cheia.

— Ah, um hambúrguer, fritas e um milk-shake. Isso mataria todas as vontades.

Ele assentiu.

— Tem uma hamburgueria a dois quarteirões daqui. Podemos ir lá assim que as bibliotecárias abrirem a porta.

Ele amassou a embalagem da barra de proteína e a rolou entre as mãos.

— Podemos arrumar as nossas coisas, ou melhor, as suas coisas, esperar atrás daquele pilar perto da garagem e sair escondidos assim que elas entrarem — falei.

Ele olhou para mim.

— O que foi? — perguntei.

— Você vai sair escondida quando as pessoas chegarem?

— O que mais posso fazer? Ficar aqui sentada esperando que me achem? Aí vou ter que explicar tudo. Vão telefonar para os meus pais. Vou ter que esperar eles chegarem e explicar tudo de novo. Isso levaria uma eternidade. Estou morta de fome.

Ele riu. Eu ainda não estava acostumada com o som.

— Comida é prioridade máxima, com certeza.

— Mais que tudo — concordei. — Ah! Já comeu cronuts?

— Cronuts? Não.

— É uma mistura de croissant e donuts. Melhor coisa do mundo. Vou comprar um cronut para você quando a gente sair daqui. Ah, não...

— Que foi?

— Não temos dinheiro. Como vamos comprar alguma coisa sem dinheiro? — Pensei um pouco. — Eu tenho dinheiro em casa. São só cinco minutos daqui até lá. A gente pega carona até a minha casa, pega o dinheiro e vai comer.

— Carona?

— Ou usamos o telefone do posto de gasolina e pedimos para a Lisa ir buscar a gente. Isso, é isso que vamos fazer. Ou pedimos dinheiro na rua. Podemos ficar na esquina segurando um cartaz. Também é uma boa ideia.

— É um plano — ele respondeu.

Levantei e me espreguicei de novo.

— Vamos pensar em alguma coisa. Vamos comer direito amanhã, o mais cedo possível. — E depois eu descobriria que preço teria que pagar por esse fim de semana. Torci para meus pais terem deduzido que estávamos presos na neve e que eu não tinha como entrar em contato com eles. Se haviam tido um segundo de preocupação que fosse, eu teria que dar muitas explicações e preferia me explicar de estômago cheio.

Pensar nisso me desanimou.

— Vou pegar alguma coisa para beber. — Esperei Dax dizer que não precisava saber de todos os meus passos, mas ele não falou nada. Talvez estivesse se acostumando com outra pessoa por perto.

Bebi água, fui ao banheiro e escovei os dentes. Meu cabelo estava um horror, o rosto estava completamente sem maquiagem e tinha uma espinha nascendo no meu queixo. Mas eu não me importava com nada disso. Ficava relaxada perto de Dax. Ele se tornou um amigo. Por mais que não quisesse amigos, agora ele tinha uma. A farsa do cara durão não funcionaria mais comigo.

Voltei à sala principal e a encontrei vazia. Onde ele foi? Eu tinha o hábito de anunciar cada movimento que fazia, mas Dax obviamente ainda não. Talvez estivesse no banheiro.

O livro havia sido abandonado na cadeira. *Hamlet.* Peguei e li algumas linhas da página em que ele havia deixado aberto. Nunca tinha lido *Hamlet.* Quando fui fechar o livro, vi o que ele estava usando como marcador. Um envelope endereçado e selado, pronto para ser enviado. Mas era evidente que estava pronto há um tempo, os cantos estavam amassados e havia uma linha de dobra no meio. Li para quem o envelope deveria ter sido mandado: Susanna Miller. Mãe dele? Uma tia, talvez? Quem Dax tinha receio de procurar?

Fechei o livro e o devolvi à cadeira, depois fui até o balcão de recepção. Por que as bibliotecárias não tinham um estoque de comida escondido em algum lugar? Comecei a olhar as gavetas atrás do balcão e achei uma grande sacola de brinquedinhos que deviam ser para o cesto da Mamãe Ganso. Levantei a sacola fechada e tentei olhar para ela de todos os ângulos. Talvez tivesse doce lá dentro. Pus a sacola embaixo do braço e subi.

Na sala de descanso, liguei a televisão e achei um filme, abri a sacola plástica e comecei a olhar o que tinha nela.

Dax chegou meia hora depois e me encontrou deitada no sofá, coberta pelo saco de dormir. Ele levantou o frisbee no lançador e disparou. O brinquedo acertou um lado da minha cabeça, porque tive preguiça para levantar os braços e impedir o choque.

— Ai — falei, rindo.

— Desculpa, eu apontei para o ombro.

— Sinal de que sua pontaria é péssima.

Ele ficou parado ao lado do braço do sofá, perto dos meus pés, esperando que eu abrisse espaço.

— Estou bem — brinquei, e, quando me preparava para sentar, ele segurou meus pés e sentou embaixo deles, acomodando minhas pernas no colo.

Apesar da declaração que tinha feito a mim mesma mais cedo sobre sermos amigos, fiquei surpresa com o gesto. Não pensei que ele já estivesse de acordo com meus planos para o futuro. Pelo jeito, estava.

— O que é tudo isso? — perguntou, apontando para os brinquedos embrulhados e espalhados sobre a mesinha de centro.

— Não é doce. Será que as bibliotecárias não sabem que crianças gostam de doce?

Ele sorriu.

Estendi a mão para a mesa e peguei um dos objetos. Uma pulseira preta trançada.

— Estica o braço.

— Quê?

Estendi a mão e ele apoiou o braço nela. Amarrei a pulseira em seu pulso.

— Pronto. Agora você tem uma lembrança do tempo que passamos na biblioteca.

— Quer que eu use isso?

— Sim. Para sempre.

Ele observou as embalagens em cima da mesa até pegar uma da pilha. Uma pulseira igual à dele, só que cor-de-rosa. Dax estendeu a mão.

— Rosa? De jeito nenhum. Acha uma preta para mim também.

Ele não se moveu, só continuou esperando com a mão estendida. Resmunguei, mas cedi. Ele fez um nó caprichado, depois olhou para a televisão.

105

Eu também olhei, reconheci o filme, *Piratas do Caribe*, e sorri.

— Johnny Depp ou Orlando Bloom? — perguntei.

— Johnny — ele respondeu, sem pedir explicações sobre a pergunta.

— Para mim também. — Johnny sempre faz papéis excêntricos, diferentes, personagens que me fazem sentir que, sejam quais forem as minhas dificuldades, tem lugar para todo mundo no planeta. A mão de Dax se moveu do encosto do sofá para o meu tornozelo, onde descansou. E, nesse momento, senti que esse era o meu lugar.

Quando o filme acabou, eu sentei e me espreguicei.

— Já volto — falei.

Quando cheguei perto da porta, Dax perguntou:

— Aonde você vai?

Virei e vi que ele sorria, debochado.

— Quer mesmo saber?

— De jeito nenhum.

Dei risada e saí sem responder, embora tivesse certeza de que ele estava curioso de verdade. Fui até a cozinha, peguei o pedaço de bolo na geladeira e levei de volta para a sala de descanso.

Afastei alguns brinquedos, pus o bolo em cima da mesinha e sentei ao lado dele, puxando metade do saco de dormir sobre nossas pernas. O bolo era protegido por uma tampa de plástico que eu esperava que o tivesse mantido fresco durante o tempo de geladeira. Dax tinha encontrado outro canal de televisão e me concentrei nisso.

— O que está vendo?

— Um documentário sobre Martin Luther King Jr.

— Ah, é. Hoje é Dia de Martin Luther King Jr. Quase esqueci.

— É por isso que a biblioteca está fechada.

— Sim. Vamos perder parte das aulas amanhã — lembrei.

— Que tragédia.

Perdi muitos dias de aula por causa da ansiedade, mas esse era diferente.

— Você falta muito. Por quê?

— Sempre tenho um motivo — ele falou.

— Nossa, quanto mistério. Você gosta desse tipo de resposta, não é?

Ele bateu o joelho no meu embaixo do saco de dormir e fiquei em dúvida se foi de propósito ou sem querer. Provavelmente ele achava que era uma boa resposta para minha pergunta.

Acenou com a cabeça na direção do bolo.

— Trouxe isso como instrumento de tortura ou tem a intenção de comer?

— Queria bolo, Dax?

— Sim.

Dei risada, inclinei o corpo para a frente e tentei tirar a tampa. Era quase impossível. Dax não se mexeu para me ajudar e senti que ele debochava de mim em silêncio.

— Vou comer o pedaço inteiro quando tirar a tampa.

— E vai ter dor de cabeça de culpa.

Finalmente consegui destampar o bolo, passei o dedo na cobertura e espalhei na bochecha dele.

Dax tentou fazer uma cara séria, mas um sorriso transformou seu rosto. Ele deixou a cobertura lá enquanto eu dividia o bolo ao meio e comia minha parte. Era tão doce que senti as bochechas doendo. Ele também comeu seu pedaço, ainda com o rosto sujo de creme.

— Não vai limpar isso aí? — perguntei.

— Não.

Peguei um guardanapo na pilha sobre a mesa e ofereci a ele.

— Mas aí não vai mais te incomodar.

— Acha que já me conhece muito bem, não é? Pois não conhece. Isso aí não me incomoda.

Ele olhou para a televisão, agindo como se nem sentisse a cobertura no rosto.

Suspirei e a limpei eu mesma. Olhei em seus olhos enquanto limpava o creme, minha mão em seu rosto, os corpos próximos, meu coração parecendo ter parado.

Recuei, joguei o guardanapo em cima da mesinha e me ajeitei embaixo do saco de dormir antes que fizesse alguma idiotice.

— Bom, é quase impossível te conhecer, mas você já sabe disso. Faz de propósito — eu o acusei.

— Eu faço poucas coisas de propósito.

— É difícil de acreditar.

A mão dele, que descansava sobre a almofada entre nós embaixo do saco de dormir, roçou a minha. Tive um impulso estranho de segurá-la, mas resisti. A perna bateu na minha de novo, mas dessa vez ficou ali encostada, a pressão amolecendo meu cérebro.

— Mas, mesmo que você não ajude muito, acho que agora também te conheço bem — falei.

— Ah, é?

O volume da televisão aumentou, embora nenhum de nós tivesse tocado no controle remoto. O telejornal havia começado, e era bem mais alto que o programa anterior.

— Entre as manchetes de hoje, temos uma atualização sobre o acontecimento que divulgamos ontem à noite do Condado de Utah. Um desaparecido, presume-se que morto, e um ferido, o motorista do automóvel que bateu no desfiladeiro Fork na sexta-feira à noite e caiu no rio. Jeff Matson voltava para casa depois de uma festa com amigos. Não ficou claro se o acidente tem alguma relação com álcool.

— Sufoquei um grito quando minha foto apareceu na tela. — Autumn Collins, aluna da Escola de Ensino Médio Timpanogos, não foi encontrada. As coisas dela foram retiradas do carro de Matson depois que ele foi levado para o hospital em estado crítico. Equipes vasculham o rio nos últimos dias. Considerando o estado em que Autumn deve ter ficado após o acidente e as baixas temperaturas, as autoridades temem que ela não tenha sobrevivido. Equipes de busca faziam uma varredura nos bosques às margens do rio, mas a operação foi suspensa ontem à noite, depois que outra nevasca castigou a região. Matson permanece em estado grave no Hospital Infantil de Base, em Salt Lake.

Uma voz soou perto da minha orelha.

— Você precisa respirar. Respira fundo.

Arfei ao inspirar. Meu coração estava acelerado e o sangue corria, fazendo um barulho alto em meus ouvidos.

— Se você tem alguma informação referente a essa busca em andamento — continuou a mulher na tela —, entre em contato com a polícia.

Meus pais achavam que eu tinha morrido. A pressão aumentou em meu peito e a dor me dominou. Meus olhos não se desviaram da tela da televisão, embora o telejornal já tivesse mudado de assunto. Eu estava completamente paralisada no sofá, sem saber o que fazer. Foi então que surgiu um zumbido alto, e meus ouvidos começaram a apitar. O barulho ecoava pela sala toda e ia além, repetindo-se como o som do meu despertador. E, como meu despertador, eu queria que parasse. Tampei as orelhas e tentei entender de onde vinha aquele barulho. Será que da minha cabeça?

— Você está tendo um ataque de pânico? — Uma voz distante perguntou atrás de mim. — O que costuma fazer quando isso acontece?

— Ele massageava minhas costas.

Eu não conseguia pensar direito. Isso era pior que tudo que eu já havia sentido. Eu precisava de ar fresco. Precisava ver meus pais. Meu irmão. As pessoas estavam achando que eu tinha morrido. Isso não estava acontecendo.

— Tenho que sair daqui — repeti insistentemente.

— Autumn. Você precisa respirar. Põe a cabeça entre os joelhos...

— Por quê? — O mundo à minha volta estava escurecendo.

— Autumn, olha para mim.

Olhei. O olhar dele era intenso, focado e incrivelmente sério.

— Se não respirar mais devagar, você vai desmaiar.

— Eu. Não. Desmaio — falei entre uma inspiração e outra.

— Talvez nunca tenha desmaiado, mas acho que nunca teve um ataque de pânico com o estômago vazio.

Eu não conseguia levar ar suficiente aos pulmões.

— Preciso sair daqui.

— Eu sei. Eles já vão chegar. Tem alguém a caminho. Aguenta firme.

Antes que eu pudesse analisar o que isso significava, tudo virou um borrão.

— *Está me ouvindo? Abra os olhos.*

Parecia que eu estava rastejando para fora de um buraco escuro e não queria fazer esse esforço. Era mais fácil ficar lá no fundo e dormir. Mas alguma coisa provocava coceira no meu nariz e em volta da boca, e eu queria que isso parasse. Tentei tocar o rosto, mas alguma coisa segurou meu braço.

— Consegue me dizer seu nome? Que dia é hoje?

Abri os olhos e voltei a fechá-los imediatamente para me proteger da forte luz, depois tentei piscar até a dor passar. Estava em uma ambulância. Havia uma mulher negra debruçada sobre mim. Ela usava o cabelo preso e sorria.

— Oi. Bem-vinda de volta.

— Autumn. É Autumn.

— Outono? Não, querida, é inverno.

Empurrei a máscara de oxigênio e tentei me sentar.

Ela segurou meus ombros e me empurrou de volta com delicadeza.

— Fica deitada até chegarmos ao hospital. O médico vai te examinar.

As lembranças voltavam. Lembrei o que tinha visto no telejornal. Meu estômago doía. Olhei em volta procurando Dax, mas só vi tubos pendurados nas paredes e bolsas plásticas que deviam conter material de primeiros socorros. Do meu outro lado havia um cara ruivo com uma prancheta. Dax devia ter conseguido fugir quando a ambulância chegou. Pensar nisso me ajudou a relaxar. Não queria que ele tivesse problemas, e certamente teria, se precisasse lidar com a polícia ou algum outro oficial.

Fiquei deitada, mas consegui afastar a máscara da boca.

— Não. Meu nome é Autumn. Estamos em janeiro. Dia de Martin Luther King Jr. Não lembro a data exata. Fiquei presa na biblioteca. Tem um telefone que eu possa usar para falar com os meus pais?

— Qual é o número? Vamos pedir para eles esperarem no hospital.

— Obrigada.

Minha mãe normalmente não chorava, por isso fiquei surpresa ao ver lágrimas em seus olhos. Acabei chorando também. Chorávamos por motivos diferentes. Ela, porque a filha não estava morta. Eu, porque me sentia péssima por ela ter pensado que eu havia morrido. Minha mãe me abraçou tão forte e por tanto tempo que o médico teve que avisar que precisava colocar o tubo com soro para cuidar da minha desidratação.

— Mãe, eu estou bem.

Ela respirou fundo, e eu a vi se controlar, enxugar os olhos e endireitar o corpo.

— Eu sei que você vai ficar bem. — Ela olhou para o médico enquanto a enfermeira preparava o cateter ao meu lado. — Quando ela pode ir para casa?

— Assim que tomar esse litro de soro e passar por mais um exame dos sinais vitais.

Minha mãe assentiu.

A enfermeira apontou para o meu moletom.

— Pode tirar essa blusa, por favor? Preciso pôr o cateter no seu braço para injetar o soro.

Esqueci que estava usando a blusa de Dax. Pensar nisso me fez olhar para os pés, para as meias dele sobre a calça jeans. Enquanto minha mãe estava de costas, puxei as pernas da calça sobre as meias. E, em vez de tirar a blusa como a enfermeira pedia, levantei a manga. Ainda estava com frio.

— Pode ser assim?

Ela assentiu enquanto estudava meu braço esquerdo procurando a veia perfeita. Virei para o outro lado quando ela aproximou a agulha e me distraí falando com minha mãe.

— Cadê o papai?

— Vem vindo.

Inspirei o ar por entre os dentes quando a agulha furou o meu braço. A enfermeira a posicionou.

— Alguém pegou os meus sapatos? — perguntei.

A enfermeira e o médico se entreolharam, depois balançaram a cabeça dizendo que não.

— Vamos dar uma olhada na recepção — a enfermeira falou. Em seguida, ela e o médico saíram.

— Seus sapatos devem ter ficado na biblioteca — minha mãe comentou. — Duvido que alguém tenha pensado neles.

Eu conseguia imaginar exatamente onde estavam, embaixo da cadeira, ao lado da bolsa de Dax. Talvez ele os tenha pegado antes de fugir. Teria que lhe perguntar no colégio.

— Está mais preocupada com os seus sapatos do que com o celular? — minha mãe perguntou. — Impressionante.

— Ah, é. Meu celular. — Não queria pensar naquela bolsa no porta-malas do carro do Jeff e no que havia acontecido com ela. Mas era inevitável. Agora que tinha explicado tudo e minha mãe parecia mais calma, era hora de perguntar sobre Jeff.

No entanto, antes que eu pudesse dizer alguma coisa, meu irmão mais velho, Owen, entrou, seguido por meu pai, me impedindo de fazer a pergunta que estava na ponta da língua. A pergunta sobre Jeff.

— O que está fazendo aqui? — perguntei a meu irmão. — E a faculdade?

— É feriado. Ainda bem que você foi dada como morta em um feriado ou eu estaria perdendo a aula no laboratório de química por causa disso. — Sim, era feriado, e é claro que meu irmão dirigiria durante seis horas, saindo da Universidade de Nevada, em Las Vegas, se pensasse que eu estava morta.

Minha mãe bateu no braço dele.

— Para de ser engraçadinho. Isso é sério.

— Não é mais — ele falou antes de me abraçar. — Estou feliz por você não ter morrido.

— É, eu também.

Ele continuou me abraçando e só me soltou quando eu o empurrei, rindo.

Meu pai sentou na beirada da cama.

— O que aconteceu?

Tive de explicar toda a situação de novo. A única coisa que omiti foi Dax. Eu tinha prometido que não contaria para ninguém que ele estava lá, e pretendia cumprir essa promessa.

— Como está se sentindo? — meu pai quis saber.

— Morta de fome. Acho que um milk-shake e fritas seriam a minha salvação. — Olhei para ele, piscando com exagero.

Meu pai passou a mão na minha cabeça, bagunçando meu cabelo.

— É, acho que está bem.

— Eu também me sentiria melhor com um milk-shake — Owen falou. — Fala sério, hoje de manhã minha irmã estava morta.

Meu pai levantou a cabeça com ar pensativo.

— Isso não dá um slogan? "Milk-shake: a salvação para quem pensa que uma pessoa querida morreu."

Minha mãe revirou os olhos.

— Vance, você é tão ruim quanto as crianças.

— Vem, Owen — meu pai chamou. — Milk-shake para todo mundo. — Os dois saíram, e Owen levantou o polegar para mim por cima do ombro.

Minha mãe segurou minha mão com tanta força que meus dedos começaram a ficar brancos. Não tive coragem de pedir para ela não me apertar tanto. Mudei de posição na cama, sentindo os lençóis engomados do hospital pinicando minha pele. O médico havia dito que eu poderia ir embora assim que eu tomasse todo o soro da bolsa pendurada ao lado da cama. Eu imaginava que isso demoraria um pouco, pois eu ainda não havia tomado nem um quarto dele.

— Mãe — falei, sem querer fazer a pergunta que sabia que tinha que fazer. Não queria ouvir a resposta. Queria fingir que estava tudo bem, agora que eu havia saído da biblioteca. — E o Jeff? Sabe de alguma coisa?

— Até onde eu sei, estava em estado grave, mas hoje não soube de nada. Eu estava acompanhando a equipe de buscas.

— Equipe de buscas? — Demorei um pouco para lembrar que ela estava falando de mim. — Ah. É verdade.

Os olhos dela brilhavam com as lágrimas contidas.

— Desculpa, mãe.

— Não é sua culpa. Estou muito feliz por te ver bem.

— Mas o Jeff... — Agora as lágrimas estavam nos meus olhos.

— Sinto muito, querida.

— Ele vai ficar bem, não vai?

Ela bateu de leve na minha mão, finalmente diminuindo a força com que a segurava, mas não respondeu à minha pergunta.

— Posso vê-lo? Ele está aqui?

— Está na UTI, em Salt Lake. Só a família pode vê-lo.

Assenti. Talvez pudesse mandar flores ou alguma coisa assim. Ou telefonar para o hospital e pedir informações. Eles me diriam que Jeff estava bem. Porque ele ia ficar bem.

Fiquei olhando para a bolsa transparente de soro até a porta se abrir um pouco e um copo branco aparecer na fresta.

Sorri.

— Olha quem veio me visitar. Milk-shake.

Minha mãe virou na cadeira.

— Entra, Vance, antes que o médico veja que está fazendo contrabando de comida.

Meu pai entrou seguido por meu irmão, que carregava o próprio milk-shake.

— Faço contrabando de qualquer coisa para qualquer lugar pela minha única filha.

Bebi um grande gole.

— Quantos dias vou ter de pais no modo "estamos felizes por você estar viva"? Preciso saber até quando posso aproveitar.

Minha mãe tentou olhar para mim séria, mas acabou tendo que controlar as emoções novamente.

Owen revirou os olhos e disse "é isso aí" apenas movendo os lábios, sem emitir nenhum som, atrás de minha mãe.

— Tudo bem, não vou tirar proveito da situação, se você parar de chorar.

— Estou feliz, só isso — ela respondeu.

Meu pai tocou meu ombro.

— Já entendi — falei. Eu sabia que eles estavam aliviados, que a vida deles estava voltando aos trilhos. Mas, quanto a mim, a sensação era de que a verdadeira tragédia tinha acabado de começar. Tentei fazer uma cara feliz por eles.

Minha família não foi a única visita que recebi. Antes que o litro de soro chegasse ao fim, Lisa, Avi e Morgan também passaram por lá e contaram que haviam escutado a notícia quando as buscas foram canceladas.

— Pensei que tivesse ido embora com o Jeff — Lisa cochichou enquanto os outros conversavam com meus pais. — Tinha certeza que estava com ele. Não tínhamos nem acendido a fogueira quando começou a nevar forte. Havíamos chegado um pouco antes e decidimos subir para a cabana, antes que precisássemos pôr correntes nos carros. O Jeff foi o primeiro a ir embora.

— Por que achou que eu tinha ido embora sem falar com você?

— Não sei. Foi maluco. A Avi ficou gritando porque estava ficando molhada. Todo mundo começou a rir. Eu tinha te pressionado para se abrir com o Jeff na fogueira. Achei que tinha ido embora com ele. E sabe o que pensei? Eu pensei: "Boa, Autumn". Fiquei orgulhosa de você. E aí ouvi a notícia e fiquei arrasada. Você estava com ele por minha culpa.

— Eu não estava com ele.

— Eu sei, mas pensei que estivesse, e era minha culpa. Desculpa.

Balancei a cabeça.

— Lisa. Para. Mesmo que eu estivesse com ele, não teria sido sua culpa. Foi um acidente. — Respirei fundo. — Graças a Deus não tinha ninguém com ele.

— Verdade. As outras meninas pegaram carona com ele até o lugar da fogueira, depois foram para a cabana.

— Mas o Jeff não foi.

— Não.

— Foi ver como ele está?

— Não, não permitem visitas na UTI.

Suspirei. Não podia ficar nervosa por Jeff antes de saber alguma coisa. O rosto de Lisa refletia meu estado de espírito: preocupado. Meu rosto devia ter a mesma expressão, porque ela sentou ao meu lado e enlaçou minha cintura com um braço.

— Estou muito aliviada por te ver bem — disse.

— Não corri perigo em nenhum momento. Eu estava bem.

Ela apoiou a cabeça em meu ombro.

— Desculpa por ter te deixado na biblioteca. Eu sou uma idiota.

Balancei a cabeça.

— Não, por favor. Não se preocupe com isso. A culpa foi minha. Eu é que não devia ter bebido um litro de refrigerante.

Ela puxou a manga do meu moletom.

— De quem é isso?

Lembrei de como era fácil para Dax ler minhas mentiras e tentei manter a calma, ao dizer:

— Encontrei na biblioteca. Estava muito frio lá.

Ela me cheirou.

— Que cheiro bom. Tem cheiro de...

Dax. Era o cheiro dele.

— Homem — ela falou e eu ri. — Tem cheiro de homem. Um cara bem cheiroso.

— Pensei a mesma coisa quando vesti.

Ela endireitou as costas.

— Ficou muito apavorada lá?

Girei a pulseira cor-de-rosa que ainda estava amarrada no meu pulso.

— Não foi tão ruim.

— Vai ter que me contar tudo quando sair daqui.

— Eu conto. — E contaria mesmo. Diria tudo a ela em duas semanas, quando aquilo tivesse ficado para trás e ninguém mais estivesse fazendo perguntas. Quando Jeff estivesse bem e fora da uti. Quando tivesse passado tempo suficiente para Dax perceber que isso não lhe traria nenhum problema. Então eu contaria para ela.

Às seis horas da manhã seguinte, meus olhos se abriram pela décima primeira vez desde que os fechei na noite anterior. Minha mente enchia os sonhos de preocupação. Estava preocupada com Jeff, com Dax, com meus pais. Minha cama era muito macia, quente demais. A casa de modo geral estava muito quente. Será que meus pais tinham ligado o aquecimento em uma temperatura mais alta que a habitual?

Saí da cama e minha cabeça latejou quando fiquei em pé. Eu precisava de um analgésico.

Fiquei surpresa quando encontrei minha mãe sentada na sala de estar, com o laptop aberto sobre o braço da poltrona e um bloco de papel no colo.

— O que está fazendo? Dormiu aqui? — perguntei.

— Não. Não consegui dormir. Estou pesquisando o protocolo de procedimentos noturnos para edifícios públicos.

— Mãe.

— Você não devia ter ficado trancada lá dentro. Todos os cômodos devem ser examinados antes de a última pessoa sair.

— Mãe, dá para parar com isso?

Ela suspirou.

— Não consigo parar de pensar que tudo o que aconteceu ontem foi um sonho. Que vou acordar e você vai estar...

— Não foi um sonho, mãe. Estou aqui e estou bem. — A culpa por não ter acionado o alarme de incêndio mais cedo retornou. Minha mãe contou que foi assim que acabamos sendo encontrados. O alarme de incêndio. Dax deve ter apertado o botão.

Beijei o topo da cabeça de minha mãe e fui para a cozinha.

— O Owen já voltou para a faculdade?

— Sim, ele mandou uma mensagem mais ou menos a uma da manhã avisando que tinha chegado bem.

Mais uma coisa para me fazer sentir culpada: meu irmão dirigiu durante seis horas para ajudar nas buscas.

— O que está fazendo acordada? — minha mãe perguntou.

— Também não consegui dormir. E já está na hora de levantar para ir para a escola.

— Você não vai. — Não era uma pergunta.

— Eu vou, sim. Estou me sentindo bem e preciso me distrair, parar de pensar nas coisas todas. Além do mais, não quero me atrasar. — Eu estava quase pegando o frasco de analgésico enquanto falava, mas parei. Se minha mãe me visse tomando um comprimido, não me deixaria sair. Então peguei o remédio para a ansiedade e um copo, bem na hora que ela entrou na cozinha.

Eu podia praticamente ver a luta que minha mãe travava por dentro antes de finalmente dizer:

— Tudo bem, mas volte para casa se ficar enjoada ou ansiosa.

Minha cabeça latejava no ritmo das batidas do meu coração quando enchi o copo com água gelada.

— Tudo bem, mãe.

Não antecipei a reação que provocaria ao andar pelos corredores da escola. Isso nem passou pela minha cabeça. Mas eu devia ter imaginado. Meu rosto havia estado estampado em todos os jornais e nas mídias sociais. Eu havia sido dada como morta. É claro que todo mundo na escola sabia. Abri a porta e entrei, e, antes de a porta se fechar, duas pessoas aplaudiram e me cumprimentaram.

— Oi — respondi.

Um cara da minha turma de história parou na minha frente.

— Bem-vinda de volta.

— Obrigada.

— Autumn! — Cooper Black, que fazia parte do time de futebol, gritou. — Você sobreviveu!

— Sobrevivi? — Isso perderia a graça bem depressa.

Meus amigos reagiram do mesmo jeito. Lisa, Morgan e Avi se comportaram como se não tivessem me visto no dia anterior, no hospital, e me esmagaram em um abraço de grupo.

— Você veio para o colégio! Pensei que não viesse hoje — disse Lisa.

Bem, isso explicava a reação delas. Depois Dallin, o melhor amigo de Jeff, correu até mim. Ele me pegou nos braços, me colocou sobre um ombro e saiu pelo corredor me carregando e gritando:

— Ela está viva! Ela está viva!

A reação dele foi a que mais me confundiu. Eu esperava encontrá-lo muito mal hoje, já que Jeff continuava em estado muito grave, mas ele era o mesmo de sempre.

Durante a imprevisível carona, vi Dax passando pelo corredor. Meu coração pulou para a garganta, e entendi que ele era o verdadeiro motivo para eu ter vindo ao colégio hoje, para ter certeza de que ele estava bem. Quando levantei a mão para acenar, ele virou o rosto sem reconhecer minha presença. Quando Dallin chegou ao fim do corredor comigo nos ombros, minha cabeça latejava mais que antes. Bati nas costas dele.

— Dallin, me põe no chão. Por favor.

Ele atendeu ao pedido rapidamente e quase me derrubou de costas. Depois me segurou pelos ombros.

— A gente devia fazer uma festa tipo *A volta dos mortos-vivos* no fim de semana para comemorar o seu retorno. Tema de zumbi ou alguma coisa assim.

Segurei os pulsos dele.

— Como você está? — perguntei, sinceramente preocupada.

Ele sorriu e abaixou as mãos.

— Ótimo. Pronto para comemorar.

Estreitei os olhos, pensando se ele estaria mais preocupado com Jeff do que demonstrava.

— Não vai rolar festa para mim no fim de semana. Só quero dar um tempo.

Ele balançou as sobrancelhas.

— Veremos. — E se afastou correndo, provavelmente para começar a convidar as pessoas para a festa que eu não queria.

Lisa sentou ao meu lado na sexta aula. História.

— Onde estava na hora do almoço?

— Evitando as pessoas. — E procurando Dax. Desde que o vi naquela manhã, não consegui mais encontrá-lo. Era assim que ele ia se comportar? Devíamos simplesmente voltar ao normal, como se não nos conhecêssemos?

— Parece cansada.

— E estou. Devia ter ficado em casa.

— Devia carregar uma placa até a semana que vem com um aviso: "Toque em mim e vou publicar uma foto sua bem feia no anuário".

Sorri.

— Acha que vai funcionar?

— Essa é a maior de todas as ameaças, Autumn. Use seu poder.

Peguei o caderno e uma caneta na mochila, porque a sra. Harris já começava a escrever no quadro branco.

— Eu queria ir no hospital hoje depois da aula para falar com os pais do Jeff. Levar flores, sei lá.

— Você conhece os pais dele?

— Eu conheci em uma festa na piscina no último verão. Sinto que tenho que fazer alguma coisa.

— Eu também. Vou com você.

— Obrigada. — Eu esperava que ela dissesse isso. Ainda não sabia muito bem o que ia falar para os pais dele... Algo como "acho que vocês não lembram, mas era para eu estar com o seu filho naquele carro" ou "me desculpem por eu não estar junto quando ele despencou de uma altura de doze metros naquele rio" seriam ótimos comentários para quebrar o gelo. — Eles vão ficar felizes por ver alguns amigos do Jeff.

— Vão contar para nós como ele está, não vão? — perguntei.

— Espero que sim.

A sra. Harris bateu palmas duas vezes.

— Muito bem, classe, trabalhem nessas questões, depois vamos discutir o tema.

— *Essas flores são muito alegres, muito coloridas* — falei, incapaz de sair do carro, embora Lisa tivesse desligado o motor dois minutos atrás e o interior esfriasse rapidamente.

— Acho que esse é o objetivo. Não estamos indo a um velório, Autumn.

Resmunguei:

— Eu sei. — Minhas mãos suavam. Respirei fundo várias vezes. Ele estava bem. Jeff estava bem. Puxei a maçaneta e empurrei a porta. — Vamos.

A mulher no balcão de informações indicou o caminho para a sala de espera da UTI e avisou que não passaríamos de lá, se não fôssemos da família. Eu não me incomodava com isso.

Lisa segurou minha mão quando viramos a última esquina.

Reconheci os pais de Jeff imediatamente. Os dois eram altos e bonitos, como o filho. Estavam sentados no canto da sala, cercados por algumas pessoas que eu não conhecia. Era como se os corpos e as cadeiras em que estavam sentados tivessem se tornado uma coisa só, como se estivessem ali há anos. Havia uma televisão ligada em um canto, mas ninguém olhava para ela. Meu peito ficou um pouco mais apertado.

— Não devíamos estar aqui. Parece que estou invadindo a intimidade deles — cochichei. — Acha que vão ficar bravos comigo por eu estar bem, e ele...?

Lisa segurou meu braço e me forçou a olhar para ela.

— Você não fez nada errado. Acho que eles vão ficar contentes por você se importar com o Jeff e estar aqui para saber dele. Vai ser bom para eles se distraírem um pouco.

— Tem razão.

— É claro que tenho razão. — Ela voltou a andar e me levou junto.

A mãe de Jeff mal olhou para Lisa antes de me encarar. O cabo de uma das margaridas em minhas mãos se partiu. Diminuí um pouco a força com que as carregava.

Ela se levantou e levou as mãos à boca. O pai de Jeff olhou para ela, seguiu a direção de seu olhar e me viu. E ofereceu um sorriso trêmulo. A mãe de Jeff andou entre cadeiras e pessoas até parar na minha frente. Senti que estava prestes a desmaiar, embora só tivesse desmaiado uma vez na vida.

Ofereci as flores meio sem graça, incapaz de falar. Lisa me salvou.

— Sra. Matson, lamentamos muito o que aconteceu com o Jeff e viemos dizer que temos pensado muito nele.

Embora Lisa falasse por nós duas, os olhos cor de âmbar da sra. Matson não haviam se desviado dos meus e se estreitaram em um sorriso.

— Autumn — ela disse.

Então se lembrava de mim.

— Sim, oi.

Ela me segurou pelos ombros, as flores ainda entre nós.

— Autumn.

Isso estava ficando esquisito. Assenti.

— Fico muito feliz por estar aqui. O Jeff gosta muito de você.

— Ele gosta? — Sempre tive a esperança de que ele falasse sobre mim com alguém. Nunca imaginei que pudesse ser com a mãe dele.

Ela me abraçou, seu queixo pressionando minha testa. As flores, que eu havia destruído um pouco minutos atrás, agora estavam esmagadas. Quando ela me soltou, ainda sem tomar conhecimento de Lisa, começou a me puxar para o grupo de pessoas na sala. Eu a segui, impotente, olhando para Lisa como se dissesse: "Por favor, não me abandone". Ela entendeu o pedido silencioso e ficou perto de mim.

— Jason — a sra. Matson falou quando nos aproximamos de seu marido —, esta é a Autumn.

Um sorriso quase inexistente surgiu em seu rosto.

— Sim, eu me lembro dela de uma festa em nossa casa. É bom te ver.

Ofereci as flores murchas, esperando que alguém as pegasse. Ele as pegou.

— Obrigado.

— A Autumn quer ver o Jeff — a sra. Matson falou em voz alta.

— Ah. Não, tudo bem, sei que só permitem visitas da família. Só queria saber como ele está.

— Sim, só da família, prima Autumn — a sra. Matson falou, depois piscou para mim.

— Quê? — Não sei por que disse isso. Eu tinha entendido perfeitamente a indireta. Só estava chocada. Por que ela queria que eu visse o Jeff?

Minha pergunta foi respondida minutos mais tarde, depois que Lisa me deu um abraço, o sr. Matson confirmou a mentira, apenas levantando ligeiramente as sobrancelhas escuras numa reação de surpresa, e eu ter passado pela enfermeira com a história de ser prima, apesar de minhas mãos suadas. A sra. Matson enganchou o braço no meu num gesto de cumplicidade quando seguimos a enfermeira pelo longo corredor branco. Ela cochichou:

— Esses primeiros dias são muito importantes para o Jeff. Eles o puseram em coma induzido até parte do edema no cérebro diminuir. Talvez a namorada seja o remédio necessário para ele.

— Não... quero dizer, nós não... nós nunca nem... nós não estamos juntos.

— Eu sei, mas era só uma questão de tempo, certo?

Engoli em seco. Sim, era só uma questão de tempo. Eu gostava dele. Portanto podia esquecer a pressão que sentia agora para ser o que a mãe dele queria que eu fosse, uma espécie de fazedora de milagres. Podia tentar superar o nervosismo que sempre sentia em relação a estar com alguém doente e impotente. No momento, ele precisava de mim. Paramos do lado de fora de uma porta e a enfermeira a abriu. A mãe dele sorriu para mim, e todas nós entramos.

O quarto era silencioso, exceto pelo bipe de uma máquina ao lado da cama. Um barulho que tinha um ritmo constante. Mas até isso ficou distante quando olhei para Jeff. Tinha um corte enorme em sua cabeça, um ferimento que havia sido suturado e pintado com iodo. Havia monitores cardíacos em seu peito e um tubo saindo da boca. Os olhos estavam inchados e os braços tinham alguns arranhões. Tentei não deixar o ardor em meus olhos se transformar em lágrimas.

— Sente-se perto dele. Deixe-o ouvir sua voz — disse a mãe dele.

Essa mulher via filmes demais.

— Não podemos ficar muito tempo — ela insistiu. — Eles gostam de deixá-lo descansar, e muita agitação no quarto parece acelerar seus batimentos. Mas você tem alguns minutos.

Alguns minutos eram mais que suficientes. Minha pulsação era rápida o bastante para nós dois.

Ela me conduziu até a cadeira ao lado da cama.

— Não tenha medo de tocá-lo.

Sentei e olhei para o braço de Jeff, sem saber se queria tocar nele. Mas ela estava em pé ao meu lado, cheia de esperança. Então estendi a mão e toquei a pele exposta entre um arranhão e o tubo intravenoso. Queria que Jeff soubesse que as amigas dele estavam ali e que pensavam nele.

— Oi, Jeff. Sou eu, a Autumn. — Eu me sentia acanhada por conversar com ele diante de uma espectadora.

A sra. Matson deve ter sentido meu constrangimento, porque disse:

— Vamos te dar uns minutos. — E, alegando ter algumas perguntas a fazer à enfermeira, saiu do quarto, conduzindo-a até o corredor.

Esperei que fechassem a porta, e então pigarreei.

— Oi. Eu vim te ver. — Não sabia o que mais podia dizer, mas continuei: — Não parece tão mal. Só um pouco pior que aquela vez que entrou no lava-rápido sem o carro. — Ri baixinho lembrando aquele dia. Tínhamos visto um terreno baldio cheio de lama quando voltávamos para a escola de carro depois do almoço. Lisa havia comentado alguma coisa sobre como teria sido melhor se estivessem com o carro dela, que tinha tração nas quatro rodas. Os olhos de Jeff se iluminaram com aquele brilho que anunciava encrenca antes de ele responder:

— Quem precisa de tração nas quatro rodas?

Então, ele foi até o terreno enlameado. Sem se lembrar de fechar a janela. Não só o carro levou um banho de lama, mas ele também. Foi quando Jeff teve a ideia de passar a pé pelo lava-rápido do posto de combustível antes de voltar à escola. As escovas deixaram arranhões em seu rosto, e ele saiu de lá parecendo um rato molhado.

— Lembra disso, Jeff? Do lava-rápido? Uma de suas muitas ideias brilhantes que não eram tão brilhantes quanto você achava. Precisa acordar e me fazer dar risada. Tive um fim de semana horrível. É claro que não foi tão horrível quanto o seu, mas foi bem ruim. — Afaguei seu braço, depois descansei a mão em meu colo. — Você vai ficar bem. A Lisa também está aqui. Ela veio te ver. Mas não é sua prima como eu, então... — Suspirei. — Não tem tanta graça fazer piada quando você não pode ouvir.

Era bom vê-lo, ouvir os bipes que representavam as batidas de seu coração, ver seu peito subir e descer, mesmo sabendo que era a máquina que fazia isso. Ele estava vivo, e eu me sentia grata por isso.

Quando voltamos à sala de espera, Lisa enganchou o braço no meu e não me soltou mais. A mãe de Jeff me abraçou e sussurrou:

— Volte logo, por favor.

— Não quero tomar um tempo que é da família — respondi.

— Não, por favor. — Ela apertou meus ombros intensamente, talvez até demais. — Deixe seu telefone para eu mandar notícias.

Trocamos números, e eu disse:

— Eu volto assim que puder.

Lisa me puxou para a porta, e voltamos para o carro em silêncio. Só quando estávamos lá dentro, com as portas fechadas e o motor ligado, ela me perguntou:

— E o Jeff?

— Não sei. Não, acho que sei. Tipo, ele está na UTI, o que significa que deve ter muita coisa acontecendo dentro dele, mas ele parecia capaz de levantar e sair dali, se quisesse.

— Você está bem?

Eu me perguntava a mesma coisa, esperando as lágrimas que eu havia segurado finalmente rolarem. Eu ainda as segurava, apesar da dor na garganta e no peito

— Acho que sim.

Lisa assentiu e olhou para trás para dar marcha à ré e sair da vaga. Quando estávamos na rua, pegando o caminho para minha casa, ela disse:

— Foi estranho a mãe dele te fazer entrar lá. Como se você tivesse algum tipo de poder de cura.

— É verdade. Foi bem estranho.

— Quando vai voltar?

— Não sei. Essa semana mesmo. Preciso dar um apoio para o Jeff... e para a mãe dele também, eu acho. — Suspirei. — Eu me sinto culpada.

— Culpada? Por quê?

— Pelo mesmo motivo que te fez sentir culpada quando pensou que eu estivesse no carro com ele.

— Você não tem culpa por ele estar lá.

Apoiei os dois pés no painel do carro e abracei os joelhos, puxando-os contra o peito.

— Se não fosse por minha causa, ele nem teria ido para o cânion naquele dia. Eu me sinto culpada porque ele pode ter caído naquele precipício pensando que eu não quis ir vê-lo na fogueira. Que preferi ir para casa.

— Autumn, você ficou presa na biblioteca. Você não tem culpa.

— Talvez não, mas agora posso ficar lá com ele.

Lisa sorriu.

— Talvez possa ajudá-lo de verdade. A mãe dele agiu como se você fosse o amor da vida dele. — Ela empurrou meu ombro. — Ele deve ter falado muito sobre você.

Meu rosto ficou quente e eu o escondi nos joelhos.

— Cala a boca.

Ela riu.

— Você adora isso. Autumn e Jeff. Acontecendo de verdade.

Uma imagem passou pela minha cabeça, não uma visão de Jeff curado e saindo do hospital comigo, mas a dos olhos de Dax me encarando na biblioteca. Eu a expulsei.

— É, está acontecendo. — E aconteceria. Afinal, sempre foi isso que eu quis.

Se eu pudesse só falar com Dax e ter certeza de que ele estava bem, talvez minha cabeça parasse de pensar nele quando não devia. Além do mais, agora éramos amigos, e eu estava preocupada com ele. Queria que sentasse com a gente para almoçar, que andasse com meus amigos, que não ficasse sozinho. Eu não sabia se ele se daria bem com meus amigos, mas valia a pena tentar. Porém, não o encontrei em lugar nenhum do colégio. Era como se ele tivesse esse superpoder de desaparecer da face da Terra sempre que queria.

Na hora do almoço, sentei com meus amigos e examinei a cantina. Não que já tivesse visto Dax por ali antes, mas não custava olhar. Ele era imprevisível.

Dallin fazia uma lista de planejamento de festa.

— Que outras comidas lembram os mortos-vivos? — ele perguntou.

Lisa levantou um palito de cenoura.

— Olha aqui. Podem ser dedos.

— Estou falando de comida *boa* — Dallin respondeu.

Avi pegou a cenoura da mão de Lisa e mordeu.

— Ouvi uma garota da minha turma de inglês falando dessa festa. Quantas pessoas você convidou?

— Quantas eu *não* convidei é uma pergunta melhor.

A ideia de ficar cercada por estranhos, basicamente, com música alta e uma casa lotada me deixava tensa.

— Dallin. Não quero uma festa.

— Bom, tudo bem, mas já passamos dessa fase. Agora preciso da sua opinião sobre a comida.

— Quanto trabalho — Zach comentou. — Não podemos só levar qualquer coisa e pronto?

Dallin apontou para ele.

— Isso, gosto mais desse plano.

Lisa revirou os olhos.

— Seus pais concordaram com a festa?

— Sim, falei para eles que era para comemorar a volta da Autumn, e eles concordaram.

— Não me use como desculpa para fazer uma festa — falei.

Ele riu.

— Uso todas as desculpas possíveis.

— Quando vai ser, afinal?

— No sábado. É bom você ir ou os meus pais vão pensar que eu menti.

— Ai! — Bati no braço dele.

Avi deu risada.

— Sinto isso dez vezes por dia em relação ao Dallin.

O sinal tocou. Juntei os restos do meu almoço em um saquinho de papel e o joguei na lata de lixo.

— Você morreu para mim — falei para ele.

— Mas para mim você nunca morre, gata.

Lisa correu para me alcançar e fomos juntas para a aula de história.

— Ele já foi no hospital? — perguntei.

— O Dallin?

— É.

— Acho que sim.

— Está fingindo que não aconteceu nada ou é só muito otimismo?

— Acho que é só o jeito dele de lidar com tudo isso.

Passei por cima de uma bandeja que foi deixada no chão perto da saída.

— É, deve ser.

— Mas e você? Tem algum motivo para não estar otimista com relação à recuperação de Jeff?

A sra. Matson havia dito que ele estava em coma induzido. Isso significava que os médicos estavam preocupados, não? Mas que bem faria aos meus amigos saber disso?

— Não. Ele vai ficar bem. Só não tenho vontade de fazer uma festa agora.

— Temos que comemorar as pequenas coisas, certo?

Sorri.

— Meu retorno dos mortos agora é uma coisa pequena?

Ela riu.

— Muito pequena. Fala sério, você só ficou trancada na biblioteca.

Sorri e bati o quadril no dela. Eu podia ser mais maleável e deixar meus amigos fazerem uma festa. Talvez fosse tudo de que precisavam. Um pouco de esperança.

As roupas lavadas estavam empilhadas em cima da mesa de centro quando cheguei do colégio. Peguei as duas pilhas que eram minhas e levei para o quarto para guardar.

— Autumn — meu pai chamou do corredor, segurando outra cesta de roupas.

— Ah, oi. Queria perguntar se posso ir ao hospital hoje de novo.

— Não foi lá ontem?

— Sim, mas... — Parei ao ver que ele segurava o moletom de Dax. Meu pai deve ter notado o olhar, porque perguntou:

— Isto é seu?

Mantive a mentira que já tinha contado a Lisa.

— Encontrei na seção de achados e perdidos da biblioteca. Estava frio lá. Peguei para me agasalhar. — Apanhei o moletom, mas meu pai não o soltou de imediato.

— Devíamos devolver.

— Eu cuido disso — falei, e finalmente tirei a blusa da mão dele. Pendurei o moletom no braço e continuei andando com as duas pilhas de roupas.

— Pensei que podia ser daquele menino — ele falou.

Parei de repente e virei depressa, e o moletom escorregou do meu braço e caiu no chão.

— Que menino?

— O que a médica disse que estava com você quando os paramédicos chegaram.

Meu silêncio era atônito.

— Talvez ele também tenha ouvido o alarme — meu pai sugeriu. — Conseguiu entrar na biblioteca para te ajudar. Não tenho todos os detalhes. Mas acho que a polícia tem os dados dele.

— A polícia?

Ele riu.

— Você apagou de verdade, não é? — E passou a mão no meu rosto. — Fico feliz por estar bem agora. Queria agradecer ao garoto e saber mais detalhes. Talvez eu ligue para saber como.

Talvez *eu* ligue para saber como. Dax podia me evitar no colégio, mas não conseguiria me evitar se eu aparecesse na porta da casa dele.

Tive que dar dois telefonemas, mas finalmente consegui convencer o policial a me passar o endereço que Dax havia lhe dado. Estava agora na varanda da casa limpando as mãos, que começavam a suar, na calça jeans.

A porta se abriu com um rangido, e uma mulher que não devia ter muito mais que trinta anos apareceu. Seu cabelo era colorido, e ela vestia jeans e camiseta larga.

— Pois não?

— Oi. O Dax está?

— Ele aprontou alguma coisa?

— Não, eu só queria falar com ele.

Ela me olhou da cabeça aos pés.

— Ele não mora mais aqui.

Abri a boca e voltei a fechá-la.

— Quê? Onde ele está morando?

— Quem é você?

Movi os pés e forcei um sorriso, embora não tivesse os melhores sentimentos por essa mulher.

— Uma amiga. Estou com algumas coisas dele.

Uma coisa, na verdade, o moletom, e essa era só uma desculpa para ver o Dax.

— Que coisas? Devem ser minhas. Ele pegava muitas coisas minhas.

— Não são suas. Tem o endereço dele? — Estava ficando cada vez mais irritada.

— Não. Só sei que ele iria para um abrigo.

Fechei os olhos e respirei fundo para me acalmar. Ele havia sido mandado para um abrigo por conta disso. Por ter me ajudado.

— Acho que sabe onde fica esse abrigo, mas talvez eu deva ligar para as autoridades e contar sobre a fonte de renda extra que cultiva no seu porão. — *Eu disse isso?*

— Está me ameaçando, garota?

Senti um arrepio de medo subir pelas costas. Eu nunca tinha feito nada assim antes, e tinha certeza de que isso estava estampado no meu rosto, mas eu estava ficando desesperada.

— Estou.

Ela resmungou alguma coisa e bateu a porta na minha cara.

Soltei um gemido frustrado e chutei a porta. Só precisava sair dali e esquecer tudo isso. Dax tinha se metido nessa confusão por se desviar do plano. Ele ia ficar bem. Logo faria dezoito anos e então poderia se afastar de tudo, como sempre quis.

Eu tinha que ir ao hospital. Era lá que meu pai me havia autorizado a ir. Era lá que eu deveria estar. Virei e desci dois degraus de cimento em direção ao meu carro, mas parei quando a porta rangeu. A mulher jogou um pedaço de papel amassado na minha direção e fechou a porta. Fechou e trancou.

Olhei para o papel no chão da varanda, ao lado do capacho em forma de flor e de um regador verde caído. Peguei o papel, o alisei e sorri ao ver um endereço anotado nele. Não devia me sentir tão feliz por ter usado de chantagem para tirar informações de alguém, mas, considerando a vítima, não me sentia tão mal. Tinha encontrado Dax. Ele nem precisava saber como.

O responsável pelo abrigo era um homem alto e negro com um sorriso agradável, diferente da última mãe temporária de Dax. Ele também parecia ter acabado de sair da cama. Notei a barba por fazer em seu rosto, mas a cabeça era raspada.

— Veio ver o Dax?

— Sim.

Ele olhou para o relógio.

— Ele vai ter que rever os horários com você. Agora é hora do dever de casa. Ele vai ter folga depois das quatro.

Dax odiaria isso, eu tinha certeza. A vida toda cronometrada. Olhei as horas no celular. Eram 15h45.

— Vou ter que esperar ou ele pode ser liberado um pouco mais cedo hoje, já que eu não sabia disso?

— Está bem, mas só desta vez. Vou chamá-lo.

— Obrigada. — Apertei o moletom contra o peito. Tinha uma mariposa grudada no batente, e eu a vi mover as asas sem voar.

Dax surgiu na porta todo descabelado, com uma camiseta amassada e um short de atletismo. Estava descalço, e a pulseira preta que eu havia amarrado em seu pulso continuava lá.

O nó em meu peito afrouxou. Queria levantar a manga do meu suéter e mostrar que minha pulseira também continuava no mesmo lugar, mas não fiz isso. Ofereci o moletom.

— Queria te devolver.

Ele pegou a blusa, e senti um impulso estranho de puxá-la de volta, agarrá-la e ficar com ela.

— E as meias? — ele perguntou.

— Ah. Verdade. Esqueci as meias. Eu trago na próxima vez.

— Tudo bem. Pode ficar com elas.

— Você pegou os meus sapatos? — Ele me olhou, confuso, e eu expliquei: — As botas pretas com salto plataforma.

Ele riu.

— Ah, isso esclarece tudo.

— Não consegue imaginá-las perfeitamente agora?

— Não, não peguei. Devem estar na biblioteca.

Sim. Na biblioteca.

Dax continuou parado na porta aberta, como se estivesse pronto para fechá-la a qualquer momento. Tentei pensar em alguma coisa que pudesse impedi-lo de tomar essa decisão.

— Um abrigo, é? — Essa foi a solução idiota que meu cérebro ofereceu.

Ele olhou para a porta.

— Sonhos se realizam.

— Você tinha que ter ido embora.

— Quê?

— Quando as pessoas chegaram, devia ter se escondido e depois ido embora. A gente tinha combinado assim.

— Está brava comigo por ter esperado enquanto você estava desmaiada?

Percebi que eu *estava* brava. Ele estava ali, onde não queria estar, e a culpa era toda dele.

— Sim. Você devia ter ido embora.

Ele riu baixinho.

— Bom saber que me considera capaz de abandonar uma menina desmaiada.

— Eu teria ficado bem. Eles teriam me encontrado. Mas agora tudo é uma grande confusão, e você está aqui e está infeliz.

— Autumn, para. Não precisa se sentir culpada. Não vou ficar aqui por muito tempo.

Eu queria ter essa capacidade de ler expressões faciais, porque a dele era tão firme que não dava para saber se o que estava dizendo era verdade.

— Mas eu não entendo. Por que eles te puniram por você ter me ajudado?

— A minha mãe temporária disse que eu tinha fugido de casa, assim evitou problemas por ter me posto para fora.

— O meu pai não sabia que você estava comigo. Ele acha que você ouviu o alarme e foi me ajudar.

— Eu dei o mínimo de informações para a polícia. Foi o conselho tutelar que me mandou para cá.

— Que droga.

Ele deu de ombros.

— Tudo bem.

— Por que não tem ido para a escola?

— Eu tenho ido.

— Achei que podia almoçar com a gente... se quiser.

Foi o comentário errado. Ele voltou a se fechar. Foi como se eu tivesse apertado o botão de "reset".

— Não precisa arrumar amigos para mim, Autumn. Eu estou bem. — O corredor atrás dele era escuro e parecia devorá-lo. — Tenho que ir terminar minhas obrigações.

Não queria que ele se despedisse sentindo o que sentia agora, o que quer que fosse. Precisava segurá-lo ali só mais um pouquinho, então disse:

— O Jeff está em coma. Só vão suspender os sedativos para acordá-lo quando ele estiver melhor.

Isso o fez parar onde estava.

— Sinto muito.

— A mãe dele acha que eu sou a salvação para ele.

— Como assim?

— Ela fingiu que eu era prima do Jeff para eu poder sentar ao lado da cama e falar com ele, e quer que eu volte para fazer a mesma coisa. Como se eu tivesse um toque mágico, ou algo assim. — Ri de nervoso, surpresa por ter contado isso a ele. — Mas não é um grande problema. Talvez eu possa ajudar.

— Não precisa voltar, Autumn.

Meus ombros relaxaram um pouco.

— Eu quero ir.

— Espero que ele melhore.

— Eu também. — Empurrei um canto do capacho com a ponta do pé. — Se algum dia precisar dar um tempo... eu tenho carro. — Ele não respondeu, e eu acrescentei: — Posso te emprestar, sei lá. — Dax não queria conhecer meus amigos, mas nós ainda éramos amigos. Ele ainda usava a pulseira, afinal. Isso devia significar alguma coisa. E, como sua amiga, eu sabia coisas sobre ele, como o fato de precisar de liberdade de vez em quando. Um carro o ajudaria.

— Pegar seu carro emprestado? Seus pais iam adorar.

— Eles não se incomodariam. — Sim, eles se incomodariam.

— Não preciso do seu carro, mas obrigado. — Ele moveu a mão na porta, olhando para mim como se perguntasse se eu já tinha terminado.

Mordi o lábio.

— Bom, legal... Boa sorte com tudo.

— Para você também.

Dei um passo para trás.

— Tchau, Dax.

— Tchau.

Ele fechou a porta, e foi isso.

Virei para ir embora, mas hesitei. Senti que esquecia alguma coisa, meus braços estavam vazios, mas era só o moletom, então desci a escada da varanda e fui embora. Talvez a pulseira não significasse nada, afinal. Dax não precisava da minha amizade. Ele não precisava de nada. Agora que tinha visto isso, podia parar de me preocupar com ele.

Meu pai estava sentado no sofá separando as meias em pares quando entrei em casa. A televisão estava ligada (o que explicava por que ele demorava tanto para terminar a tarefa), e ele apertou o "pause" para perguntar:

— Como foi no hospital?

— Acabei não indo. Fui devolver aquele moletom. — Não era mentira, apesar de eu saber que ele deduziria que eu tinha ido à biblioteca.

— Ah, que bom. Dax. O nome dele é Dax. — Ele procurou na pilha de meias o par daquela que segurava.

— O quê?

— A polícia me contou quem era o garoto que te ajudou. Escrevi uma carta para ele, e os policiais disseram que vão entregar.

— Isso é ótimo.

Ele levantou o dedo como se tivesse tido uma ideia.

— Queria acrescentar alguma coisa a ela?

— À carta?

— Sim.

Sorri e pensei que isso seria divertido.

— É claro, pai.

Ele transferiu as meias do colo para a almofada a seu lado, depois foi até a cozinha, onde tirou uma folha dobrada de papel de dentro de um envelope. Li a carta, que falava basicamente sobre como ele era grato por Dax ter ouvido o alarme e ido me ajudar. Como essa atitude demonstrava que Dax tinha uma personalidade forte. Peguei a caneta preta em cima do balcão e acrescentei: "Meu herói". Depois assinei.

Meu pai leu a mensagem e franziu a testa.

— Isso não parece muito sincero.

— Mas é.

Ele dobrou a carta e a devolveu ao envelope.

Pensei se deveria ter acrescentado mais alguma coisa. A intenção era ser engraçada, mas o resultado era meio amargo. Percebi que eu ainda estava brava por ele ter sido pego, por ter me tratado com indiferença no abrigo, na escola, por ter conseguido fechar a porta com tanta facilidade.

— Tenho um trabalho de fotografia para fazer. Posso ir até o parque?

— Pode, é claro.

No quarto, pendurei a bolsa da câmera no ombro, peguei o casaco e um cachecol, depois fui à garagem pegar minha bicicleta. Quando ia fotografar ao ar livre, a bicicleta era muito mais conveniente que o carro.

Subi a rua até o parque. Mesmo com a neve ainda no chão, o lugar estava lotado de gente agasalhada. Deixei a bicicleta na área dos racks, atravessei o trecho de lama e encontrei um grupo de árvores sem folhas.

Aproximei a câmera do olho e suspirei. Fazia muito tempo que não via o mundo pelas lentes. Isso ajudava a esclarecer as coisas para mim, alinhar meus pensamentos. Olhando para os ângulos duros da árvore desnuda, para seu cenário vazio, soube que estava deixando minha vida perder o foco. Eu precisava me concentrar no que era importante: Jeff.

Dessa vez Lisa não foi comigo ao hospital, e, quando entrei no saguão, pensei se não havia sido um erro ter ido sozinha. Agora era tarde demais para mudar de ideia, pois a sra. Matson tinha acabado de me ver do outro lado da sala. Ela se levantou no mesmo instante, interrompendo a mulher com quem conversava para correr ao meu encontro.

— Autumn! Que bom que voltou! Ele apertou a minha mão.

— Ele acordou?

— Não, ainda não, mas foi o primeiro sinal de que existe essa possibilidade.

— Isso é ótimo.

— Foi você.

Olhei para ela por um longo instante antes de responder:

— Não. Foi a sua mão que ele apertou. Tenho certeza que foi a sua presença. Ele nem se mexeu quando eu estive lá.

— Estou aqui há dias e nada. Você esteve com ele por alguns minutos e... — Ela parou de falar e me abraçou. — Você parece um milagre. Voltou dos mortos e agora está aqui para compartilhar o carma bom.

— Eu não estava morta.

Ela ignorou minha afirmação.

— Vão suspender a medicação que o mantém em coma. Querem ver se ele acorda.

— É mesmo? Que maravilha.

— Quando ele estiver acordado, os médicos vão poder examinar melhor o quadro. Determinar a extensão das lesões. Vem. Você precisa vê-lo.

Hoje os olhos dele estavam menos inchados, e eu conseguia ver mais nitidamente os hematomas em torno deles. Como no outro dia, a sra. Matson me deixou no quarto com Jeff. Eu sentei, e foi como se meu corpo lembrasse exatamente como devia se comportar aqui, porque entrou em alerta máximo imediatamente. *Para com isso*, disse a mim mesma. *Vai ficar tudo bem. Olha onde ele está.*

— Oi, Jeff. E aí? O que tem feito? — Sorri. — Eu sei, minhas piadas estão cada vez piores. — Toquei o braço dele de novo. — Aposto que está superentediado. Isto é, se é que tem consciência de alguma coisa. Eu devia ler para você ou alguma coisa assim. É isso que faz uma pessoa que tem um amigo na sua situação? Acho que é o que mostram nos filmes. O que você gosta de ler? Acho que não sei.

Para ser sincera, eu não sabia muitas coisas importantes sobre Jeff. Sabia as mesmas coisas que todo mundo que andava com ele sabia, que gostava de beisebol, fazia pegadinhas com todo mundo e era muito inteligente, mas nunca tivemos uma conversa mais profunda.

— Acho que vou perguntar para a sua mãe se você tem um diário. Podia ler para você. A menos que queira protestar. Não? — Suspirei. — Desculpa, piadinhas cada vez piores.

Olhei para trás, para a porta. Fazia uns dois minutos que estava ali. Estava surpresa, a mãe dele já devia ter entrado para dizer que meu tempo havia acabado. Foi esse o tempo que tive antes. Talvez tivessem aprovado visitas mais longas nas últimas quarenta e oito horas. Porque ele apertou a mão de alguém. Olhei para a mão dele por um momento e coloquei a minha embaixo dela.

— Jeff? Consegue me ouvir? — Segurei a mão dele e prendi a respiração enquanto esperava sentir alguma reação.

Nada.

— Tem jogo de basquete hoje à noite. A Lisa e todos os outros vão. Eles pediram para eu te dar um "oi". Vou para lá quando sair daqui.

Deslizei o dedo pelo botão vermelho ao lado da cama, o botão que servia para chamar a enfermeira.

— Lembra quando você quis fazer o teste para mascote e recebeu aquela carta "anônima" ameaçadora que todo mundo sabia que era da mascote do ano anterior? Você saiu falando para todo mundo que ia tentar do mesmo jeito, mesmo sabendo que agora era uma questão de vida e morte. — Dei risada. — Foi bom não ter passado. Queria mesmo ser mascote ou sempre foi só uma brincadeira? — Essas eram as coisas que eu devia ter perguntado antes. Coisas que não pareciam importantes, mas que, agora que pensava nelas, teriam revelado muito sobre quem ele era, quer dizer, é. Eram essas coisas que eu ia perguntar quando ele acordasse. Por que não tinha feito essas perguntas antes? Eu estava interessada nele. Não era para eu querer saber tudo sobre ele?

— Acho que eu não gostaria de ser mascote. Eu ficaria superenvergonhada na frente de todo mundo. Mas você seria um bom lobo, porque tenho certeza que ia amar ser o centro das atenções. E você nunca parece se preocupar com o que os outros pensam. Será que aquela fantasia é muito quente? Eu teria claustrofobia. Sabia disso, que eu entro em pânico em lugares apertados? Bom, onde eu não entro em pânico, não é?

Isso foi o mais próximo que cheguei de contar aos meus amigos sobre os episódios de ansiedade. Revirei os olhos.

— Não pode contar isso como uma revelação, Autumn. Ele está em coma — resmunguei para mim mesma.

Meu estômago roncou alto e eu o cobri com a mão. O celular marcava sete horas. Olhei em volta, analisando cada aparelho, as paredes brancas, o relógio na parede. Meu estômago roncou de novo, e eu me levantei.

— Eu volto na segunda, Jeff.

Mandei uma mensagem curta para a mãe dele. Sim, eu a estava evitando. Ela ia querer um relatório, e eu odiava não ter nada de bom para contar. Além do mais, eu precisava sair logo dali.

21

A música estava muito alta quando liguei o carro e eu levei um susto. Abaixei o volume rapidamente, saí do estacionamento e segui em direção à escola. Pensar no jogo de basquete era suficiente para eu sentir minhas entranhas se contorcendo. Não queria ir. O lugar estaria lotado, barulhento e sufocante. Eu não sabia se conseguiria lidar com isso depois de sair do hospital. Mas falei para os meus amigos que iria, então, tinha que ir. Mais tarde poderia ir embora.

Quando cheguei, o jogo estava na metade. Encontrei Lisa, Avi e Morgan no meio da arquibancada. Elas tinham um número "4" pintado no rosto em vermelho.

Eu ri.

— Estão todas torcendo pelo Wyatt? Como ele vai fazer para escolher uma de vocês? — Wyatt era o astro do time de basquete. Eu o tinha fotografado para o anuário, mas, com exceção dessa ocasião, nosso contato era mínimo.

— Nós vamos dividir — Avi falou antes de levantar e gritar pelo nosso time, que acabava de marcar mais dois pontos.

Tentei entrar no jogo, mas o ginásio parecia ainda mais lotado esta noite e mais barulhento que o habitual. Senti meu peito vibrar e meus olhos se encherem de lágrimas.

— Tudo bem? — Lisa perguntou perto da minha orelha.

Eu havia apoiado os cotovelos nos joelhos e a cabeça nas mãos

— Sim — respondi. — Só estou preocupada com o Jeff.

— Se ficar preocupada funcionar, me avisa que eu ajudo.

Sorri para ela.

— Às vezes tenho a sensação de que ajuda.

Ela tocou minhas costas.

— Pensa no milk-shake que vamos tomar daqui a meia hora. Isso resolve todos os problemas.

Talvez um milk-shake resolvesse mesmo todos os problemas, porque, assim que entramos no Iceberg, tudo ficou muito melhor. Mais tranquilo, pelo menos. Pedi fritas e um shake grande de chocolate. Quando sentei à mesa com meu pedido, lembrei que Dax e eu tínhamos falado sobre comer exatamente isso quando saíssemos da biblioteca.

— Por que está sorrindo? — Lisa perguntou ao se sentar ao meu lado.

— Porque isso é maravilhoso.

— Não é?

Ainda não tinha tido uma chance de conversar com Lisa sobre Dax, mas podia falar agora. Afinal, o pior já tinha acontecido: Dax estava no abrigo. Contar a história a Lisa não mudaria mais nada.

— E...

— E o quê?

— Na biblioteca...

— Dax Miller — ela disse.

— Quê? Como sabe... — Parei quando a vi olhando para a porta.

Segui a direção de seu olhar e vi Dax e mais duas pessoas se dirigindo ao balcão. Meu coração parou de bater por um segundo.

— Com quem ele está? — Lisa perguntou. — Nunca vi o Dax com ninguém. É o pai dele? O pai dele é negro?

— O Dax parece negro?

— Talvez ele seja adotado ou filho de mãe branca. Não sei.

— É o pai temporário. — Ou o responsável pelo abrigo, eu não sabia qual era seu título oficial, mas era o homem que abriu a porta para mim quando fui procurar o Dax outro dia. Ele conversava com o caixa e pouco depois entregou a ele um cartão.

Fiquei ali sentada e tensa, segurando o milk-shake e esperando Dax virar e olhar para mim. Eu poderia acenar. Ele poderia acenar de volta. Isso mostraria que ele não estava tentando me dispensar, como naquele dia na varanda.

Finalmente ele virou, mas seus olhos só passaram pela sala e pararam em mim por um segundo antes de seguirem em frente. Dispensa clara. Eu me recostei na cadeira. Dava para entender por que ele não tinha amigos.

— A gente não tem que se vestir de zumbi para essa festa, tem? — Morgan perguntou, segurando várias camisetas diante do espelho. Era sábado. Lisa, Avi e eu tínhamos chegado à casa da Morgan uma hora atrás e estávamos nos arrumando.

— Espero que não — falei.

— Não seria nenhuma surpresa se o Dallin, o Zach e os garotos se fantasiassem — disse Lisa.

— Tem razão. É a cara deles.

Sentei no chão na frente do espelho de corpo inteiro e passei o rímel. Era estranho pensar que no sábado passado eu estava na biblioteca. Parecia muito mais tempo. Quase preferia estar lá agora, em vez de ir a uma festa. Minha cabeça ainda latejava depois do jogo de basquete e do hospital na noite passada.

— Já vou avisando, hoje o Wyatt e o Sawyer são meus — Morgan disse.

— Ah, sacanagem bloquear dois caras ao mesmo tempo — Avi retrucou.

— Mas foi o que acabei de fazer.

Lisa deu risada.

— Por mim, tudo bem. Tem outros caras para nós.

Morgan olhou para mim com uma cara triste.

— Que foi? — perguntei.

— Que pena que o Jeff não vai estar lá.

Jeff. Por que fazer uma festa, mesmo? Isso era muito errado.

— Logo ele vai estar melhor. E o Dallin vai fazer outra festa, tenho certeza.

— Está a fim dele, então? — Avi perguntou.

Levei um segundo para lembrar que elas não sabiam disso. Eu só tinha contado para a Lisa. Essa era uma conversa que eu pretendia ter na cabana. Eu ia "bloquear" o Jeff.

— É, eu... estou.

— Eu já sabia. Acha que ele também está a fim de você?

Pensei na mãe dele dizendo que eu era namorada do Jeff, autorizando minha entrada no quarto do hospital, mas deixando a Lisa na sala de espera. Tampei o tubo de rímel e disse:

— Acho que sim.

Ela sorriu.

— Fico feliz por você. E por ele.

Ela afagou meu ombro, e torci para isso ser um sinal de que estava tudo bem entre nós e de que ela não se importava com a possibilidade de Jeff e eu ficarmos juntos.

— Todas prontas? — Morgan perguntou enquanto vestia a camiseta escolhida.

— Acho que sim — resmunguei.

Até agora eu havia conseguido manter a calma. Mesmo na casa lotada de Dallin. Mais que lotada. Tinha tanta gente ali que deduzi que muitos convidados nem eram do colégio. Eu havia pedido desculpas cinquenta e três vezes aos pais de Dallin, que acabaram se trancando no quarto para fugir do barulho. Queria que houvesse um quarto onde eu pudesse me trancar também.

Em vez disso, fiquei no canto do porão com um refrigerante, vendo Lisa e Morgan conversando com Wyatt e Sawyer ao lado da mesa de bilhar. Era assim que eu me divertia, observando a festa de longe. Queria ter trazido minha câmera.

Avi parou ao meu lado.

— Parece entediada — disse.

— Não, tudo bem. Estou só dando um tempo.

— Devia ir dançar ou fazer alguma coisa.

— Acho que estou bem aqui — respondi com uma careta.

— Também estou entediada — ela confessou. — Sabe quem sempre fez as festas serem mais divertidas?

— Sei.

— O Jeff — ela acrescentou mesmo assim.

Dei risada.

— É verdade.

— Sabe o que ele fez na fogueira quando fomos para a cabana?

A fogueira que perdi porque fiquei presa na biblioteca.

— O quê?

— Ele subiu numa árvore no escuro e assustou todo mundo.

— Pensei que você estivesse no carro dele. Não viu quando ele subiu?

— Não, todo mundo estava procurando madeira seca para acender a fogueira. E depois, quando voltamos, o Jeff começou a fazer uns barulhos estranhos. Pensamos que fosse um urso ou algo assim. Acho que até o Dallin ficou com medo.

Bebi um gole do refrigerante.

— Achei que tivesse começado a nevar logo que vocês chegaram lá.

Ela comprimiu os lábios e entortou a boca para um lado como se estivesse pensando.

— Acho que começou uns vinte minutos depois que chegamos.

— Ah. — Eu não ia ficar magoada com isso. Com a neve e o susto que Jeff deu em todo mundo, dá para entender por que eles não

153

perceberam que eu não estava lá. — Me conta o resto dessa história. O que aconteceu depois que vocês foram embora?

— Ah, a Lisa falou que você devia ter descido com o Jeff e que a gente devia ir para a cabana sem você. Eu não sabia por que você faria isso, mas acabei deduzindo, entendeu?

Assenti.

— E aí nós subimos para a cabana. Os seus pais ligaram para a Lisa umas duas da manhã para perguntar se você estava lá. Acho que foi logo depois de a polícia ter encontrado as suas coisas no carro do Jeff. Estavam destruídas.

Olhei para o chão. Eu não precisava imaginar essa parte de novo.

— As estradas estavam cobertas de gelo naquela noite, mas voltamos de manhã e passamos os dois dias seguintes te procurando no rio. — Ela segurou minha mão. — Foi horrível, Autumn.

— Desculpa.

— Sei que não queria essa festa, mas foi uma coisa muito importante para todos nós. O Dallin, o Zach, a Lisa, a Morgan, o Connor, talvez até algumas pessoas que estão aqui e você nem conhece, todo mundo participou das buscas. — Meu ressentimento se transformou em vergonha. Ela estava certa. Eu estava encolhida em um canto de mau humor, sentindo pena de mim mesma, porque esses amigos incríveis que eu tenho quiseram dar uma festa para comemorar o final feliz após terem passado horas me procurando em um rio gelado. Eu precisava encontrar o Dallin e agradecer.

Lisa parou na nossa frente antes que eu pudesse me mover.

— Dois dias seguidos — ela disse.

— O quê? — perguntei.

— Isso é um recorde.

— Do que está falando? — Avi perguntou.

— Dax Miller.

— Ele veio? — Avi estranhou.

Meu coração deu um pulo.

Lisa deu um passo para o lado, e eu o vi no outro canto da sala. Respirei fundo algumas vezes antes de perceber que não estava sozinho. Ao lado dele, havia uma garota de cabelo preto e repicado, que não reconheci. Ela falava alguma coisa, e ele estava inclinado na direção dela, balançando a cabeça numa resposta afirmativa. Sua expressão não tinha a dureza que vi na última vez que falou comigo.

Lisa abaixou o tom de voz como se, de algum jeito, ele pudesse ouvi-la do outro lado da sala e com a música alta.

— Acho que nunca vi o Dax numa festa. O que será que ele veio fazer aqui?

— Alguém deve ter convidado. — *Quem?*

— Não é melhor avisar o Dallin para esconder os objetos de valor? — Avi sugeriu.

Olhei para ela com ar chocado.

— Que foi? — Avi perguntou. — Ele esteve em um centro de detenção para menores. Vai saber por quê...

Eu havia quase esquecido como as pessoas falavam sobre o Dax. Antes de conhecê-lo isso tudo era só conversa, mas agora eu sentia as palavras como se fossem um ataque.

— Acho que ele nunca roubou nada. Parece que foi detido por espancar alguém que mereceu apanhar.

— Ouvi dizer que ele bateu num calouro que olhou torto para ele — Lisa comentou.

— Não bateu.

Lisa me cutucou com o cotovelo.

— Como você sabe? Por acaso se especializou em Dax na biblioteca? Tinha uma seção do Dax? — Ela deu uma risadinha, mas parou quando viu que continuei séria. — Espera... é isso mesmo?

— Mais ou menos. Eu... — O som parou no meio de uma música e o silêncio invadiu a sala.

Dallin desceu a escada correndo.

— Autumn! Autumn! Alguém viu a Autumn?

Lisa segurou meu braço e o levantou.

— Ela está aqui.

O pavor se espalhou lentamente por todo o meu corpo, da cabeça aos pés.

— O que ele quer? — perguntei.

— Sei lá. É o Dallin, não é?

— É isso que me preocupa.

— Hora do discurso! — ele avisou.

E, quando ele parou na minha frente, eu disse:

— Dallin, você é incrível, e muito obrigada por essa festa, sério. Mas me poupe de falar em público.

Ele sorriu.

— Valeu a tentativa, mas todo mundo aqui precisa te ouvir. — Zach apareceu ao lado dele, e os dois me levantaram sobre os ombros e começaram a cantar:

— Discurso! Discurso! Discurso!

Eu me agarrei aos ombros deles, temendo cair para trás se eles se movessem muito rápido. O que Avi tinha me falado pouco antes girava na minha cabeça. *Mostre que você está agradecida*, eu dizia a mim mesma. *Não seja infantil. Você consegue. Não pense muito; só fale.* Mas o fato de minha mente ordenar não significava que meu corpo obedecia. Meu coração disparou. Eu precisava dizer alguma coisa, qualquer coisa, para eles me colocarem logo no chão. Engoli o fogo que ardia em minha garganta e disse:

— É muito legal não ter morrido. — Todos aplaudiram. — Vocês são demais! Agora vamos curtir a festa!

Dallin e Zach me sacudiram e alguém ligou a música de novo. Fechei os olhos. Finalmente senti o chão sob os pés. Abri os olhos novamente e fui andando entre a multidão até subir a escada e sair.

Estava gelado, o que significava que não havia muita gente do lado de fora. Continuei andando até não ver mais ninguém, em direção aos fundos da propriedade de Dallin, atrás de um galpão. Inclinei o corpo para a frente porque achei que ia vomitar, mas nada aconteceu. Minha testa estava coberta de suor e eu a enxuguei. Eram muitos episódios sucessivos. Normalmente, o remédio me mantinha equilibrada. Eu sabia que tudo era resultado do estresse dos últimos acontecimentos. As coisas tinham que se suavizar. Eu precisava de paz.

Depois de um tempo, consegui controlar as emoções. Estava voltando para a festa com as pernas ainda meio trêmulas, quando vi Dax no deque, olhando para o quintal.

Teria que passar por ele para entrar na casa, por isso forcei meu melhor sorriso e disse:

— Oi. Não sabia que você viria.

— Nem eu.

Olhei em volta, vi várias pessoas do colégio fingindo que não prestavam atenção em nós. Isso o incomodava, provavelmente, porque ele parecia não gostar de dar a impressão de que tinha amigos. Fiz um gesto convidando-o a me seguir, e ele aceitou o convite. Eu o levei por dois corredores e abri a segunda porta à direita. A lavanderia. Estava vazia, como eu esperava que estivesse. Era pequena, uma péssima opção para quando eu precisava de um espaço aberto, mas por enquanto funcionaria, porque eu só precisava de privacidade. Fechei a porta depois de entrarmos.

— Seus amigos não sabem, não é? — ele perguntou.

— Que você estava na biblioteca comigo? Não, eu não contei. — Eu sabia que ele esperava que eu contasse para a escola inteira, mas eu tinha guardado seu segredo.

— Não. Sobre a sua ansiedade. Eles não sabem, não é?

— Ah. — Olhei para a palma das minhas mãos. — Não.

— Por que não?

— Não quero que me tratem diferente.

— Por que não?

Eu me apoiei na secadora.

— Porque não quero.

— Não? Seria mais fácil que aquilo. — Ele apontou para a porta, e eu soube que se referia à cena lá embaixo, quando foi quase impossível me controlar.

— Não. Eu sei como lidar com isso. — Pelo menos eu sabia. Mas ultimamente não tinha tanta certeza.

Ele também não parecia estar convencido, o que significava que eu precisava mudar de assunto.

— Então... — Puxei a frente de sua camisa de flanela. — O que você está fazendo aqui?

— Foi o único jeito de sair de casa hoje.

A decepção apagou meu sorriso.

— Entendi. Lá no abrigo tem muitas regras?

— Um montão delas. Seria a realização dos seus sonhos. Regras coladas em todos os lugares.

Sorri.

— Tudo deve funcionar na mais perfeita ordem, então.

Ele riu, depois olhou para a porta fechada atrás dele.

— Ela vai ficar brava por ter ficado sozinha?

— Quem? — Dax perguntou.

— A garota que veio com você.

— A Faye? Não. Mas logo vou ter que ir para lá. Tenho certeza que ela vai entregar um relatório hoje.

— Como assim? A Faye faz relatórios?

— Ela mora no abrigo. O sr. Peterson confia nela. Ela queria vir à festa e eu precisava sair um pouco.

— Ah, entendi.

— E você? Se estão fazendo uma festa, seu namorado deve ter melhorado.

Suspirei.

— Não, ele não melhorou. E ele não é meu namorado. Acho que nunca vai ser. Talvez ele melhore e as coisas nunca voltem ao normal. Talvez ele perceba que nem gosta de mim. Que quer ir morar no Alasca ou virar artista de circo. Ou talvez ele queira ser livre. Como você.

Dax não respondeu a nada do que eu disse, só assentiu, pensativo. Sua atitude relaxada diminuiu minha tensão. Acompanhei o ritmo de sua respiração até eu recuperar a lucidez.

Meu celular vibrou no bolso e achei que fosse Lisa, me procurando. Peguei o telefone e li a mensagem. Era da mãe de Jeff.

O Jeff abriu os olhos.

Meu peito se encheu de alegria.

— Que foi? — Dax perguntou.

As pessoas começaram a gritar a notícia no corredor do outro lado da porta. Dallin também deve ter recebido a mensagem.

— Jeff? — Dax perguntou.

— É, ele abriu os olhos.

— Isso é ótimo.

Juntei as mãos e Dax viu a pulseira cor-de-rosa amarrada em meu pulso. Com aquela camisa de mangas compridas, eu não conseguia ver se ele também usava a pulseira. Baixei as mãos e disse:

— Sim, é. Acho que vou ao hospital de novo esta semana. Vou ver se ele quer ser artista de circo ou... — Quase concluí a frase com "meu namorado", mas alguma coisa me impediu. Não consegui dizer as palavras com Dax me olhando daquele jeito.

Ele assentiu.

— Tenho que ir.

— Dax — chamei quando o vi segurar a maçaneta. Ele olhou para trás.

Posso contar para os meus amigos que a gente se conhece? Que somos amigos? Está me mantendo em segredo por algum motivo?

— Te vejo segunda. — Foram as últimas palavras que meu cérebro covarde produziu.

Ele saiu, e eu me recostei novamente na secadora e gemi. A biblioteca tinha sido bem menos complicada. Endireitei o corpo, sacudi as mãos e abri a porta. Quase atropelei Dallin, que passava pelo corredor.

— Oi — falei.

Ele me olhou sério, e não consegui identificar se era porque tinha visto Dax sair dali segundos antes de mim, ou se estava só curioso pelo inusitado de eu sair justamente de sua lavanderia. De qualquer maneira, ele não fez nenhum comentário, só disse:

— Estava te procurando. Pensei que tivesse ido embora.

Lisa apareceu atrás dele.

— Eu também.

— Estou aqui.

— Já soube do Jeff? — Dallin perguntou.

— Sim.

— Legal. Vamos ao hospital amanhã.

— Todo mundo? — perguntei, girando o dedo no ar para mostrar a casa inteira.

— Não, todo mundo não. Só nós. Os amigos mais próximos. Você, a Avi, a Morgan, o Zach, o Connor.

— E eu — Lisa falou.

— Ele saiu da UTI? — Se saiu, ninguém me avisou.

— Ainda não. Mas vamos encher aquela sala de espera de energia positiva — Lisa explicou.

— Você vai com a gente? — Dallin perguntou.

— Sim, eu vou.

Chegamos ao hospital na tarde de domingo prontos para invadir a sala de espera com nossa força mágica de amizade.

— O Dallin estacionou por ali — Lisa falou, apontando duas fileiras à frente de onde eu tentava encontrar uma vaga.

— Vi um lugar ali. — Segui até a vaga, estacionei e desliguei o carro. — Não vamos sufocar a sra. Matson com essa visita coletiva? Sete pessoas ao mesmo tempo?

Ela deu de ombros.

— Espero que não. Mas ela deve estar entediada, não acha? O dia inteiro sentada em uma sala de espera.

— Verdade.

Quando saímos do carro, os outros caminhavam até nós. Dallin carregava um taco de beisebol.

— Vai bater em alguém? — perguntei.

— O Jeff precisa de inspiração. Ele tem seis semanas antes do nosso primeiro jogo. — Dallin moveu o bastão como se uma bola tivesse sido arremessada em sua direção.

— Vai desenhar uma linha do tempo para ele? — indaguei.

— É, pretendo. — Ele cutucou minha barriga com a ponta do taco. — Eu sei como o Jeff funciona. Vai servir de estímulo para ele.

Lisa roubou o bastão dele e o carregou apoiado sobre um ombro a caminho do hospital. Como sempre, senti a tensão na nuca assim que entrei. Talvez fosse o cheiro de hospital. Estava ansiosa para ver Jeff fora dali.

A sra. Matson cobriu a boca com as mãos e sufocou um gritinho quando nos viu.

— Vocês vieram! Todos vocês!

— Recebemos sua mensagem ontem — Dallin explicou — e quisemos vir para dizer que ficamos superfelizes com a notícia e para deixar um presente para o Jeff.

Ele ofereceu o bastão. Como quando eu trouxe as flores, ela abraçou Dallin com o bastão entre eles.

— Obrigada, obrigada — disse. Quando recuou, ela deixou o bastão sobre a mesa, ao lado de vários objetos que mantinha ali. — Vou levar para o quarto quando o tirarem da UTI.

— Ele vai sair logo? — perguntei.

— Talvez. Estamos torcendo por isso. Ele abriu os olhos, mas ainda não falou nada, então vamos ver. — Ela sorriu e pegou minha mão, segurando-a entre as dela. — Ah, Autumn, estou muito feliz por você ter vindo. Vou ver se a enfermeira terminou de colher sangue, e você pode ir vê-lo, meu bem. Talvez seja nosso amuleto outra vez. — E me deixou sozinha com seis pares de olhos cravados em mim.

Dallin foi o primeiro a falar.

— Espera. Você já *viu* o Jeff?

Lisa passou um braço sobre meus ombros.

— Não sabia que a Autumn é prima dele?

— Desde quando?

— Desde que a mãe dele falou isso.

— Por que você?

— Porque ele... — Não consegui concluir a frase em voz alta. Dallin era o melhor amigo de Jeff. O melhor amigo mesmo. Se estava fazendo essa pergunta, talvez eu não tivesse tantos motivos para crer

163

que Jeff e eu éramos uma possibilidade, como eu pensava. — Não sei. Desculpa — concluí.

Morgan pegou o bastão em cima da mesa e o entregou a Dallin.

— Talvez tenha que abrir caminho até lá dentro.

Reconheci o esforço dela para quebrar o gelo, mas não funcionou. Dallin estava magoado. Dava para perceber, mesmo que ele tentasse disfarçar.

— Não tem importância. Legal que um de nós tenha falado com ele. — Ele se sentou na cadeira mais próxima e girou uma garrafa vazia de Coca que estava em cima da mesa, diante dele. — Alguém quer brincar de girar a garrafa?

Avi sentou ao lado dele. Lisa apertou meus ombros como se quisesse me transmitir confiança.

Eu não sabia o que dizer. Pedir desculpas de novo não ia adiantar nada.

A sra. Matson apareceu na porta da sala de espera.

— Autumn, vem comigo.

Queria dizer a ela para levar Dallin, mas eu sabia que ela se recusaria e sua negativa só tornaria as coisas ainda piores. Eu a segui. Quando ficamos sozinhas, perguntei:

— O médico falou mais alguma coisa sobre a recuperação?

— Os resultados dos exames foram bons. Atividade cerebral boa, e ele dá sinais de sensibilidade nos membros. Só precisa falar com a gente, e vamos nos sentir melhor.

Realmente eu me sentiria bem melhor.

— O Dallin quer vê-lo. Ele sente falta do amigo.

— Eu sei, ele tem vindo muito aqui. Eu amo aquele menino, mas não confio na capacidade dele de manter a calma dentro do quarto. Ele é muito debochado.

Sorri. Dallin acharia esse motivo engraçado, provavelmente.

— Espera... Ele tem vindo aqui?

— Quase todo dia.

Fiquei surpresa por não termos nos encontrado, mas isso fez mais sentido para mim do que o fato de Dallin passar a semana toda fingindo que não se preocupava. Ele estava preocupado.

A mãe de Jeff abriu a porta para eu entrar e me deixou sozinha.

Eu me aproximei dele devagar. Os pontos haviam sido removidos da cabeça. Furinhos vermelhos emolduravam a linha rosada em sua testa.

— Oi, Jeff — falei e me sentei na cadeira mais assustadora do mundo. — E aí? Você podia acordar e falar, assim eles te mandavam logo para o quarto. Ficar sozinho nunca foi seu forte. — E eu também ia gostar muito mais, porque aí todos poderiam vê-lo, e eu não me sentiria culpada por ser a única.

Os olhos dele se abriram e eu me assustei, embora a resposta não fosse novidade. Era muito desconcertante vê-lo desse jeito, acordado, mas sem ação, mas tentei superar a reação inicial e ser forte.

— Consegue me ouvir? — perguntei.

Ele piscou muito devagar, mas eu não sabia se isso era uma resposta. Fiquei em pé e me coloquei em seu campo de visão. Os olhos dele não tinham foco, eram quase vidrados, mas continuavam verdes e lindos, e me senti muito feliz por vê-los abertos. Toquei seu braço com delicadeza.

— Consegue me ver? O Dallin te mandou um "oi". — Ele fechou os olhos lentamente e não os abriu mais. Eu me sentei e, ofegante, senti meu coração bater duas vezes mais rápido que o normal. Fiquei ali mais alguns minutos, depois saí.

Quando voltei para contar as notícias, a sala de espera estava quase vazia. Restavam apenas Lisa e a sra. Matson. Senti o peito apertado.

— Alguma novidade? — perguntou a sra. Matson.

— Ele abriu os olhos um tempinho, mas foi só isso.

— Eu imaginei que ele abrisse para você.

Fiquei sem reação.

Lisa se levantou.

— A senhora poderia nos avisar quando ele sair da UTI? A gente gostaria de vê-lo — ela pediu.

— Sim, eu aviso.

— Obrigada.

— Volte logo, Autumn — a sra. Matson falou.

Assenti e saí, acompanhada de Lisa. Quando estávamos no elevador, perguntei:

— Cadê todo mundo?

— Cada um deu uma desculpa diferente, mas acho que todos só queriam dar um "oi" e ir embora.

Escondi o rosto entre as mãos.

— Não precisa mentir. Eles ficaram bravos comigo ou foi só o Dallin?

— Principalmente o Dallin, mas ele vai superar. Você não tem culpa.

— Não achei que a sra. Matson faria isso na frente de todo mundo.

— Nem eu.

— Estou me sentindo supermal.

— Não fica assim, Autumn. Você é a esperança dela nesse momento. Foi a única que tentou ajudar. Não deixa o Dallin te pôr para baixo.

Mas era tarde demais. Eu já estava para baixo. O elevador chegou ao térreo e nós saímos.

Tinha mais uma coisa me incomodando.

— Acho que o Jeff não falou sobre mim com o Dallin.

— Nem todo cara conta tudo para o melhor amigo. Confio mais na sra. Matson que no Dallin — Lisa respondeu. — E ela agiu como se ele não parasse de falar de você.

— Tem razão — respondi, ainda me sentindo preocupada. Se Dallin não sabia que Jeff estava a fim de mim, talvez ele realmente não estivesse.

Eu tinha deixado Lisa na casa dela e estava indo para a minha, quando vi uma cafeteria e fiz o retorno no estacionamento. Estava morrendo de fome.

A garota lá dentro varria o chão.

— Já fecharam?

— Não.

A ideia original era pedir um sanduíche, talvez peru com avocado, mas, quando me aproximei do caixa, notei uma estufa iluminada com alguns produtos de confeitaria. Não tinha muita coisa, só o que havia sobrado no fim de um longo dia, mas ainda havia dois cronuts em uma bandeja. Tive a sensação de que meu corpo suspirou aliviado com a ideia, com a lembrança que eles provocavam. Se a lembrança de uma conversa com Dax era capaz de me fazer relaxar tanto, como funcionaria uma conversa de verdade?

— Vai pedir? — a menina perguntou quando voltou para trás do balcão.

— Sim, quero aqueles dois.

Ela os embalou, eu paguei e voltei correndo para o carro.

O responsável pelo abrigo levantou as sobrancelhas quando abriu a porta.

— Você de novo — disse.

— Sim, sou eu. Autumn, aliás. Acho que não me apresentei na última vez.

— Oi, Autumn. Eu sou o sr. Peterson. Pelo jeito, vou te ver muito por aqui.

— Para a tristeza do Dax, sim — confirmei, sorrindo.

Ele retribuiu o sorriso e abriu a porta um pouco mais.

— Entra.

Aplaudi por dentro e o segui.

A casa era movimentada, mas organizada. Um banco com cabides ocupava uma parede à minha direita na entrada, e casacos e chapéus ocupavam os ganchos, enquanto os sapatos ficavam embaixo do banco. Fiquei pensando em quantos menores moravam ali. E se alguma daquelas coisas era do Dax.

— Vem comigo.

Passamos por quatro ou cinco portas antes de chegar à última do corredor. Estava meio aberta, e deu para ver um beliche junto da parede oposta à entrada. O sr. Peterson bateu na porta.

Uma voz que não era a de Dax respondeu:

— Sim?

O sr. Peterson empurrou a porta.

— Oi, Russell — disse. — Dax, visita para você.

— Quem é? — A voz dele vinha de uma parte do quarto que eu não conseguia ver.

Russell olhava para mim com um meio sorriso.

— Autumn — respondeu o sr. Peterson.

Não sei se Dax fez uma careta ou alguma coisa do tipo, mas Russell falou:

— Melhor não fazer nenhum comentário porque ela está bem ali.

Dax apareceu na porta e não parecia surpreso nem feliz por me ver. Seus olhos notaram o saquinho de cronuts na minha mão, depois voltaram ao meu rosto.

— Ela pode ficar até às oito e meia — o sr. Peterson avisou antes de se afastar.

— Quê? — Russell reagiu. — Por que eles não têm que seguir as regras?

O sr. Peterson não respondeu e Russell levantou e foi atrás dele, protestando em voz alta.

Entrei no quarto de onde Dax não tinha saído. Era pequeno, só cabia um beliche e duas escrivaninhas.

— Que regras estamos desrespeitando? — perguntei.

— O tempo livre acaba às oito durante a semana.

— Ah. — Olhei para a tela do celular. Eram oito e dez. — Você tem vinte minutos a mais?

— É, parece que você encantou o sr. Peterson.

— Não foi difícil — falei com a mão protegendo a boca, como se contasse um segredo. — Posso te ensinar.

Ele deu um sorriso que transformou seu rosto inteiro.

Antes que Dax pudesse questionar minha presença ali, falei:

— Trouxe o cronut que prometi. Não conseguimos comer quando saímos da biblioteca.

— Você não prometeu nada.

— Bom, falei sobre eles, era justo que comprasse para você.

Determinada, andei até sua escrivaninha. Ele recuou alguns passos para não ser atropelado. Agora estávamos os dois ao lado da mesa, e pousei o saquinho sobre ela, junto do livro.

— Continua lendo *Hamlet* — comentei.

— O livro sem fim.

Peguei o livro e o folheei.

— Nunca li. — Naturalmente, as páginas se abriram onde estava o envelope endereçado a Susanna. Ele ainda não havia mandado a carta. Eu o encarei.

Se achava que Dax tinha mudado seu jeito reservado na última semana, e agora, de repente, por opção própria, ia me contar o que significava aquela carta, eu estava enganada. Ele acenou com a cabeça em direção ao saquinho em cima da mesa.

— Vamos comer?

Deixei o livro de lado, abri o saquinho e peguei um cronut.

— Pronto. O paraíso.

Ele se aproximou um passo e minha pele arrepiou.

— Não parece algo capaz de mudar uma vida.

— Não faz pouco de um cronut antes de experimentar.

Ele aceitou o desafio e deu uma mordida.

— Muito bom — falou com a boca cheia.

— Muito bom!? Muito bom? É o melhor. — Peguei o meu e comi em quatro mordidas, depois suspirei feliz. — Nunca mais vai conseguir comer um donut.

— Será que você me estragou?

— Sim.

Observei suas mãos enquanto ele terminava de comer.

— Continua usando isso aí — falei.

— O quê?

— A pulseira. — Isso tinha que ter algum significado. Ele realmente precisava da minha amizade. Levantei o braço e puxei a manga da jaqueta para mostrar a minha. — Eu também.

— Fiquei com preguiça de procurar a tesoura.

Sei. Dax carregava uma faca na bota. Não acreditei nisso nem por um segundo. Mas sabia que ele era muito orgulhoso, reservado ou sei lá o que para admitir que precisava de um amigo.

Quando ergui os olhos, ele estava me encarando. Sustentei seu olhar com determinação. Não era fácil. Os olhos dele eram castanhos e muito penetrantes, tanto que pareciam enxergar dentro de mim. Eu estava certa. Havia algo em estar perto dele, dessa pessoa que tinha me visto nas piores circunstâncias, que me fazia relaxar.

Ele suspirou, frustrado.

— Vou embora daqui a seis meses. Não devia mais voltar.

— Eu sei. Você não quer vínculos. — Eu teria que tentar alguma coisa diferente com ele, se quisesse essa amizade.

— Eu não tenho nenhum vínculo. O que me preocupa é você. Bufei, debochada.

— Eu também não tenho vínculos. Você é só uma boa distração para mim. Preciso de uma distração. — Isso poderia dar certo, se eu conseguisse controlar minha expressão.

— Distração.

— Eu estive no hospital. Aquele ambiente me estressa... Gente doente, a pressão de fazer o Jeff melhorar... Seria legal ter alguém de fora com quem conversar, passar um tempo. Sem expectativas. Sem pressão. Sem nenhum compromisso. — Pior que tudo isso era verdade. Talvez por isso mesmo ele parecesse acreditar em mim.

Dax assentiu. Estávamos próximos. Muito próximos. Eu devia dar um passo para longe, mas, pela primeira vez naquela semana, a tensão tinha desaparecido dos meus ombros, por isso eu ia ficar onde estava. Mesmo que isso significasse que Dax ia ficar me encarando. Mesmo que tivesse que sentir seu cheiro familiar de sabão em pó e especiarias. Mesmo que significasse sentir o calor do seu corpo no meu.

Agarrei as laterais de sua camisa, me surpreendendo com o gesto. Ele não se afastou, e o resto da tensão em meus ombros escoou pela coluna. Ele passou um braço em torno da minha cintura e me abraçou, apertando meu corpo contra o dele. O gesto me chocou e eu deixei escapar uma exclamação abafada, mas não recuei. Amigos se abraçam, podíamos nos abraçar. A rigidez nos ombros dele também diminuiu enquanto ficamos ali juntos.

Olhei para ele. Seu rosto, a poucos centímetros do meu, parecia tão calmo quanto eu me sentia agora. Ele se movia em minha direção e cheirava a açúcar quando disparei:

— Mas sem beijo. Só amigos.

— Amigos?

— Não. Amizade é um vínculo, não é? Então não, somos distrações. Amigos distraídos.

Ele parou e fez uma cara de quem estava se divertindo.

— Tudo bem.

Por que eu não conseguia parar de falar?

— E amigos distraídos não se beijam. Os caras se apegam quando me beijam.

Um sorriso iluminou seu rosto.

— Sem beijo, então. — A voz dele era baixa e áspera, e senti vontade de jogar minha regra pela janela. A única regra que me protegeria do que eu tinha acabado de combinar.

— Regra número quatro.

Ele riu.

— Tudo bem.

— Só uma distração — repeti, erguendo os ombros e me afastando um pouco. Sorri. — Uma distração muito boa.

Ele segurou meu pulso, me impedindo de recuar mais.

— Só uma distração?

Assenti.

— Podemos criar a regra número cinco, "sem vínculos", se estiver preocupado.

Dax sorriu e me puxou para perto de novo.

O sr. Peterson cumpriu sua palavra e me mandou embora às oito e meia, pigarreando alto enquanto se aproximava pelo corredor, depois batendo na porta e anunciando que o tempo livre tinha acabado. Peguei o saquinho vazio, amassei e disse:

— Obrigada. A gente se vê.

Não olhei para trás. Não queria saber se Dax estava arrependido do nosso novo acordo. Não tinha importância. Ele agora precisava de uma amiga, mesmo que não quisesse admitir. E eu também, alguém que me fizesse esquecer tudo quando eu estivesse estressada. Meu verdadeiro compromisso, meu foco, tinha que ser Jeff e sua recuperação. Isso funcionaria perfeitamente.

Cheguei ao colégio meio cedo no dia seguinte e fiquei esperando Dallin no estacionamento. Ele sempre parava o carro no mesmo lugar, na fileira do fundo, de frente para a saída. Vi quando ele estacionou na vaga. Ele pegou a mochila no banco do passageiro e saiu do carro. Eu saí do meu. Tinha que consertar as coisas com ele. Dallin era amigo de Jeff havia muito tempo, e nos últimos meses havia se tornado meu amigo também. E não me agradava saber que ele estava bravo comigo.

— Oi — falei, levantando o punho para ele bater.

Dallin olhou para minha mão fechada e não fez nada, e eu a baixei. Mas respondeu um "oi" enquanto continuava andando.

Eu o acompanhei.

— Dallin, eu não pedi para ver o Jeff. Desculpa. A mãe dele me disse que você era a primeira opção de visita, mas ela ficou com medo das suas brincadeiras. — Não tinha nada de errado em uma mentirinha inocente diante de sentimentos feridos, certo?

— Legal — ele respondeu, mas não era essa a reação que eu esperava.

— Está chateado porque não pôde ver o Jeff ou porque eu pude?

— Os dois.

— Por quê?

— Porque não acho que você seja a garota certa para ele. O Jeff discorda, por isso pediu para eu tentar me aproximar de você. E eu tentei, estou tentando, estou me esforçando ainda mais desde que ele foi para o hospital, porque espero que ele possa sentir isso de algum jeito ou pelo menos que o universo perceba. Mas ainda acho que você não é o melhor para ele. Está mexendo com a cabeça do cara há meses.

— Mexendo com a cabeça dele?

— É, você não se importa. Está sempre sumindo. Fugindo. Fazendo o Jeff correr atrás de você. Fiz uma festa para você e você sumiu. Parece que se acha boa demais para nós.

Meu queixo caiu com o choque e não consegui pensar em nada para dizer de imediato. Era assim que meus amigos viam minha ansiedade? Acreditavam que eu me achava boa demais para eles?

— Não é nada disso. Tenho algumas dificuldades, mas nunca achei isso. Nunca.

Eu precisava engolir o orgulho e me explicar melhor, falar sobre o transtorno de ansiedade, mas ele continuava andando como se não quisesse me ouvir.

— Ele está sempre te procurando, correndo atrás e fugindo com você. Como fez no dia da fogueira.

— Eu nem estava na fogueira. Eu não fui. Vocês me deixaram na biblioteca.

— Mas se você não tivesse esse hábito de sumir...

— Ele ainda teria ido sem mim. Como vocês todos foram.

— Mas depois que te encontraram na biblioteca e eu descobri que você nem tinha ido até a fogueira, percebi que ele estava correndo atrás de você. E, se não estivesse, não teria tanta pressa e teria sido mais cuidadoso.

Tive a sensação de que meu coração estava parando de bater.

— Acha que eu sou culpada por ele estar no hospital?

— Só estou dizendo...

Parei de andar. Meus olhos ardiam. Ele olhou para trás, deu de ombros e seguiu em frente. Fiquei ali no meio do estacionamento, vendo Dallin se afastar.

Levei uns dois minutos para decidir se ficava na escola ou voltava para o carro, ia para a casa e me enfiava na cama. Em casa eu passaria o tempo todo pensando nas palavras de Dallin. Elas ficariam rodando na minha cabeça. Eu precisava falar com Lisa, Avi e Morgan. Eu tinha que ter certeza de que Dallin era o único que pensava assim.

Mas, enquanto isso não acontecia, eu precisava de uma distração. Alguém com quem não tivesse que falar sobre esse problema. Alguém que não pensasse essas coisas de mim.

Eu o encontrei perto dos ônibus dez minutos antes do início da primeira aula.

— Dax — chamei.

Ele acenou com a cabeça.

— Oi, a gente pode conversar? Posso falar com você? — pedi, ofegante.

— Ah... — Ele olhou para os alunos à nossa volta.

Eu também olhei em volta, tentando encontrar um lugar mais discreto, se era disso que ele precisava. A estufa era o prédio mais próximo, raramente usado no inverno. Sem dizer mais nada, fui para lá e torci para ele me seguir. Também torci para a porta não estar trancada. Não estava, e ele me seguiu. Entrei.

Lá era mais quente, o ar era úmido e tinha cheiro de terra. Fileiras de vasos com plantas amareladas cobriam as mesas.

— Fala alguma coisa alegre — pedi e virei de frente para ele.

— Está me confundindo com outra pessoa?

A frase foi suficiente para me deixar mais leve.

— Tive um começo de manhã horroroso.

— Mas são só sete e meia.

— Eu sei.

Ele afastou um vaso e sentou na mesa.

— O que aconteceu?

— Coisas idiotas. Não quero falar sobre isso. Preciso esquecer.

Ele apontou para si mesmo.

— Com sua distração?

— Exatamente.

Ele sorriu e se reclinou para trás, apoiando o peso nas mãos. Quando ficava assim, franco e sem reservas, ele era muito fofo. Bom, para falar a verdade, até quando era intenso e fechado, ele era fofo.

— Que foi? — ele perguntou.

Percebi que também estava sorrindo.

— Quero pegar a câmera. — Segurei a alça da máquina.

— Por quê?

— Porque você é muito fotogênico. — Dax cercado por plantas mortas, o sol brilhando fraco através da janela embaçada atrás dele.

Ele levantou as sobrancelhas.

— É verdade.

— Não sei se isso é um elogio, vi que tirou fotos de uma aranha semanas atrás.

— Como sabe o que eu estava fotografando semanas atrás?

— Passei por você. Sua visão fica limitada quando está atrás dessa câmera.

Eu não o tinha visto. Minha visão realmente *fica* limitada atrás da câmera, focada, sem obstáculos. Esse era um dos motivos para eu gostar dela.

— Não era uma aranha. Era a teia. Estava congelada. E incrível. Um dia desses eu te mostro essas fotos. — Parei. — Tipo, qualquer dia. Devia ir na minha casa. Meus pais vão adorar.

— Seus pais... Eles me mandaram uma carta.

Dei risada. Tinha esquecido aquela carta.

— É verdade. Você é o herói deles.

— Pensei que fosse o seu.

Ri de novo.

— Sim. Você é.

— É mais irônica do que imaginei que fosse quando li aquela carta.

— Eu estava furiosa com você quando a escrevi.

Ele parecia se divertir com a história.

— Por quê?

— Você não queria me ver.

— Você gosta de tirar conclusões.

Meu coração deu um pulinho e eu o adverti pela reação. Tínhamos estabelecido uma regra. Ele não queria vínculos, nem eu.

O sinal tocou. Olhei para fora, depois para ele de novo. Não me mexi.

— Então, enfim, você precisa ir até a minha casa e... Espera, você sabe dirigir? — perguntei de repente.

— Eu dirigi o carro da minha mãe do fim da rua até a entrada de casa quando tinha treze anos.

— Uau. Impressionante.

— Bati em duas caixas de correspondência.

— Ou não. Por isso não quis usar o meu carro.

Ele sorriu.

— Esse é um dos muitos motivos.

— Vou te ensinar a dirigir. Vai amar a liberdade que isso dá. — Eu me sentia mal por ninguém ter pensado em ensinar Dax a dirigir, e não conseguia imaginar que isso mudaria no futuro. Era uma habilidade que ele precisava desenvolver, se queria mesmo ser livre.

Dax continuava sentado, apoiado nas mãos.

— Não acho que essa tenha sido uma das suas melhores ideias.

— É uma ideia ótima.

Ele limpou a terra das mãos.

— Não tem que ir?

— E *você*? Não tem que ir?

— Posso ficar aqui o dia todo — ele falou.

— Eu também — respondi.

O sorriso dominou seu rosto.

— Sério?

— Ah, você acha que me conhece muito bem, não é? Acha que chegar atrasada na aula me incomodaria?

— Sim. Você odiaria deixar um professor zangado.

Estreitei os olhos para ele, depois disse:

— Tem razão. Eu tenho que ir. — Corri para a porta, mas, quando estava quase saindo, voltei e o abracei. — Fez seu trabalho com perfeição. Obrigada.

Ele riu e me abraçou. Como estava em cima da mesa, minha cabeça encaixou embaixo de seu queixo. Fechei os olhos e suspirei. Tentei me afastar, mas ele me segurou. No começo pensei que quisesse prolongar o abraço, mas, quando senti seu corpo tremer e percebi que estava rindo em silêncio, entendi que ele estava tentando me irritar.

— O último sinal vai tocar — falei.

— Eu sei.

— Para, me solta, seu doido.

Ele soltou e eu corri para a porta, olhei para trás e sorri para ele antes de sair. Dax ainda estava na mesma posição, mas um sorriso preguiçoso surgiu em seu rosto.

Só uma distração, disse a mim mesma enquanto corria para a sala de aula.

Eu tinha tentado justificar a ida para casa na hora do almoço como uma fuga para não ter que encontrar meus amigos, mas isso só faria a afirmação de Dallin a meu respeito parecer verdadeira. Segurei o saquinho de papel pardo e entrei no refeitório. O que me atingiu primeiro foi o barulho, depois os diversos cheiros de comida — hoje os mais fortes eram de alho e espaguete. Mantive o foco e caminhei para nossa mesa.

Lisa sorriu e escorregou no banco para abrir espaço para mim. Só quando já estava sentada e notei os outros rostos sorridentes, percebi que Dallin não estava lá. Olhei em volta e não o vi no refeitório.

— Cadê o Dallin? — perguntei a Lisa.

— Não sei.

Agora era ele quem estava fugindo, então? Pigarreei.

— Lamento ter sido a única que conseguiu ver o Jeff ontem à noite — falei para todos à mesa.

Avi tocou meu braço.

— Tudo bem. É você quem pode fazer a diferença. Vocês se gostam. Ouvi dizer que as emoções têm um papel importante na recuperação da saúde.

Os outros concordaram, recitando versões variadas de como também não estavam bravos comigo.

— Autumn, a milagreira — Lisa resmungou ao meu lado com um sorriso.

Eu não sabia se ela estava falando sobre Jeff ou sobre resolver a situação com meus amigos. Mas a resposta era a mesma para as duas alternativas.

— Ainda tenho muito o que fazer.

Lisa pegou um Oreo e me ofereceu, depois, como se soubesse que eu me referia a Dallin, disse:

— O Dallin é um idiota.

Sorri e dei uma mordida no biscoito, feliz por saber que ela estava do meu lado. Se é que havia lados. Não havia. Eu daria um jeito nisso.

— *Ele saiu da UTI?* — *Abracei a sra. Matson. Não dava* para acreditar na alegria que eu sentia por estar em uma ala diferente. Com cadeiras diferentes e outra televisão no canto.

— Saiu. — Ela estava eufórica.

— Já avisou o Dallin? — Recebi a mensagem depois das aulas e esperei uma hora para vir, porque queria que ele chegasse antes de mim.

— Avisei, mas acho que ele tem treino de beisebol ou alguma outra coisa.

— Ah, entendi. — Mentira. Os treinos já estavam começando? Ainda era cedo para isso. Devia ser pré-temporada. — O Jeff já está falando?

— Ele está mais consciente, mas ainda passa a maior parte do tempo dormindo. Os médicos estão diminuindo a dose dos sedativos. Acham que é por isso que ele não está totalmente consciente. Vem. Ele precisa te ver.

O quarto era menor, mas havia menos máquinas. E a janela se abria para o estacionamento. Sentei ao lado dele e segurei sua mão.

— Oi, Jeff. Sentimos sua falta. Você precisa melhorar. Talvez possa conversar com o Dallin e dizer para ele que sou uma pessoa legal. No momento, ele parece pensar diferente. Essa é uma boa razão para falar, não é? Por mim.

Outro bom motivo para falar era me fazer parar de fazer piadinhas ruins. Isso seria pelo bem dele, é claro. Se é que ele ouvia as piadas.

Ele gemeu baixinho e meu coração deu um pulo.

— Jeff?

Ele virou a cabeça para o lado e abriu os olhos. A sra. Matson havia dito que agora ele passava mais tempo acordado, mas eu não imaginava que veria seus olhos tão focados. Como se realmente me vissem. A alegria me invadiu.

— Oi — falei baixinho.

Um sorriso dançou em seus lábios.

— A sua mãe ficaria megafeliz se você falasse. Para a gente, basta ver esses seus lindos olhos verdes... Mas, pelo jeito, para ela só isso não vale.

Ele afagou minha mão e fechou os olhos. Fiquei esperando, pensando que talvez ele só precisasse descansar mais um pouco, mas ele não voltou a abri-los.

Eu me sentia satisfeita com o relato que faria para a sra. Matson, até chegar à sala de espera e ver Dallin lá, esperando para falar com ela. A mãe de Jeff conversava com o médico.

— Tinha que ser a primeira — Dallin resmungou quando me aproximei dele.

— Eu tentei não ser. Não sabia que os treinos de beisebol já tinham começado.

A sra. Matson se aproximou de nós.

— O médico acha que ainda é importante evitar muita agitação no quarto, pelo menos por mais um tempo. Quero que todos vocês o vejam, mas vamos ter que reduzir as visitas ao mínimo. Uma por dia.

— Mas o Dallin pode vê-lo hoje, não é? — perguntei, apavorada.

— Sim, é claro. Mas pode organizar tudo com seus amigos para o Jeff não receber muitas visitas?

— Sim. — Mordi o lábio. — Quer dizer, sim, o Dallin pode montar uma agenda.

— Isso — ele respondeu secamente.

— Tenho que ir — avisei. A sra. Matson não precisava do meu relatório. Nada de novo havia acontecido. — Boa visita.

Dallin só balançou a cabeça. Eu queria consertar tudo isso, mas só tinha piorado a situação.

O sr. Peterson devia ter contado para ele quem estava esperando, porque Dax apareceu na varanda pronto para sair, calçado, de jeans e jaqueta. Ele fechou a porta e se dirigiu ao meu carro depois de um "oi" rápido.

— Oi — respondi, e corri para alcançá-lo.

Quando entramos no carro, olhei para ele.

— Dia ruim?

— Melhor agora.

Agarrei o volante, porque não queria ver a expressão que acompanhava essas palavras. Nós dois ainda precisávamos evitar vínculos. Ver Jeff hoje era a confirmação de que ele melhoraria e tudo voltaria a ser como deveria.

Eu não sabia para onde estava indo, até parar na frente da biblioteca. Dax também parecia surpreso com minha escolha.

— Tem lição de casa para fazer? — ele perguntou.

— Preciso pegar os meus sapatos.

— Ainda não pegou?

— Não faz tanto tempo. — Entrei na garagem subterrânea.

Andamos juntos até a porta. A primeira sala em que entramos estava vazia, e isso trouxe de volta os sentimentos daquelas primeiras horas na biblioteca. Mas, quando chegamos à sala principal, havia várias outras pessoas andando de um lado para o outro, o que tornou tudo melhor, diferente.

— Está tudo bem? — ele perguntou.

Respondi que sim com a cabeça. Passamos pela passarela de vidro e descemos até a biblioteca principal. Olhei primeiro embaixo da cadeira, torcendo para não ter que perguntar a ninguém. Não estavam lá. Fiquei parada, lembrando de Dax lendo naquela cadeira, recordando onde havíamos dividido o saco de dormir, bem embaixo dela. Ele lembrava a mesma coisa? Nós nos olhamos.

— A gente devia ver se tem alguma maçã para roubar na cozinha — cochichei.

Ele sorriu.

Respirei fundo e fui até a recepção. A mulher atrás do balcão esperou que eu falasse.

— Deixei um par de botas pretas aqui. Sabe se alguém encontrou?

— Botas pretas... — Ela olhou embaixo do balcão, pegou minhas botas e as colocou em cima dele.

— Ah, isso é uma bota de cano curto e plataforma — Dax sussurrou baixinho, ao meu lado.

A mulher olhou para mim de um jeito duro.

— Você deve ser a garota que ficou presa aqui no fim de semana passado.

Eu não estava preparada para ser desmascarada. Só assenti.

— Sua mãe nos deu uma lista de novos procedimentos para a hora de fechar as portas.

Que resposta eu podia dar? Ela estava brava comigo?

— Acho que foi uma boa ideia — Dax falou, depois pegou minhas botas e se afastou.

Eu não conseguia acreditar que minha mãe tinha feito isso. Tudo bem, na verdade eu acreditava. Era a cara dela, mas eu estava morrendo de vergonha.

Antes de subirmos a escada e voltarmos para a passarela de vidro, Dax disse:

— Quem liga para o que ela pensa? Essa mulher não é ninguém. Não se preocupe com isso.

Não sei se ele achava que eu não podia enfrentar a escada nesse momento, mas Dax me levou para o elevador e apertou o botão.

— Eu não ligo — garanti. E não ligava mesmo.

A luz se acendeu e as portas se abriram. Entramos no elevador. Quando ele ia apertar o botão para descer, eu apertei o da cobertura, e as portas se fecharam.

Ele ainda segurava as minhas botas, e eu as peguei e apertei contra o peito.

— Já viu a torre do sino? — perguntei.

— Não.

— Devia ver.

Considerando que só precisávamos subir dois andares, o elevador demorou uma eternidade. Quando as portas finalmente se abriram, nós saímos. Eu não sabia se a porta para a torre do sino continuava destrancada ou se teríamos que voltar e descer. Empurrei a barra e ela se abriu com um rangido alto. Dessa vez estava escuro, e eu acendi a lanterna do celular. A escada para o topo não dava a impressão de ser mais sólida do que na última vez que subi aqueles degraus. E agora, com os dois em cima dela, eu ria de nervoso a cada passo.

Chegamos ao topo e abri a porta. Respirei fundo, absorvendo o ar frio. A coruja de madeira no alto do corrimão olhava para nós quando sentamos no pequeno espaço, de onde dava para ver o telhado inclinado. O espaço era muito pequeno e nossos joelhos se tocavam.

— Não é legal? — Desliguei a lanterna do celular, porque as luzes da rua eram suficientes para iluminar um pouco o local.

— É. Não sei como não vi isso antes. Nossa estadia não foi minha primeira vez na biblioteca.

— Mentira — respondi, fingindo surpresa.

186

Ele sorriu, depois levantou a cabeça.

— Você tocou o sino numa noite, não tocou?

— Ninguém ouviu.

— Eu ouvi. Só não sabia o que era.

— Era eu.

Sentada ali, percebi que a torre devia ser uma área proibida para visitantes. Se fôssemos pegos, teríamos problemas.

— Enfim, eu queria te mostrar. Acho melhor a gente ir.

— Porque está preocupada ou porque tem que ir a algum lugar?

— Primeira opção.

— Você se preocupa demais.

— Eu sei. É o meu jeito.

Descansei os braços sobre os joelhos, que estavam dobrados contra o peito. Ele deslizou um dedo pelo meu braço. Fechei os olhos, deixando toda a tensão de voltar à biblioteca ir embora.

— Estou tentando controlar as coisas. Tem sido difícil. Vai melhorar quando tudo voltar ao normal. É que agora tem muita coisa acontecendo.

Dax estendeu os braços e se segurou na grade atrás dele, como se pensasse no que eu disse.

— O que aconteceu hoje de manhã, antes da primeira aula?

Suspirei. Não queria falar sobre isso. Pensar no que Dallin tinha me dito me fez arrepiar.

— Nada.

— Não vai me contar?

Levantei o punho fechado.

— Depende. Eu te desafio.

— Que desafio é esse?

— Pedra, papel e tesoura. Quem ganhar tem direito a um segredo.

— Eu estava disposta a correr esse risco pela chance de fazer uma pergunta a ele. Havia algumas respostas que eu queria muito, de verdade.

Ele sorriu.

— Fechado.

— Melhor de três? — propus.

— Isso.

Ele ganhou a primeira com uma pedra que quebrou minha tesoura. Resmunguei, mas me preparei para a segunda rodada. Essa eu ganhei com um papel, porque ele repetiu a pedra. Agora era o desempate. Olhei para ele. Dax tinha escolhido pedra duas vezes. Será que ia repetir a escolha? Ele me encarava tranquilo, sem revelar nada. Dax era imprevisível, acho que faria uma escolha diferente. Mas mais imprevisível seria se escolhesse pedra pela terceira vez.

— Um, dois, três — contei e mostrei papel. Ele escolheu pedra de novo. — Ah! Ganhei!

— É — ele respondeu como se não estivesse impressionado.

— Nunca pensei que fosse tão ruim nesse jogo.

— Esteve ensaiando essa conversinha de ganhadora?

— Só porque você sempre perde. Estou praticando muito.

Ele sorriu e segurou a grade sobre sua cabeça novamente.

— Qual é a pergunta?

Olhei para o braço esquerdo dele. A tatuagem. *Tatuagem ou Susanna? Tatuagem ou Susanna?*

— Por que não mandou aquela carta que guarda no livro para a Susanna? — perguntei.

O sorriso desapareceu.

— Porque... — Dax passou a mão no cabelo. — Ai. Você é uma pessoa horrível, sabia? — Ele sorria ao falar, por isso assenti.

— É, sou mesmo.

Ele estendeu a mão com a palma voltada para cima.

— Está vendo isso?

Olhei para a tatuagem.

— Sim.

188

— Foi nosso último encontro no tribunal. Minha mãe tinha tido meses para mudar. Foram três programas de reabilitação diferentes, seis audiências, duas internações. E, quando estávamos lá no tribunal, eu de um lado, ela do outro, o juiz perguntou se ela estava escolhendo as drogas em vez do filho. E ela confirmou. Foi a última vez que falei com a minha mãe.

— Nesse dia ela perdeu sua guarda?

Dax assentiu, balançando a cabeça.

— Sinto muito.

— Já falei, nesse dia eu finalmente desisti. Agora eu sou livre.

Eu não acreditava no que ele estava dizendo, como não acreditei quando ele disse a mesma coisa da primeira vez. Todo mundo precisa de alguém.

— E quanto à carta?

— Lá estão todas as perguntas que eu queria que ela me respondesse.

— Susanna é sua mãe?

— É.

— E por que você não mandou a carta para ela?

— Porque ela vai pensar que estou tentando uma reaproximação, e não estou.

— E o que está tentando?

— Saber o básico que os pais dizem aos filhos sobre si mesmos.

— Por que se importa com o que ela vai pensar, então?

— Eu não me importo.

— Já que é assim, mande a carta.

— Eu vou mandar. — Ele me olhou com os olhos meio baixos.

— E você conseguiu muita informação por essa vitória.

Eu ainda tinha muitas perguntas a fazer sobre o assunto, mas desisti de investigar, pelo menos naquele momento. Apesar de Dax parecer completamente calmo, eu entendia como podia ser emocionalmente exaustivo falar sobre esse tipo de coisa.

— Tem razão.

— Agora vai me fazer jogar para ganhar o direito de fazer uma pergunta?

Forcei um suspiro.

— Acho que não. Você me deu duas respostas. O que quer saber?

— Hoje de manhã...?

— Ah, é. Hoje de manhã... — *Fala de uma vez, Autumn. Dax acabou de contar o que aconteceu no pior dia da vida dele; você pode contar sobre hoje.* — O Dallin disse que o Jeff está no hospital por minha causa.

— Quem é Dallin? — Seus olhos endureceram.

— O melhor amigo do Jeff.

— E por que ele falou essa idiotice?

— Porque eu vivo fugindo, me escondendo ou fico isolada nas festas, e ele disse que o Jeff sempre teve que correr atrás de mim. E era isso que ele estava fazendo quando bateu o carro e caiu naquele rio: estava correndo atrás de mim. Agora o Dallin me odeia.

— Você contou para ele sobre suas crises de ansiedade?

— Não. Não quis usar isso como uma defesa. Daria a impressão de que eu estava inventando uma desculpa. E não quero que me tratem de maneira diferente.

— Esse argumento é burro.

— Obrigada.

— Você contou para *mim*.

— Mas meus amigos não são você.

— E o que isso significa?

— Você já... você viu coisas que eles não viram. Tenho medo de que não entendam.

— Talvez deva confiar neles.

— Mas nem imagino como vão reagir.

Ele assentiu devagar.

— Que foi?

— Quer dizer que não pode controlar como eles vão reagir. Tem medo de que eles não gostem de você.

Peguei um pedaço de tinta que descascava da grade, perto da minha cabeça.

— É isso.

— Precisa contar para eles.

— Eu conto quando você mandar a carta.

Dax assentiu.

— Boa jogada.

A brisa que entrava pela porta aberta ficou mais forte e eu me arrepiei.

— Minhas orelhas estão frias — falei.

Um lado de sua boca se ergueu num meio sorriso, mas ele não se moveu.

Usei a grade como apoio para ficar em pé.

— Vamos.

Dax também levantou, e, quando acendi a lanterna do celular e virei para descer a escada, ele entrou na minha frente e eu levei um susto. Ele cobriu minhas orelhas com as mãos. Elas eram quentes.

— Não me importo de ser sua distração, mas não vou estar sempre aqui.

— Eu sei. — Ele estava certo. Eu precisava falar desse meu problema com os meus amigos e aprender a lidar com as coisas sozinha antes de ele sumir de verdade. Precisava ter certeza de que não ia mais precisar de uma distração.

Com a ida ao hospital e a visita à biblioteca, passei mais tempo fora do que havia dito aos meus pais que passaria. Abri a porta de casa levando as botas embaixo do braço e a fechei com o mínimo de barulho possível, torcendo para conseguir entrar no quarto sem ser vista. Talvez eles pensassem que eu estava lá o tempo todo. Mas, quando virei, meu irmão estava parado no hall, recostado na parede, olhando para mim.

— Owen — gritei. — O que está fazendo aqui?

— As aulas de quarta foram canceladas, e, como só tenho aulas às segundas, quartas e sextas, tirei a sexta de folga e encerrei a semana mais cedo.

— Deve ser legal estar na faculdade, criar as próprias regras, ser dono do seu nariz. — Sorri para ele.

— Parece que mais alguém aqui também é dona do próprio nariz. Que história é essa de ficar na rua até tarde da noite?

Revirei os olhos.

— São só nove horas. E eu estava salvando o mundo, um paciente em coma de cada vez.

Ele fez uma careta.

— Desculpa. Ele continua mal?

— Na verdade, o Dax está bem melhor.

— Quem é Dax?

— Dax? Eu falei Dax?

Owen levantou as sobrancelhas e confirmou, balançando a cabeça

— Era o Jeff. Ele saiu da UTI hoje. Os médicos falaram que esta tudo indo muito bem. Parece que a tendência agora é só melhorar — Eu estava me repetindo, por isso fiquei quieta.

— Que bom saber que o Jeff vai ficar bem. Mas quem é Dax?

Meu rosto ficou quente.

— Uau — Owen disse.

— Não, não é nada. É só um amigo.

— Sei. Não é o que parece. Quero conhecer esse seu *amigo*.

Empurrei o braço dele.

— Para de bancar o irmão.

Comecei a me afastar pelo corredor, mas ele me fez parar quando disse:

— Por que está carregando essas botas?

— Elas ficaram na biblioteca, fui buscar hoje.

— Foi a primeira vez que voltou lá?

— Foi.

— E lidou bem com isso?

— Por que não lidaria?

— Ah, não sei, a última vez que esteve na biblioteca, você desmaiou por causa de um ataque de pânico.

— Lidei bem, sim. — Com alguma ajuda.

Ele apontou para a cozinha.

— Vou te dar um toque: a mamãe está preocupada com sua reação emocional a todas essas visitas ao hospital. — E esse era outro motivo que me impedia de contar aos meus amigos: já havia gente demais preocupada com minhas reações emocionais.

— Olha só, você chegou há quinze minutos e já está espionando para mim.

Ele olhou para o relógio.

— Estou em casa há duas horas. Você é que não estava.

— Detalhes, detalhes. — Atravessei o hall e fui para o meu quarto.

Owen me chamou.

— Vai ter que passar um tempo comigo essa semana. Não vai fingir que não estou aqui.

— Amanhã escolho a cor do esmalte de unhas.

— Esquece. Eu mesmo escolho a cor do meu esmalte.

Sorri para ele e fechei a porta do quarto, depois sentei no chão. Senti a dor de cabeça se aproximando. Esperava poder dormir bem essa noite, em vez de ficar revendo o dia durante horas como meu cérebro às vezes gostava de fazer.

No dia seguinte, na hora do almoço, Dallin estava na ponta da mesa como se conduzisse uma reunião. A dor de cabeça do dia anterior ainda me incomodava, e eu tinha a sensação de que ela ia piorar com isso tudo.

Ele bateu na mesa com o punho para chamar nossa atenção.

— O Jeff saiu da UTI ontem, mas a sra. Matson pediu para ele receber só uma visita por dia. Vou mandar uma mensagem para todos vocês agora com a agenda dos próximos sete dias. Se não puderem ir no dia de vocês, tentem trocar com alguém. — Esse Dallin bravo me incomodava muito. Eu não estava acostumada com isso.

Meu celular vibrou. Peguei o aparelho e abri a mensagem com a agenda de visitas.

> Hoje — Connor.
> Quarta — Avi.
> Quinta — Zach.
> Sexta — Dallin.
> Sábado — Lisa.
> Domingo — Morgan.
> Segunda — Autumn.
> Repetir até o Jeff poder ir à festa que eu vou fazer quando ele for liberado.

Sério? Ele ia fazer esse jogo? Era óbvio que ainda estava bravo comigo. Os outros conversavam e trocavam os dias de visita. Olhei para Dallin. Ele se fazia de inocente.

Lisa se inclinou para mim.

— Eu troco com você.

— Mas você ainda não viu o Jeff.

— Tudo bem. Ele vai preferir ver você.

— Não sei se ele sabe quem está no quarto. Tudo bem. — Eu podia aguentar essa, se servisse para o Dallin se sentir melhor.

— Talvez Jeff comece a melhorar e a mãe dele permita que receba mais visitas.

Assenti.

— Tomara que sim.

Quando o sinal tocou e todos recolheram o lixo, Dallin ficou enrolando até restarmos só nós dois.

— É justo, Autumn — ele disse. — Você já esteve com ele várias vezes.

— Tem razão. Bom trabalho. — Era evidente que ele queria me deixar irritada, mas eu estava decidida a recuperar nossa amizade.

O fato de não poder ver Jeff não significava que eu não teria notícias dele. Eu precisava disso para manter minha saúde mental. Por isso fui procurar Connor na manhã seguinte, antes da primeira aula. Ele estava na frente do armário, enfiando mais papéis no espaço já lotado e bagunçado.

— Como ele estava? — perguntei.

— Quê? Quem?

— O Jeff. Esteve com ele ontem, não é? Como ele estava?

— Ah. Oi, Autumn. Bom dia para você também.

Sorri.

— Oi, Connor. Como está sua manhã?

— Boa. Dormi demais e...

Dei um tapa no braço dele.

— Para, Connor. Fala sério.

Ele riu.

— Ele estava bem. Muito cansado, mas parecia bem. O médico falou que ele vai ficar mais alerta a cada dia.

— Isso é ótimo. — Faltavam mais seis dias até eu poder vê-lo. Eu podia aguentar mais seis dias.

Segurei a câmera diante do olho e torci o anel externo para um lado e para o outro, dando cada vez mais nitidez à imagem de Owen.

— Não está me fotografando, está? — ele perguntou de seu lugar, ao meu lado no sofá.

— Não esquenta, diva. Sei que gosta de arrumar o cabelo primeiro.

Ele apontou o controle remoto para a televisão e a desligou.

— Na verdade, para as suas fotos, não. Você sempre consegue capturar as coisas de um jeito que deixa tudo muito bom.

Fui pega de surpresa pelo elogio.

— Obrigada.

— É sério. É isso que está pensando em fazer na faculdade? Fotografia?

— Não. De jeito nenhum. É muito...

— Arriscado?

— Sim.

— E o que tem de errado nisso? Qual é o problema de ir atrás da opção mais arriscada? A que você não tinha planejado completamente?

— Você sabe qual é o problema. O estresse seria demais para mim. Preciso de segurança.

Ele estendeu a mão para a câmera, e eu a entreguei. Owen a aproximou do olho e tirou uma foto, depois olhou para o resultado na tela com uma cara azeda.

— Só estou dizendo que você tem talento.

— Você é meu irmão favorito.

— Sempre.

Peguei a câmera de volta.

— Pensei que hoje iria no hospital — ele comentou.

Gemi, tentando não pensar muito no assunto.

— Hoje é o dia da Avi.

33

— O Jeff falou com você? — perguntei, ainda sem conseguir acreditar. Por que a Avi não estava tão radiante quanto eu? Por que não tinha telefonado para todos nós ontem à noite? — Essa notícia é incrível! — O alívio me invadiu.

Avi abriu seu pacote de batatas fritas e deu de ombros.

— Ele não tinha feito isso antes?

Nós quatro, Lisa, Morgan, Avi e eu, estávamos sentadas no refeitório. Os meninos tinham ido a uma reunião do pessoal do beisebol. Parei de comer no instante em que ela deu a notícia.

— O que ele disse?

— Nada muito importante. Só disse "oi" e perguntou quanto tempo tinha passado ali.

Tentei controlar o ciúme por Jeff ter falado com Avi primeiro, por eu ter perdido esse momento, e me concentrei na enorme alegria por ele ter falado.

— Você contou para a mãe dele?

— Eu devia?

— Não, tudo bem. Ela sabe, com certeza. De quem é a vez hoje? — Sem esperar por uma resposta, peguei o celular e abri a lista de Dallin.

— Do Zach — Morgan falou ao mesmo tempo em que li o nome dele.

— Será que ele trocaria comigo? — perguntei.

— Acho que não — Avi respondeu.

Gemi baixinho. Por que deixei o Dallin organizar as visitas? Eu estava tentando ser legal no hospital, mas não tinha servido para nada.

Lisa afagou meu braço.

— Quer que eu fale com ele? — Todos os meus amigos também achavam que Dallin estava se comportando de um jeito pouco razoável.

— Não. — Para ser sincera, eu ainda tinha um pouco de medo de Jeff não estar muito interessado em me ver. Não estávamos juntos, nunca estivemos. O que me fazia pensar que eu era tão especial?

Passei por Dax no corredor depois do almoço e lhe entreguei um bilhete, dizendo para ir me encontrar entre a sexta e a sétima aula onde eu estava agora, atrás do refeitório. Não tinha pensado nas lixeiras e no cheiro que saía delas.

Dax se aproximou com seu andar lento e confiante. Quando chegou perto de mim, olhou para o lixo e levantou as sobrancelhas.

— Queria ajuda para encontrar o meu aparelho. Acho que jogaram fora — falei.

A expressão agradável sumiu do rosto dele.

— Sério?

— Não.

Ele sorriu.

Segurei as lapelas de sua jaqueta e o puxei para mais perto de mim.

— Oi — ele falou em voz baixa.

— Oi. — Suspirei.

— Você usa aparelho?

Meu sorriso se alargou.

— Só à noite. E você? Nunca usou?

— Bom, meus dentes não eram a prioridade de nenhum dos meus pais temporários.

— Então você tem sorte, porque seus dentes são muito bonitos.

Ele deu de ombros.

— Acho que você não olhou bem de perto.

Inclinei a cabeça, e ele forçou um sorriso que me fez rir. Seus dois dentes da frente se sobrepunham um pouco aos de baixo, que eram meio tortinhos, mas nada que chamasse atenção.

— Eu estava certa, são muito bonitos mesmo.

Ele agarrou os dois lados do meu suéter na linha da cintura e disse:

— Você não sabe mentir.

As mãos dele em mim me deixaram meio tonta, como se meus pés não tocassem o chão. Apoiei as mãos em seu peito para me equilibrar.

— E você não sabe mais ler minhas emoções, porque não estou mentindo. Já eu sei ler você muito bem. Como naquele jogo de pedra, papel e tesoura. Eu te li como se fosse um livro.

Ele riu.

— Vou trabalhar mais na minha cara de jogador de pôquer.

— Devia ir hoje depois da aula.

— Na sua casa?

— É, meu irmão está lá. Acho que vai gostar dele.

— Não gosto de ninguém, lembra?

Dei mais um passo à frente.

— Acho que isso não é verdade.

— Gosto de distrações.

— Eu também. — Era evidente que ele não queria conhecer meu irmão, provavelmente por pensar que isso significava compromisso ou alguma coisa assim. — Então, tem um parque ao lado da minha casa. Tem meu endereço? Está na carta que os meus pais te mandaram.

Ele assentiu.

— Pode me encontrar no parque? Às quatro horas?

— Vou tentar.

— Faz um esforço.

Ele sorriu e consegui ler sua expressão. Ele não iria. Fingi não notar. Não facilitaria as coisas para ele. Se Dax não queria ir, teria que não ir sabendo que eu estaria sentada no frio, esperando por ele.

Dax e eu contornamos o refeitório e passamos juntos pela porta do prédio principal. Eu falei "tchau" e ele só acenou com a cabeça quando seguimos em direções diferentes. Foi quando vi Lisa apoiada em um armário, olhando para mim. Sorri.

Ela me puxou pelo braço até o banheiro mais próximo e disse:

— Fala. Agora.

— Falar o quê?

— Você sabe. Vi quando entregou um bilhete para ele depois do almoço. Como vocês se conheceram?

Olhei embaixo da porta de cada reservado para ter certeza de que estavam vazios.

— Ele estava comigo na biblioteca.

Não fazia sentido continuar guardando esse segredo.

— O Dax?

— Sim.

— Dax Miller?

— Isso — confirmei com mais ênfase.

Ela franziu a testa.

— Ele estava na... Espera, ele estava na biblioteca com você? O fim de semana inteiro? Tipo, preso? Tipo, você não estava sozinha?

— Ficamos presos juntos.

— MENTIRA!

— Não... verdade.

— Por que não me contou?

— Desculpa. Ele me fez jurar que eu não contaria para ninguém. É uma longa história. Não dá para contar aqui no banheiro.

— Vai me contar tudo depois?

— Vou.

— Ele foi...? — Lisa procurava uma palavra para terminar a frase.

— Ele foi legal, divertido.

— Divertido?

— É, não como o Jeff. No começo foi um pouco frio, distante. Mas depois que passamos um tempo lá, ele ficou... divertido.

— Isso é muito maluco. Então você conhece o Dax Miller. Ninguém conhece o Dax Miller. — Ela parou, assustada. — Espera. Você conhece *conhece* o Dax Miller? Vocês dois, tipo...?

— Não.

Ela sorriu.

— Ufa. Ele deve beijar bem, não acha? Aquela boca, aqueles olhos...

Bati no braço dela.

— Para. — Não podia pensar em beijá-lo. Já tinha me proibido.

Ela estudou meu rosto e eu soube que estava com as bochechas vermelhas.

— Você gosta dele — ela cochichou.

— Não. Não gosto. Ele não gosta de ninguém e nem é do tipo que namora. De jeito nenhum.

Lisa não parecia acreditar em mim, porque disse:

— Autumn, e o Jeff? Ele precisa de você agora. Ainda está se recuperando, depois vai ter que fazer fisioterapia e tudo o mais. Se frustrar pode ser muito ruim para ele nesse momento.

Cerrei a mandíbula.

— Eu sei. Mas as coisas vão ficar como estão. Não tem nada entre mim e o Dax.

— Por que está andando com ele, então?

— É só uma distração.

— Tevê é uma distração. O Dax é um envolvimento meio agressivo, não acha?

— Não tem envolvimento nenhum. — Nenhum. Ele queria sumir o mais depressa possível, sem vínculos, e eu só precisava de alguma coisa que mantivesse minha cabeça ocupada. Logo as coisas voltariam ao normal.

31

Durante a sétima aula, recebi uma mensagem da sra. Matson.

> O Jeff perguntou de você. Pode vir hoje depois do colégio?

Jeff perguntou por mim. Ele estava suficientemente acordado para falar e havia perguntado por *mim*. *Que ótima notícia! Muito boa mesmo*, disse a mim mesma.

Respondi para ela.

> Sim! É claro.

Não consegui pensar em mais nada até o fim da aula. Saí do colégio e fui direto para o hospital por dois motivos. Primeiro, para os meus pais, que estavam preocupados com meu estado emocional (muito obrigada pelo aviso, Owen), não me impedirem de ir. E, segundo, para não interferir na visita do Zach. Ele só iria ver o Jeff depois do treino de beisebol.

Quando cheguei ao Salt Lake, a ansiedade por ver Jeff, *falar* com Jeff, me deixou tão agitada que minhas mãos tremiam. Primeiro fiquei sentada no carro tentando me acalmar, mas percebi que isso só me deixava mais nervosa. Atravessei o estacionamento correndo e segui direto para a sala de espera.

O sorriso da sra. Matson era mais radiante que nunca.

— Autumn, sentimos sua falta. Não fez mais nenhuma visita.

— Estamos cumprindo a agenda de um visitante por dia. Como você pediu.

— Isso é para os amigos dele. Você é da família, lembra? — Ela piscou para mim.

— Ah. É claro. — Dallin morreria, se ouvisse isso.

— Vem. O Jeff está te esperando. — Ela enganchou meu braço no dela e me levou para o quarto.

Quando entramos, ele estava dormindo. Meu coração ficou apertado. A sra. Matson me deixou ao pé da cama e se aproximou dele. Tocou seu braço.

— Meu bem, você tem visita.

Ele gemeu e abriu os olhos.

— Mãe? — Era muito bom ouvir sua voz de novo depois de duas semanas.

— Sim. Oi.

— Posso tomar um analgésico?

— Eu sei que está doendo, mas ainda não.

— Falta de respeito — ele disse, e um sorrisinho distendeu seus lábios.

Eu também sorri. Era o primeiro sinal que eu via de Jeff sendo Jeff, e isso me fez perceber que tudo ia dar certo.

— Daqui a duas horas. Você está indo bem. Hoje foram só duas doses.

Ele assentiu.

— A Autumn está aqui.

— Oi — eu disse, e ele olhou imediatamente para mim.

— Mãe. Isso é o tipo de coisa que você tem que avisar antes. Agora ela vai pensar que eu sou um viciado.

— Ela não acha que você é viciado.

— Acho, sim — falei.

205

Ele tentou rir, mas tossiu.

— Senta aqui. — Jeff apontou a cadeira.

— Tem certeza? Você parece cansado.

— Eu estou entediado. E como não posso tomar analgésico...

A mãe dele afagou meu braço a caminho da porta.

— Não demore muito. Ele precisa descansar — sussurrou.

— Eu não fiquei surdo, mãe — Jeff falou.

A sra. Matson suspirou e balançou a cabeça, mas seus olhos sorriam. Eu me sentei na cadeira ao lado da cama.

— Como você está?

— Bem. Já viu que legal minha cicatriz nova?

Olhei para a testa dele e para a linha cor-de-rosa que o faria lembrar para sempre o acidente.

— Vi. Passei vários dias olhando como ela estava.

— Eu soube que você veio me ver. Obrigado.

— É claro.

Talvez ele pensasse que conseguiria aguentar uma longa conversa, mas a voz foi ficando pastosa e os olhos já começavam a pesar.

— Você precisa dormir.

— Não, tudo bem. Quero saber tudo que perdi nas duas últimas semanas.

— Não perdeu muita coisa. Um jogo de basquete, uma festa... — *E o Dallin me acusando de ter te mandado para o hospital.*

— Deve ter sido divertido. — As piscadas se tornavam mais lentas, mais demoradas.

— Você vai acabar dormindo.

— Vou — ele respondeu. — Desculpa.

— Tudo bem. Eu volto.

— Vem amanhã.

— Amanhã é o dia do Dallin. — O único dia em que eu não queria correr o risco de aparecer por aqui.

Ele estendeu a mão e eu a segurei.

— Vem amanhã — repetiu, como se não tivesse me ouvido.

— Eu venho.

— Promete?

— Prometo.

Jeff assentiu, mas seus olhos já estavam fechados.

Saí do quarto sorrindo. Jeff estava acordado. Minha vida estava voltando a ser do jeito que eu queria.

35

Fiquei presa no trânsito do lado de fora do Salt Lake. Eram só 15h45. Achei que escaparia do horário de pico, mas levaria uma hora para fazer meu trajeto de quarenta e cinco minutos, com certeza. Massageei a nuca. Só então me lembrei de Dax e do encontro que tinha marcado com ele. Quatro horas no parque ao lado da minha casa. Depois de receber a notícia de que Jeff queria falar comigo, tinha esquecido completamente. Por que Dax não tinha um celular para onde eu pudesse ligar? Eu era uma pessoa horrível.

Não, tudo ia dar certo.

Dax não iria. Eu tinha visto nos olhos dele mais cedo. Ele não iria. Como ia chegar lá, mesmo que quisesse ir? Ele não tinha carro e não sabia dirigir.

O relógio do painel marcava 17h30 quando entrei no meu bairro. No fim, o trânsito não tinha a ver com o horário. Havia acontecido um acidente grave. Eu tinha ligado para os meus pais, avisado onde estava e que ia me atrasar.

Reduzi a velocidade quando passei pelo parque, só para ter certeza. No começo achei que estava certa e relaxei no assento, mas depois vi uma silhueta solitária de casaco escuro sentada em um banco perto dos balanços. Assustada, encostei o carro e desliguei o motor. *Ele veio?*

O parque estava vazio quando me aproximei dele. Era tarde demais para os garotos que costumavam ficar por ali. Dax estava lendo à luz de uma lâmpada da rua, e uma imagem dele na biblioteca invadiu minha mente com tanta intensidade que tive de parar por um momento. Eu me livrei dela.

— Desculpa — falei.

Ele levantou a cabeça e seus olhos encontraram os meus. Não parecia aborrecido.

— Oi.

— Como chegou aqui?

— Tipo, como cheguei no mundo, nessa vida ou...?

— Engraçadinho. — Sentei ao seu lado no banco e ele fechou o livro, ainda *Hamlet*, e o deixou do outro lado. — Alguém te trouxe?

— Peguei um ônibus.

— Pegou um ônibus por mim?

— Eu pego ônibus para tudo, não exagera na análise.

— Tarde demais, já analisei.

— E a que conclusão chegou?

— Que eu prometi que ia te ensinar a dirigir. Devia ter transformado isso em regra.

— Você e suas regras.

Olhamos um para o outro, como se lembrássemos as regras que eu tinha inventado: sem vínculos, sem beijos. Ainda cumpríamos as duas. Seu olhar não desviava do meu. Será que cumpríamos?

— E o Jeff?

Pisquei e desviei o olhar do dele.

— Quê?

— Você estava lá, não estava? No hospital?

Assenti.

— A mãe dele me mandou uma mensagem no fim da aula e eu tive que ir. Ele estava perguntando por mim.

Os ombros de Dax estavam tensos, mas ele disse:

— Que bom.

Tentei entender por que Dax poderia não gostar dessa notícia. Ele dizia o contrário do que estava sentindo?

— Acho que ele ainda sente dor. E vai ter que fazer fisioterapia, provavelmente. Vai demorar para ir para casa.

— Está tentando me dizer por quanto tempo vai precisar de mim por perto?

— Eu... não. Somos amigos, não somos? Você pode...

Ele riu e eu parei de falar.

— Foi uma piada.

— Ah, é claro. — Eu me recostei no banco. — De qualquer maneira, amanhã eu ia ficar longe do hospital, porque é o dia do Dallin.

— Dallin... o cara que te culpou pelo acidente com o Jeff.

— Ele mesmo. Queria dar um tempo para ele, mas o Jeff me pediu para ir. E me fez prometer que eu iria. Então tenho que ir.

Ele se inclinou para a frente, apoiou os cotovelos nos joelhos e deu a impressão de que estava pensando. Depois de um minuto, disse:

— Está tentando lidar com a ansiedade como se ela não existisse.

— Quê?

— Sabe que o hospital vai te estressar amanhã, principalmente com o Dallin por lá.

— Sei.

— Mas, em vez de ficar em casa para se poupar, você vai até lá porque alguém espera que você vá.

— A vida continua, certo?

— Mas isso não é uma coisa que *quer* fazer. Em vez de cuidar de você, está preocupada com o que as outras pessoas vão sentir.

— Mas eu não tenho escolha: ou eu fico em casa preocupada por não ter ido visitar o Jeff ou eu vou e dou de cara com o Dallin, furioso comigo.

— Porque você não contou para eles. Se tivesse contado que tem um transtorno de ansiedade, ninguém estranharia quando você não aparecesse ou tivesse que sair mais cedo dos lugares. E você não se preocuparia com as pessoas. Elas entenderiam. Todo mundo se sentiria melhor, você também. — Dax levantou as mãos e balançou a cabeça, como se estivesse zangado com ele mesmo. — Sabe de uma coisa? Esquece. Não é da minha conta.

Suspirei, frustrada.

— Não. Você tem razão. Vou contar para eles.

— Só está dizendo isso porque acha que estou bravo.

— Está?

— Não interessa, Autumn. — Ele pôs as mãos no meu rosto. Estavam congelando. — Descubra o que *você* pensa. — Os olhos dele se moviam entre os meus, de um para o outro. Senti minha temperatura subir alguns graus. — Descubra o que você quer — repetiu com tom mais manso.

Em seguida se levantou e foi embora, e eu fiquei ali sentada e o deixei ir, sem nem oferecer uma carona. Talvez nós dois precisássemos de espaço, mesmo. Para podermos seguir as regras.

Puxei os joelhos para cima do banco, enquanto as palavras de Dax giravam na minha cabeça. O que ele disse fazia sentido. Pensei em todas as vezes nos últimos dois meses em que fui a lugares para agradar às outras pessoas, mesmo sabendo o que aquilo faria comigo. Jogos de basquete, festas, talvez até hospitais. Não que eu quisesse parar completamente de fazer essas coisas, mas eu precisava interpretar melhor minhas emoções, não desistir das coisas *depois* de surtar, mas antes. Permanecer saudável. Mas eu não precisava contar aos meus amigos sobre a ansiedade para isso. Só precisava defender melhor minhas opiniões. Não fazer coisas que eu não queria fazer.

Baixei as pernas e levantei, e foi então que vi o livro de Dax em cima do banco. Fazia algum tempo que ele havia ido embora. Entregaria o livro para ele na escola no dia seguinte. Curiosa, eu o abri e vi que a carta ainda estava lá. Li novamente o endereço. Salt Lake. A mãe dele morava perto e ele não a via há anos?

Abri o aplicativo de localização no meu celular e digitei o endereço. Cinquenta minutos de onde eu estava. Apaguei a tela e analisei o envelope outra vez. O endereço do remetente era desconhecido. Não era o endereço atual de Dax, é óbvio, mas também não era o anterior. Pensei em quantas vezes ele teve que mudar. Com quantas famílias teve que morar.

A luz da varanda estava acesa e espalhava uma luminosidade amarelada quando cheguei. Era convidativo. Minha casa. Abri a porta e ouvi minha família na cozinha, risadas, pratos tilintando. Fechei a porta e fui me juntar a eles. Parei ao ver minha mãe e meu irmão perto do balcão, comendo as sobras de lasanha enquanto meu pai lavava os pratos.

— Vamos fazer biscoitos — meu irmão disse.

— Você só vai comer toda a massa — respondeu minha mãe.

— E daí?

— Também quero — avisei.

Todos olharam para mim. Meu irmão foi o primeiro a falar.

— Até que enfim chegou em casa. Ainda não tivemos um tempo juntos, vem cá.

— Que exigente. — Deixei o livro de Dax no balcão e me aproximei. Peguei um garfo da gaveta de talheres e o enterrei no que restava da lasanha.

— Por que não pega um prato? — minha mãe sugeriu.

— Tem salada também. Está na geladeira. — Antes de eu engolir a primeira porção, meu pai já segurava a embalagem de salada e minha mãe trazia um prato.

— Obrigada. — Peguei os dois e passei os trinta minutos seguintes respondendo às perguntas sobre Jeff enquanto fazíamos biscoitos.

Se eu não tivesse prometido ao Jeff, não estaria sentada em meu carro no estacionamento do hospital, tentando entrar só depois que Dallin saísse. Ele estava lá dentro havia uma hora, pelo menos. Dava para ver o carro dele parado duas fileiras adiante do meu. Eu não queria invadir seu tempo de visita. Por isso achei melhor esperar. Isso me pouparia de um confronto que poderia ser o gatilho para uma crise de ansiedade. *Melhor assim*, pensei.

Dallin demorou mais quarenta e três minutos para sair do prédio e surgir no estacionamento. Esperei até ele entrar no carro e ir embora, então entrei.

A sra. Matson estava no quarto de Jeff, e ele conversava com ela. Eu sorri. Era bom vê-lo um pouco mais alerta.

— Oi! — a sra. Matson disse ao me ver.

Jeff sorriu e me cumprimentou:

— Oi.

— Oi. Você está acordado.

— Tomei o remédio agora há pouco. Ontem estava quase na hora da próxima dose. Isso ajuda.

Dei risada.

Ele se moveu na cama, virou mais para mim e fechou os olhos. Com ou sem remédio, era evidente que sentia dor.

A sra. Matson se levantou.

— Vem, senta aqui. O Dallin foi buscar o meu marido. Ele ficou sem gasolina.

— Ah. Ele vai voltar.

— Vai ser uma festa — Jeff comentou.

— Não fique muito agitado — a sra. Matson pediu. — Não quero a enfermeira gritando com você.

— Não vou ficar agitado, mãe.

Ela nos deixou a sós e fui sentar na cadeira ao lado da cama. Olhei para Jeff, tentando ler sua expressão. Será que o Dallin tinha falado alguma coisa sobre mim para ele? Sobre a acusação que ele tinha me feito alguns dias atrás? Jeff parecia feliz e relaxado, como sempre. Era difícil exibir uma expressão diferente. Eu não conseguia interpretar muito bem o jeito dele. Eu esperava que, como eu, Dallin não quisesse fazer nada que pudesse aborrecê-lo agora, durante sua recuperação.

— Oi — repeti.

Ele se acomodou nos travesseiros.

— Alguma novidade sobre quando vai sair daqui?

— Acho que quando minha oxigenação melhorar e eu provar que consigo andar.

— Você não consegue?

— Não sei. Vou começar a fisioterapia amanhã.

— Que bom.

Ele enrolou o dedo de leve no tubo intravenoso que pendia de seu braço.

— Mal posso esperar para sair daqui. Precisamos de uma aventura daquelas o mais rápido possível. Eu estava pensando em escorregar na neve, mas, em vez de usarmos papelão, podemos ir ao ferro-velho e pegar algumas peças de carros, como um capô ou um banco traseiro. Não seria divertido?

Eu não via graça nenhuma. Meu coração acelerava só de pensar nisso.

— Só se ainda tiver neve quando você estiver bem. Talvez tenha que ser no ano que vem.

— Vai ser este ano.

A porta se abriu.

Jeff baixou a voz e cochichou depressa:

— Vou fazer uma brincadeira, vem comigo.

Fiquei confusa.

Dallin entrou.

— Cara, seu pai não sabe encher um galão de gasolina. Ele... — Dallin parou de falar quando me viu.

— Ele o quê? — Jeff perguntou.

— Nada. Ele só não conseguia.

— Que bom que estava lá para ajudar. Vamos pensar em um nome de super-herói para você?

— Já tenho um.

O rosto de Jeff ficou sério, depois preocupado, e ele olhou para o pé da cama.

— Que foi? — perguntei.

— Eu... não estou sentindo os dedos. Nem os pés, na verdade.

— Quê? — Levantei rapidamente para chamar a enfermeira, mas Jeff piscou para mim. Ah, era essa a brincadeira? E eu devia ajudar *nisso*?

Ele cutucou a coxa.

— Também não sinto nada aqui.

Dallin se aproximou, preocupado. Acho que isso não ajudaria a melhorar nosso relacionamento.

Ele tocou o pé de Jeff.

— Sente alguma coisa?

— Jeff — falei. — Não é uma boa ideia.

— Não, nada. — Jeff pegou uma caneta em cima da mesa de cabeceira. — Autumn, espeta minha perna com isso. Não muito forte, só o suficiente para furar.

216

Revirei os olhos. Ele tinha ido longe demais com a palhaçada. Dallin nunca acreditaria nisso.

— Engraçadinho — falei, me preparando para contar a verdade ao Dallin. — Não vou furar sua perna com uma caneta.

Dallin se aproximou e pegou a caneta da mão de Jeff.

— Eu faço isso.

E, antes que eu tivesse tempo para piscar, ele baixou a mão que segurava a caneta e atacou a perna de Jeff.

Eu gritei e, chocada, cobri a boca com as mãos. Olhei para Jeff esperando ver a dor estampada em seu rosto, mas ele estava sorrindo. Depois riu. Depois tossiu.

— Te pegamos — disse.

Dallin também ria.

— Vocês dois são malucos — respondi com o coração disparado e me apoiei na mesa, tentando recuperar o fôlego.

— Por que o escândalo? Foi só uma brincadeira — disse Dallin.

— Não é... Eu...

Jeff tossiu de novo e levou a mão ao lado do corpo. Era evidente que não estava bem o bastante para fazer essas idiotices.

— Jeff, não fica muito agitado — pedi.

— Eu sei, eu sei.

Suspirei. Precisava sair dali.

— Tenho que ir embora.

— Autumn, foi só uma brincadeira — Jeff insistiu.

— Eu sei. Não sou doida. — Bom, eu era, de certa forma. — Mas você precisa descansar. — E eu também precisava.

— Vai voltar, não vai?

— Tudo bem, eu volto. Já percebi que está ficando superentediado aqui.

— Mais do que você imagina.

217

— Aproveite a visita, Dallin — falei, mas ele só ocupou a cadeira de onde eu havia levantado e não respondeu. Acho que a brincadeira não tinha melhorado nada entre nós. Ele se comportava como uma criança, e eu queria dizer isso a ele, mas não na frente de Jeff. Eu esperava que, assim que Jeff começasse a se recuperar, Dallin também mudasse de atitude, mas pelo jeito eu havia criado expectativas altas demais.

37

O piso frio era muito branco no hospital, e fiquei pensando em como eles o mantinham limpo com todo aquele tráfego. Depois que saí do quarto de Jeff, percorri dois corredores, contando uma centena de ladrilhos do piso até me acalmar. Estava pensando em diferentes produtos de limpeza que eles poderiam usar, quando dois pés surgiram na minha linha de visão. Levantei a cabeça e não disfarcei o espanto.

— Dax? O que está fazendo aqui? — Olhei para trás para ver se tínhamos plateia. Quando vi que estávamos sozinhos, eu o abracei, o que me fez relaxar mais do que contar os cem ladrilhos.

— Achei que você podia estar precisando da sua distração — ele respondeu quando me abraçou.

Eu ri, mas sabia que, apesar do sorriso em seu rosto, estava falando sério.

— Espera, não veio visitar ninguém? Está aqui por mim, de verdade?

— Você falou sobre promessas, brigas entre melhores amigos e uma visita fora do seu dia, não sei direito. Não estava prestando muita atenção, mas senti que podia rolar um estresse.

Ele estava ali por minha causa, de verdade. E eu estava mais que chocada.

— Não estava prestando atenção? Sério? Tenho a impressão de que ouviu tudo direitinho.

— Não se acostume com isso. — Ele me olhou de cima.

Abracei Dax de novo, mas me afastei depressa quando ouvi passos. Dallin passou por nós, olhou para mim e levantou as sobrancelhas. Ele resmungou um "legal" e continuou andando.

— Dallin? — chamei. — Você conhece o Dax? Ele estuda no nosso colégio. É voluntário no hospital.

Ele olhou para trás, acenou e continuou andando.

— Esse é o melhor amigo do seu namorado, o cara que te odeia?

— É.

Dax ficou em silêncio, depois perguntou:

— E isso ajudou?

Dei risada, mas não havia humor na reação.

Ainda olhando para Dallin, que se afastava, Dax falou:

— Voluntário no hospital? Devia ter falado que estou prestando serviço comunitário obrigatório. Seria mais convincente.

— Não é verdade.

— Quer que eu ameace o cara para ele não sair falando do meu lado filantrópico?

— Não.

— A gente pode sair daqui?

Hesitei, pensando se não devia contar ao Jeff sobre isso antes que Dallin o fizesse. Diminuir a importância da situação, entendeu? Mas talvez fosse mais fácil deixar para lá e não falar nada, agindo como se não fosse grande coisa, caso Jeff tocasse no assunto.

Dax assentiu, e o sorriso desapareceu.

— Eu saio, então.

— Não — respondi, determinada. — Eu vou com você.

Andamos em direção à saída.

— Como acha que eles mantêm esse chão limpo? — perguntei.

— Com um bom zelador?

Sorri por ele ter respondido à minha pergunta em vez de debochar dela.

220

— Veio de ônibus até aqui?

Ele confirmou com a cabeça.

— Como ganha dinheiro para a passagem?

— Do jeito antigo.

— Ameaçando o cobrador? Assaltando bancos?

O sorriso voltou, e esse era meu objetivo. Seus sorrisos difíceis me faziam sentir como se eu fosse capaz de uma coisa que poucas pessoas conseguiam fazer.

— Molhando gramados. Lavando janelas.

— Quase acertei. — Juntei as mãos com um estalo e sorri para ele. — Chegou a hora.

— Hora do quê?

— De você aprender a dirigir.

Meu corpo foi para a frente com um tranco e quase bati a cabeça no painel.

— Pega leve no freio. Não precisa sapatear nele. — Estávamos no estacionamento do colégio. Foi o único lugar em que consegui pensar que era grande o bastante e não tinha muitos obstáculos.

Dax tirou o pé do freio e o carro começou a andar. Pisou no pedal novamente e meu corpo se projetou para a frente de novo. Dessa vez o cinto de segurança me conteve e deixei escapar um gemido.

— Desculpa — ele disse. — Desculpa. — Nunca o tinha visto mais deslocado ou inseguro. Dax era sempre uma presença. Uma presença confiante.

— Tudo bem. Demora um pouco para se acostumar com a sensibilidade do pedal do freio.

— Sou péssimo nisso. Vou acabar com o seu carro.

— Vai nada — falei, mas não sei se ele entendeu porque eu estava gargalhando.

Dax olhou para mim por um instante.

— Esse é um dos seus ataques de riso?

Apontei para o volante.

— Dirige. Vai acabar se acostumando.

— Com dirigir ou com você rindo de mim?

— Com os dois.

Ele se inclinou para a frente de novo, e seu rosto era uma mistura de concentração e nervosismo. Fui tomada por uma onda quente de carinho. Tinha a sensação de que conhecia Dax muito bem, mas ainda queria saber mais sobre ele.

— Onde você nasceu?

— Kaysville.

— Quantos anos tinha quando seu pai foi embora?

— Quatro. Eu era muito pequeno para lembrar muita coisa dele.

— E foi nessa época que sua mãe começou a... — Não quis terminar a frase.

Ele concluiu por mim.

— Usar drogas?

— Isso.

— Não. Foi mais tarde, quando a mãe dela morreu.

— E quando o conselho tutelar entrou na história?

Ele esfregou o polegar no pulso esquerdo.

— Quando eu tinha treze anos.

— Tem dezessete agora?

— Sim.

— Ela era uma boa mãe antes de tudo isso?

— Era a melhor que sabia ser.

— Acho que isso é tudo que qualquer um de nós pode fazer. — Afaguei o joelho dele.

— Está tentando me atrapalhar? Como no nosso jogo de frisbee?

Sorri ao lembrar a nossa competição na biblioteca.

222

— Está funcionando?

— Já concordamos que você é uma distração.

Descansei a mão no meu colo. Sentia as bochechas doendo de tanto sorrir. Dax deu duas voltas no estacionamento, e a cada uma ficava mais estável.

— Como é o abrigo? — perguntei.

— Já se sentiu presa?

Dei uma risadinha.

— Sim. Eu tenho ansiedade.

— Verdade.

— Lamento que se sinta assim.

— Para de se lamentar e pedir desculpas.

Parei.

— Quando me sinto presa, ansiosa, penso nos momentos em que fico mais feliz.

Ele se atreveu a desviar o olhar do estacionamento à sua frente para me encarar por um instante. A intensidade desse olhar me deixou sem fôlego. Depois ele se concentrou de novo na via lá fora. Quase pedi desculpas ao pensar que tinha tocado em um ponto sensível com minha sugestão. Mas me segurei.

Os nós dos dedos de Dax estavam brancos de apertar o volante, e eu olhei pelo para-brisa. Outro carro entrou no estacionamento a uns cinquenta metros de nós. Ele pisou no freio e me jogou para a frente.

— Sério, Dax. Assim você vai me matar.

— Não é isso que estou tentando dizer?

Dei risada ao ver o carro fazer o retorno e sair do estacionamento. Percebi que ria muito quando estava com ele. Dax me fazia feliz. Era como se eu brilhasse por dentro, como se quisesse viver esse momento para sempre. Brinquei com a pulseira cor-de-rosa ainda amarrada em meu pulso, respirei fundo e disparei:

— Você foi adicionado ao arquivo nas duas últimas semanas.

— Que arquivo?

— O das lembranças felizes. Aquele de onde tiro forças nos tempos difíceis.

Um sorriso transformou sua expressão dura antes que ele o apagasse, e fingi que não o tinha visto. Mas vi. E o adicionei ao banco de memórias.

— Lembranças felizes não te ajudam a superar tudo. — Dax parecia falar da própria experiência. Ele parou o carro, desengatou a marcha e virou para mim. — Deixei meu livro no parque ontem?

— Sim. Está comigo. Esqueci. Eu levo para o colégio na segunda-feira.

— Legal.

Apoiei a cabeça no assento e fiquei olhando para ele. Seus olhos prendiam os meus. Eram intensos. Nunca me senti tão exposta antes. Parecia que ele estava olhando dentro de mim.

— Que foi? — ele perguntou.

— Obrigada por ter vindo. Eu precisava disso.

— Tudo bem. — Dax passou um dedo pela linha do meu queixo, e eu me arrepiei. — Você está sempre com frio — ele disse.

Olhei dentro dos olhos dele.

— Não estou com frio.

Ele estava perto. Muito perto. Mas não me afastei. Na verdade, talvez tenha sido eu quem diminuiu a distância entre nós. Contive o impulso de me aproximar ainda mais. Respirei seu hálito. Foi a vez de ele se inclinar para a frente, os lábios a milímetros dos meus.

— Temos uma regra — cochichei.

— Diferente de você, eu não sigo regras — ele disse, sem me dar a chance de responder. Seus lábios encontraram os meus e roubaram minha força de vontade. Cheguei mais perto. Tentei mover a mão direita e tocar seu cabelo, mas o cinto de segurança me impedia o movimento. Tateei às cegas procurando o botão para soltá-lo, tentando não me separar de Dax para isso. Dax foi mais rápido. Ele soltou meu cinto e me puxou para mais perto.

Minhas mãos encontraram seu cabelo, o pescoço, os ombros. As dele acharam meu quadril e me puxaram por cima do console para o seu colo. Não havia espaço suficiente entre ele e o volante, mas isso não me deteve. Meus cotovelos descansaram em seus ombros, e o beijo se tornou mais profundo.

E então ouvimos uma buzina, um som alto e longo. Levei um susto e me afastei. Era eu, percebi. Minhas costas pressionaram a buzina. Rindo, voltei para o banco do passageiro. O silêncio invadiu o carro. Meus lábios pareciam estar inchados, as bochechas estavam quentes.

— Agora vai ter que se virar — falei enquanto afivelava o cinto. — Tem um vínculo no seu futuro. Eu avisei.

Ele sorriu e abriu a porta do carro. Quando parou do meu lado e abriu a porta do passageiro, percebi que tínhamos que trocar de lugar. Eu precisava dirigir. Como ia dirigir? Como ia dar a volta no carro com as pernas tremendo tanto? Quando saí, ele não se moveu para me deixar passar. Dax me empurrou contra o carro e me beijou de novo, cobrindo minhas orelhas com as mãos quentes. Respondi, ficando na ponta dos pés. O calor de seu corpo transbordou para o meu, e senti que ia explodir de felicidade. Finalmente empurrei seu peito e interrompi o beijo. Estava sentindo demais, muito depressa.

Consegui levá-lo para casa, mesmo com as pernas tremendo, e mal trocamos duas palavras no caminho. Quando parei na frente do abrigo, ele se inclinou e beijou meu rosto, depois minha boca.

— A gente se vê — disse com a voz grave e foi embora.

Eu tinha beijado Dax. O que isso significava? Ele queria ficar comigo? Eu queria? Minha cabeça passou a noite toda ocupada com esses e outros pensamentos. Eram tantos que meu cérebro parecia que ia explodir. A culpa retorceu meu estômago até eu sentir que ia vomitar. Tentei dizer a mim mesma que Jeff e eu não estávamos juntos, nunca estivemos juntos, por isso não havia motivo para culpa. Mas eu gostava do Jeff. Fazia meses que planejava ficar com ele, quase um ano. O que estava acontecendo entre mim e Dax, o que quer que fosse, não podia acontecer. Sem falar que, se eu me afastasse do Jeff agora, todo mundo ia me odiar. Todos os meus amigos pensariam que eu era uma babaca. Todos acreditariam que Dallin estava certo. Será que Dax queria que eu me afastasse do Jeff? Será que o beijo significou alguma coisa para ele ou foi só mais uma distração? Ainda bem que era fim de semana, porque naquela noite eu não preguei o olho.

Na manhã seguinte, tirei uma tigela do armário me sentindo uma zumbi. Minha mãe havia preparado mingau de aveia, e eu me servi de duas colheradas. Ela entrou na cozinha cantarolando quando eu acrescentava a quinta colher de açúcar mascavo à tigela.

— Não quer um pouco de mingau com o seu açúcar? — ela perguntou.

— Muito engraçado, mãe. — Pus mais uma colher de açúcar e misturei tudo até o mingau ficar marrom.

— Parece cansada — ela comentou.

Meu peito estava apertado com a conhecida sensação de ansiedade.

— E estou.

— Tudo bem?

Queria gritar que não, mas e depois?

— Tenho um problema insolúvel, só isso.

— Alguma coisa que eu possa ajudar?

— Quem dera.

— Tenta. Sua mãe é boa nessa coisa de achar soluções.

Olhei em volta com cara de deboche.

— Minha mãe? Puxa, é melhor eu ir atrás dela, então.

— Não tem nada de errado em falar na terceira pessoa.

— Eu estou bem, mãe. Sério. — Isso era uma coisa que só o tempo poderia resolver.

Owen passou por mim no corredor quando eu estava a caminho do banheiro.

— Tem sido muito legal te ver essa semana, irmãzinha.

Eu sabia que ele estava sendo irônico. Eu mal tinha ficado em casa, já era sábado, e ele estava irritado.

— Desculpa. — Parecia que eu sempre estava pedindo desculpas para alguém. — Vamos fazer alguma coisa agora.

— Não posso. Já combinei outra coisa.

Meu celular tocou e vi o nome de Lisa na tela.

— Alô — atendi.

— Oi! Hoje é meu dia de ir ao hospital e quero que você vá comigo.

Fechei os olhos. Essa era a hora de dizer "não". Eu sabia que devia ficar em casa. Mas pensei na uma hora e meia que passaríamos dentro do carro na ida e na volta, e precisava muito conversar com alguém, por isso disse:

— Combinado.

A neve caía fina no para-brisa quando Lisa e eu pegamos a estrada rumo ao hospital. O aquecedor do carro dela tinha parado de funcionar e o desembaçador soprava um ar gelado, por isso estávamos tremendo. Dei três voltas no cachecol ao redor do pescoço, depois disse:

— Eu beijei o Dax.

Provavelmente, esse não era o melhor momento para contar uma coisa tão surpreendente. Mas a reação de Lisa só fez o carro dar uma desviada da faixa, e ela o endireitou depressa.

— O quê? Quando?

— Ontem à noite. A gente se beijou.

— Então... não é mais uma distração?

— Não sei.

— Por causa do Jeff?

— Não sei. Não sei o que sinto por ninguém agora.

— Pensei que estivesse apaixonada pelo Jeff antes do acidente.

— Eu não estava apaixonada, mas estava a fim dele.

— Acho que o Dax te confundiu. Se ele não tivesse aparecido, você saberia exatamente o que sente.

Talvez ela estivesse certa.

— Será?

— Você conhece o Dax há semanas, Autumn. Semanas. E conhece o Jeff há anos. O Dax é só um brinquedo novo e brilhante. O Jeff é alguém que combina com você. Combina com todos nós.

— Mas acho que tenho que contar para o Jeff sobre ontem à noite. Sobre o que aconteceu com o Dax. Quero ser sincera com ele.

228

— Acho que devia pensar mais nisso. Decidir o que realmente quer antes de falar com o Jeff.

— Você me odeia?

— Não! Por que te odiaria?

— Não sei. O Jeff é tão legal, todo mundo gosta dele, e eu fiz uma burrada.

— Autumn. — Ela afagou minha mão. — Você é minha melhor amiga. Eu nunca te odiaria. Estou com você até o fim. Seja qual for a sua decisão, eu vou estar sempre do seu lado.

A mãe de Jeff nos cumprimentou com um abraço quando chegamos, como sempre fazia.

— Ele tem uma surpresa para você — disse.

— Uma surpresa?

— Vem. — Ela nos levou até a porta do quarto. — Esperem aqui. Ficamos no corredor, e ela entrou.

— Que surpresa é essa? — Lisa especulou.

— Nem imagino.

Alguns minutos depois, a porta se abriu e Jeff estava sentado em uma cadeira de rodas.

— Olha quem pode circular por aí agora.

Ele parecia muito mais desperto e alerta. As drogas que haviam sido injetadas em seu organismo depois do acidente deviam ter sido quase totalmente metabolizadas.

— Isso é maravilhoso — eu disse.

— Fiquem na ponta do corredor.

— Quê?

— Vão até o fim do corredor e esperem lá. — Ele balançou a mão, indicando que devíamos ir logo.

229

Lisa e eu fizemos o que ele pediu, percorremos os quarenta metros, mais ou menos, e viramos de frente para ele. A mãe de Jeff se colocou atrás da cadeira de rodas e apontou para nós. Ele se abaixou, ergueu os apoios para os pés, depois se levantou.

— Não vai contar sobre o Dax agora, vai? — Lisa perguntou em voz baixa.

— De jeito nenhum.

Ela sorriu para mim e olhou para o Jeff.

— Isso é ótimo.

— Esperem — ele disse, dando alguns passos inseguros na nossa direção. Passos que me fizeram querer correr até ele e segurar seu braço para impedir que caísse. Mas notei que a mãe o acompanhava de perto, à esquerda dele, e fiquei onde estava. Ele percorreu todo o caminho até nós, então me abraçou, aproveitando para se apoiar em mim.

Bati de leve em suas costas.

— Estou muito orgulhosa de você. — E estava mesmo. Muito orgulhosa. Precisava estar a seu lado até ele se recuperar totalmente. Dizer a ele que não sabia mais qual era nossa situação e o que eu sentia não serviria para nada agora. Isso podia esperar. Ou eu acabaria entendendo meus sentimentos e percebendo que Jeff e eu éramos perfeitos um para o outro.

No tempo que durou o abraço, a sra. Matson já havia se colocado atrás dele com a cadeira de rodas, e eu o ajudei a sentar. Jeff estava radiante.

— As meninas podem me levar para dar uma volta no hospital, mãe? — ele perguntou.

— É claro. Comporte-se — a mãe respondeu, apontando o dedo para ele como se soubesse em que tipo de confusão Jeff podia se meter.

Ele sorriu com ar inocente.

— Eu sempre me comporto, mãe.

39

— Muito bem. Autumn, senta no meu colo. Lisa, empurra a cadeira com toda a força — Jeff falou.

Estávamos do lado de fora do hospital. Havia parado de nevar, e tínhamos levado Jeff e sua cadeira por uma alameda lateral até um parque dentro da propriedade do hospital. Ele havia decidido que a alameda era suficientemente larga e tinha a inclinação ideal para funcionar como uma perfeita rampa de velocidade.

Apontei os balanços no playground.

— Não prefere tentar aquilo ali? Foi construído especialmente para cadeiras de rodas.

— Está com medo, Autumn.

— Na verdade, estou. Aquele poste lá embaixo parece um lugar bem doído para eu bater a cabeça.

Ele posicionou a cadeira de rodas.

— Eu vou descer com ou sem você, então acho melhor me proteger.

— Com o meu corpo?

— Não vou deixar você se machucar.

Tinha tanta coisa errada nesse cenário que sentar no colo de um paciente em recuperação era a menor de todas. Lisa ficou quieta durante toda a nossa conversa, e, quando olhei para ela, tive a impressão de que ela havia sentido meu desconforto.

— Eu vou primeiro para ver se é seguro — ela disse.

— Não. Eu e a Autumn primeiro.

Lisa arregalou os olhos para mim, como se me dissesse para recusar a ideia.

Abri a boca para dizer "não", mas cometi o erro de olhar para o rosto esperançoso de Jeff e respondi:

— Legal.

Jeff bateu com as duas mãos no colo.

Apoiei uma das mãos no braço da cadeira.

— Tenho medo de te machucar. Suas pernas estão doendo?

— Não. Eu não sofri nenhuma lesão nas pernas. Você não vai me machucar.

Respirei fundo e sentei no colo dele.

— Ai. — Jeff puxou o ar por entre os dentes.

Tentei levantar depressa, mas ele segurou meu pulso e riu.

— É brincadeira — disse. — Senta.

Meu coração estava na garganta, e fazia tanto tempo que eu não participava de uma das "aventuras" do Jeff que tinha me esquecido de que era assim que sempre me sentia diante delas: à beira do pânico.

Mesmo assim, sentei no colo dele, passei um braço sobre seus ombros e estiquei o outro para trás, meio desajeitada, segurando o braço da cadeira. Gotas de suor se formavam sobre meu lábio superior enquanto eu imaginava que desceríamos a alameda em alta velocidade, e que Jeff acabaria machucado de novo. A mãe dele ia me matar.

Ele inclinou o corpo para baixo e para a direita, soltando a trava da cadeira.

— Vai, Lisa, empurra com força.

Ela segurou as manoplas e olhou para mim por um longo instante, como se perguntasse se eu queria mesmo continuar com aquilo. Fechei os olhos e concordei. Senti a cadeira saltar para a frente. Depois abri os olhos para poder ver se teria que pular dali em algum momento.

— Você morreu para mim — resmunguei para o Jeff.

Ele só enlaçou minha cintura e riu.

Quando começamos a ganhar velocidade, a risada de Jeff se transformou em uma gargalhada nervosa. Isso colaborou para minha imaginação, já bem ativa, saber como isso ia acabar. Um segundo depois, chegamos à parte plana da alameda e passamos por cima de uma saliência que fez a cadeira pular. Quando ela aterrissou, minha cabeça e a de Jeff se chocaram. A cadeira finalmente parou quando as rodas encontraram o gramado ao lado da alameda.

— Você está bem? — perguntei, pulando do colo dele e examinando a região de sua cabeça atingida pela minha.

— Estou. Minha cabeça é dura.

Minha têmpora latejava, mas resisti ao impulso de levantar a mão para massageá-la. Só me restava torcer para não ter um hematoma. Devo ter disfarçado bem, porque ele não perguntou se eu estava machucada.

Lisa correu em nossa direção.

— Tudo bem? — ela perguntou. Achei que estava olhando para Jeff, mas era para mim que ela perguntava.

— Tudo bem.

Jeff levantou as mãos.

— Empurra a cadeira de volta lá para cima. Agora é sua vez, Lisa.

— Acho que não é uma boa ideia. — Ele havia acabado de bater a cabeça, não devia correr esse risco.

— Vai estragar a brincadeira — ele disse.

Tentei lembrar se alguém já tinha falado "não" para as loucuras do Jeff antes do acidente. Ele estava sempre sugerindo aventuras malucas e nós sempre o acompanhávamos, inclusive minha ansiedade.

— Eu te empurro na balança — sugeri de novo.

— Depois de eu descer de novo com a Lisa.

E tudo aconteceu exatamente como ele queria. Primeiro a descida pela alameda enquanto eu ficava lá em cima, preocupada com sua segurança, depois a balança especialmente projetada para cadeiras de rodas.

Dava para perceber que ele estava cansado, mas demorei mais uns dez minutos para convencê-lo de que devíamos voltar.

— Essa foi a coisa mais divertida que eu fiz nos últimos tempos — ele falou quando o levávamos de volta ao quarto. — Não quero que acabe.

— Não é seu último dia de diversão, Jeff — lembrei. — Vai haver muitos outros. Precisa ir com calma.

— Sim, mamãe — ele respondeu, esticando o braço para trás e batendo de leve na minha mão.

Eu havia me sentido mãe dele na última hora e não tinha gostado disso. Não gostava de ser a voz da razão, mas alguém precisava ser.

De volta ao quarto, deixamos Jeff com sua mãe de verdade e fomos embora.

Quando cheguei em casa, minha mãe esperava por mim no meu quarto.

— Oi, o que aconteceu? — perguntei.

Ela inclinou a cabeça para examinar um lado da minha testa.

— O que é isso?

— O quê? — Toquei a região e senti um inchaço onde minha cabeça tinha se chocado com a de Jeff. — Ah. Brincadeira com cadeira de rodas nunca dá certo. Cadê o papai e o Owen?

— Foram jogar golfe indoor.

— O Owen está chateado comigo? Não passei muito tempo com ele esta semana.

— Ele vai superar. E *você*, Autumn, como está?

— Bem. — Achei melhor ser sincera, ciente de que não podia esconder nada dela. — Só um pouco estressada ultimamente.

— Ah, eu sabia. Talvez seja hora de dar um tempo. Tirar alguns dias de folga do hospital, do colégio e dos amigos. Ficar em casa e relaxar.

A ideia era ótima, mas eu tinha certeza de que não era suficiente para me deixar despreocupada.

— Está tomando o remédio?

— Estou. — Eu não conseguia nem imaginar como tudo seria pior se não o estivesse tomando. — Acho que é só uma fase e espero que tudo volte ao normal quando o Jeff sair do hospital.

— Está questionando o que sente por ele?

— Estou questionando tudo.

— Não tem nada de errado em pensar sobre as coisas. Mas é importante tomar a decisão certa para você.

— Ele está no hospital.

Minha mãe sorriu.

— Eu sei. E isso faz você se sentir culpada. De qualquer maneira, tem que viver a *sua* vida, não a dele.

— Eu sei. Obrigada, mãe.

Desamarrei os sapatos e os estava tirando dos pés quando ela se dirigiu à porta.

— Ah, mãe. Você viu um livro? *Hamlet*? Deixei na cozinha antes de ontem.

— Acho que ainda está lá.

— Obrigada. — Chutei os sapatos para dentro do closet e fui à cozinha para pegá-lo. Quase que por hábito, folheei o livro procurando a carta. Não estava lá. Virei as páginas novamente e não encontrei nada.

— Mãe! — Isso não era bom. Olhei em cima dos armários. Tinha uma pilha de correspondência ao lado do telefone e olhei todos os envelopes, mas não encontrei nada. Olhei o chão embaixo dos armários, até puxei a lata de lixo para olhar dentro dela.

Minha mãe entrou na cozinha.

— O que está fazendo?

— Tinha uma carta. Não estou encontrando.

— Calma, vamos achar. Como ela é?

— É uma carta. Um envelope branco e comprido com letras escritas nele. — Toquei os restos viscosos de macarrão com queijo. Balancei a mão e virei para a pia para lavá-la com sabão. Precisava de um saco vazio para transferir o lixo. Fui até a despensa.

236

— Tinha selo?

Parei, virei lentamente e vi o rosto preocupado de minha mãe.

— Tinha. Por quê?

— Pensei que estivesse procurando uma carta. Uma folha de papel escrita.

— Não. Você viu o envelope?

— Eu... mandei pelo correio.

— Você *o quê?*

— Estava aí em cima do balcão, endereçada e pronta para ser enviada. Pensei que algum amigo do Owen ou seu precisava enviá-la.

— Não, estava dentro do livro.

Ela franziu a testa.

— Não, não estava no livro. Estava em cima do balcão.

Devia ter escorregado das páginas.

— Ah, não. Ele vai me matar.

— Quem vai te matar?

— Quando mandou a carta? Ontem?

— Sim.

— Era para Salt Lake. Acha que já chegou?

— Provavelmente.

— Droga. Droga, droga, droga. — Pensei em uma coisa que me animou. — Eu tenho o endereço dela. No meu celular. Salvei no celular. — Corri para o quarto e calcei os sapatos de novo. — Preciso ir falar com ela.

— Falar com quem? — minha mãe perguntou da porta.

— Com a mãe dele. Preciso ir falar com ela. Talvez ela me devolva a carta. Vou dar um jeito nisso.

— Autumn, acho que não devia sair nesse estado.

— Mãe, por favor. Se eu não for, vou pirar. Tipo surtar, mesmo. Pode confiar em mim? Preciso fazer uma coisa.

— Mostra as mãos.

237

Estendi as duas para a frente. Estavam firmes, o que era surpreendente.

Ela assentiu.

— Liga para mim quando estiver voltando para casa.

— Combinado. Obrigada! — Beijei seu rosto e corri para a porta.

O prédio ficava em uma área assustadora de Salt Lake. Ainda bem que minha mãe não sabia exatamente aonde eu ia, porque ela nunca teria permitido. Outra coisa boa é que ainda era começo de tarde, o que tornava o lugar menos assustador do que poderia ser sem a luz do sol.

Passei pelas portas de vidro e subi uma escada larga. O elevador parecia funcional, na melhor das hipóteses, por isso continuei subindo a escada até o quarto andar. O corredor tinha cheiro de mofo e canela, e eu senti ânsia. Passei por cima de um vaso tombado e da terra caída no carpete mais ou menos no meio do corredor. Quando parei diante da porta do apartamento dela, limpei as mãos suadas na calça jeans e bati.

A mulher que abriu a porta tinha cabelos grisalhos e os olhos de Dax. *Por favor, que corra tudo bem,* pensei.

— Oi — falei.

— Posso ajudar?

Olhei por cima do ombro dela para dentro do apartamento. Talvez visse uma pilha de cartas em algum lugar. Não vi. Tudo que via era um apartamento pequeno. Havia um sofá com uma manta de tricô pendurada no encosto. Uma estante com livros enfileirados e em ordem. Uma cozinha com balcões limpos e uma chaleira sobre o fogão. Tudo em seu lugar. Eu não sabia o que esperava, mas não era isso. Não uma mulher de olhos lúcidos e aparência saudável em um apartamento arrumadinho.

— Hum. Já recebeu sua correspondência hoje?

Ela reagiu, assustada, e eu soube que a resposta era "sim". E compreendi que ela sabia que eu estava ali por causa da carta.

— Minha mãe mandou aquela carta para você por acidente. Ele não está preparado para nenhum tipo de resposta agora, entendeu?

Ela abriu a porta um pouco mais.

— Entra.

Eu entrei. Sentamos juntas no sofá. Eu, desesperada; ela, calma. Como Dax.

— Você conhece o meu filho — ela deduziu.

— Conheço. Ele deixou um livro na minha casa com essa carta entre as páginas. E nem imagina que ela está com você agora.

Ela sorriu com tristeza.

— Bom demais para ser verdade.

— Você ia responder?

— É claro que sim. Já comecei. — E pegou um papel de cima da mesinha ao lado do sofá, um móvel que eu não tinha conseguido ver da porta. Depois puxou o envelope de Dax que estava embaixo da carta. Um canto estava rasgado onde ela o tinha aberto. Ela deslizou um dedo pelo endereço do remetente.

— Eu não sabia onde ele estava.

— Não está mais aí. Hoje ele mora em outro lugar.

Ela assentiu.

— Como ele está?

— Ele é... — Meu coração bateu mais forte algumas vezes. — Incrível. Seu filho é incrível.

Ela me encarou.

— Você é namorada dele. Não tinha pensado nisso.

— Não, não sou. O Dax não... — *Ele não assume compromissos,* era isso que eu ia dizer, mas mudei de ideia. — Não quer.

— Sinto muito.

Ela sabia que eu queria alguma coisa com Dax, é claro. E eu queria, percebi enquanto estava ali sentada, desesperada para recuperar a carta escrita por ele, desesperada para resolver essa confusão. Finalmente descobri o que queria, algo ao mesmo tempo doce e amargo.

— O que quer de mim, então...?

Ela ficou esperando eu dizer meu nome.

— Autumn — falei.

— Autumn. O que posso fazer?

— Não mandar a carta que está escrevendo. Ainda não, pelo menos. Pode me dar uma semana para contar a ele o que aconteceu?

— É claro. — Ela sorriu, e vi que Dax havia herdado seu sorriso também. — Mas depois posso mandar, não posso? Eu mudei muito, queria que ele visse. Além do mais, ele coloca questões importantes na carta. Perguntas para as quais ele precisa de respostas, mesmo que não queira nenhum tipo de relacionamento comigo.

— Sim. Pode mandar a carta para ele em uma semana.

Ela pegou a caneta em cima da mesinha e me entregou.

— Pode escrever o endereço para onde devo mandar?

Fiquei sem reação por um instante. Talvez devesse deixá-la mandar a carta para o endereço no envelope. Ela seria enviada para ele, de algum jeito. Mas isso seria adiar o inevitável. De uma maneira ou de outra, teria que contar a ele o que fiz quando devolvesse o livro sem a carta. Assim, com a carta dela em mãos, ele veria que a mãe tinha mudado. Essa mulher não era a mesma que havia desistido de Dax. E, com aquela tatuagem no braço, ele jamais teria mandado a carta por conta própria. As coisas acontecem por um motivo. Talvez o motivo fosse esse. Talvez tudo isso o ajudasse com os problemas de comprometimento. Comigo.

Peguei a caneta e o envelope.

— Por que não o procurou durante todos esses anos?

241

— Eu não merecia. Fiquei esperando por ele. Autumn, ainda lembro o dia em que a polícia apareceu na minha casa para tirá-lo de mim. Um policial pegou minhas drogas, o outro, meu filho. Sabe em qual deles eu avancei? Eu não tinha o direito de procurá-lo. Mas agora sei que ele queria que eu o procurasse. Que também esteve pensando em mim.

Minha garganta ficou apertada com a história, me fez lembrar o que ela havia feito, a quem eu entregava minha lealdade. Devolvi a caneta e o envelope.

— Não sei o endereço dele de cor.

Ela percebeu que eu não estava sendo sincera. E mostrou a carta.

— Ele também fez perguntas sobre o pai. Precisa saber.

Assenti.

— Eu mando o endereço depois que conversar com ele. — Ou, melhor ainda, deixaria Dax vir procurá-la. Tinha uma semana para contar a ele o que havia feito, e só me restava torcer para ele reagir bem e querer ler a carta da mãe. — Você tem telefone?

Ela assentiu e anotou o número em um pedaço de papel.

Guardei o número no bolso e sorri.

— Foi um prazer conhecê-la.

— O prazer foi meu, Autumn.

— *E aí ela disse: "Owen, você é o cara mais lindo, inteligente* e divertido de todo o universo".

Levantei os olhos do cardápio da lanchonete preferida de Owen. Bom, talvez eu estivesse olhando *além* do cardápio.

— Ela disse isso?

Meu irmão jogou a embalagem do canudo em mim.

— Esperei a semana inteira e você ainda não está comigo de verdade.

— Desculpa. Desculpa. Mas você entende? — falei, revelando na expressão que estava difícil para mim.

— Não.

— Bom, é assim. É uma bomba-relógio fazendo tique-taque. Marcando os segundos, fazendo a contagem regressiva para o momento em que vou entregar o livro do Dax sem a carta dentro.

— E quando vai ser?

— Nunca? Será que posso não contar nada para ele, nunca?

— Quanto antes você contar, menos ansiosa vai ficar com isso.

Contei para o meu irmão o que havia acontecido. Principalmente porque a minha mãe tinha falado para ele e para o meu pai sobre a carta, e os dois queriam uma explicação quando voltei para casa. Agora, um dia depois, eu ainda não tinha conseguido superar o medo de contar para Dax o que havia feito.

— Eu sei.

— Quer que eu te leve até a casa dele?

— Não. — Bati no cardápio que estava segurando. — Não, você vai embora hoje à noite. Eu tenho tempo para conversar com ele. Termina a sua história. Essa garota de quem estava falando, ela é bem esperta, se disse todas essas coisas sobre o meu irmão. Aprovada.

— Ela não disse, mas eu vi tudo nos olhos dela.

Dei risada.

— Aposto que viu.

— E sei que ela é perfeita para mim — acrescentou de um jeito dramático.

Queria rir de novo, mas me contive.

— Sabe mesmo? Simples assim?

— Bem, não desse jeito, mas quase isso. O amor não deve ser fácil?

— Você a ama?

— Não, estou falando de se apaixonar. Não devia ser fácil?

— Sim. Com certeza.

— Exatamente. Não é uma coisa muito racional. Se é de verdade, a gente sabe.

Sorri e fechei o cardápio, olhando em volta para localizar o garçom.

— Agora você virou especialista em amor?

— Sempre fui, Autumn.

Não que eu duvidasse do que havia percebido quando estava na casa da mãe de Dax. Eu sabia que gostava dele. Só queria que Owen o tivesse conhecido. Queria uma segunda opinião. Todos os outros estavam do lado do Jeff.

Lembrei de Dax segurando meu rosto no parque e dizendo "descubra o que você quer". Os olhos dele tão intensos olhando dentro dos meus. Eu não precisava de outras pessoas para me dizer o que eu já sabia.

— Eu sei o que eu quero — falei em voz alta.

Owen ergueu os olhos do cardápio.

— Ah, é?

— Eu gosto dele. Muito.

— Do Dax?

— Sim.

— E não se importa com a reação dos seus amigos a essa escolha?

— Não.

Ele sorriu.

— Bom para você.

— Aconteça o que acontecer com o Dax, o Jeff não é o cara certo para mim. Passei tanto tempo querendo que fosse que ignorei o que ele me fazia sentir quando estávamos juntos. Sempre tensa, preocupada com o que ele ia fazer ou dizer... Só percebi a diferença quando conheci alguém que me ajuda a relaxar. — Agora só precisava ter certeza de que não havia estragado tudo. E precisava contar para ele o que eu sentia. Isso também não seria fácil, convencer o garoto que não queria compromisso de que poderíamos ser diferentes. Torci a pulseira cor-de-rosa em meu braço. Mas eu precisava tentar.

244

Na segunda-feira, quando peguei o Hamlet de cima do meu criado-mudo, pensei pela milésima vez em como seria o dia de hoje. O espelho de corpo inteiro atrás da porta do quarto mostrava como eu estava nervosa com o que faria em breve. Devolveria o livro a Dax sem a carta dentro dele. Seria assim que eu começaria a conversa. Talvez o levasse à estufa outra vez. Quem ia ligar se perdêssemos a primeira aula? Íamos conversar sobre a carta. Depois eu diria que gostava dele.

Endireitei o suéter verde, um dos meus preferidos, e ajeitei uma das minhas ondas soltas. Sim, hoje tinha caprichado mais no visual. Não tinha nada de errado em tentar distrair o cara enquanto dava uma notícia chocante.

Mas Dax não estava perto dos ônibus, onde eu normalmente o via de manhã. Olhei os corredores da escola e também não o encontrei. Virei uma esquina, pensando em ir dar uma olhada na sala onde ele teria a primeira aula, e dei de cara com Dallin.

— Autumn — ele falou, sério.

— Sim, Dallin?

— Hoje é o seu dia de ir ao hospital. Ainda pretende ir, não é?

— Na verdade, hoje vai ser complicado. Sabe se alguém quer trocar?

— Sério? Está saindo com alguém? — Ele me olhou com a mesma cara arrogante que fez no hospital, quando me viu com Dax.

245

— Não, é que... — Era exatamente isso que eu planejava fazer. — Deixa para lá, eu vou. — Precisava conversar com o Jeff também. Podia falar com ele primeiro.

— Não, se é boa demais para ter um dia determinado de visita, posso colocar alguém no seu lugar.

— Dallin. Para com isso, tudo bem? Eu vou.

Ele levantou as mãos num gesto de rendição.

— Que bom. Porque, apesar de tudo, o Jeff parece que gosta de você.

— Você é bem babaca, sabia?

— Só quando acho que alguém está sacaneando o meu amigo.

Eu queria discutir, mas estava me preparando para *sacanear* o amigo dele, e isso me contorceu de culpa. Precisei lembrar que tinha de viver a minha vida, não a de outra pessoa. Conversaria com Jeff hoje.

Jeff e os pais jogavam um jogo de tabuleiro quando entrei no quarto. Pela cara dele, percebi que Jeff só estava jogando para agradar aos dois. A bandeja suspensa sobre a cama era pequena demais para o Jogo da Vida, mas eles se ajeitavam como podiam.

— Autumn! — Jeff falou, e o carrinho com a pessoinha de pino caiu no colo dele.

— Oi.

— Vem jogar com a gente. — Ele colocou no tabuleiro um carrinho verde com um pino cor-de-rosa. Puxei uma cadeira, e o pai dele me deu um maço de notas falsas e um cartão de profissão. "Professora", dizia. Quarenta e sete mil dólares de salário. A estrutura do jogo acalmava um pouco meu nervosismo, e em pouco tempo eu estava rindo com Jeff.

— Quero mudar de profissão — ele anunciou dez minutos mais tarde, quando chegou à casa apropriada.

— Mas você é cirurgião, seu salário é o mais alto do jogo — comentei.

— Minhas decisões não se baseiam em salário, Autumn. Eu me baseio na satisfação profissional, e estou insatisfeito. Passo muito tempo longe da minha esposa e dos gêmeos. Preciso de uma mudança de vida.

A mãe dele riu.

— A gente deve estar sempre feliz com a escolha profissional. Boa decisão.

— Dá para dizer o mesmo sobre segurança — comentei.

— É verdade — o pai de Jeff concordou.

— Ouviram isso, meus pais? A Autumn é uma interesseira. Se eu não levar muito dinheiro para casa, ela vai ficar infeliz.

— Desculpa, Jeff, mas estou no meu carro com meu marido de pino azul, levando para casa meu salário de professora. Abandonar sua carreira de cirurgião não vai me afetar.

Ele jogou o cartão de cirurgião na minha direção como se lançasse um frisbee.

— Vai te afetar, sim.

— De verdade, o que quer ser quando crescer? — perguntei e percebi que essa era mais uma coisa que eu não sabia sobre ele.

— Ciclista. Quero disputar provas em pistas de terra.

— Sério?

— Não, mas deve ser divertido. Talvez faça isso como lazer.

— E *você*, o que quer ser? — O sr. Matson me perguntou.

— Acho que psicóloga. — Porque era seguro, sólido e nada arriscado. Mas era mais que isso. Minha psicóloga tinha me ajudado tanto durante anos que eu queria ajudar outras pessoas.

— Eu não sabia disso — Jeff interferiu. — Pensei que fosse fazer alguma coisa relacionada à fotografia.

— É, eu...

— Psicologia é uma boa escolha — o pai dele aprovou. — O Jeff precisa decidir.

— Ah, fala sério, eu tenho dezessete anos. Tenho a vida inteira pela frente.

A mãe dele tocou seu braço.

— Sim, é verdade. Temos sorte.

Sentada ali no hospital com a família dele, não consegui deixar de pensar que Jeff teve mesmo muita sorte por ter sobrevivido ao acidente, e que ia ficar bem. Nós dois ficaríamos bem.

Um homem de jaleco branco entrou no quarto.

— Hora da tortura diária — ele anunciou. — Exames de sangue e fisioterapia.

— Mas a minha garota está aqui. Não dá para esperar?

Sua garota? Ele acabou de me chamar de sua garota? Ele não podia ter decidido isso sem falar comigo antes. Não que isso fosse surpresa para mim. Jeff parecia fazer muitas coisas sem pensar.

— Vou te dar meia hora — disse o homem.

— Meia hora. Isso significa que todos os adultos têm que sair do quarto — Jeff anunciou.

A mãe dele sorriu, pegou o tabuleiro e o deixou ao lado do taco de beisebol de Dallin. E dos cartões e desenhos que só agora eu notava. Nunca trouxe nada para ele. Meu estômago começou a se apertar, antecipando o momento de ficar sozinha com Jeff e a conversa que finalmente teríamos que ter.

Os pais dele saíram e fecharam a porta, e eu virei de frente para ele.

— Como vai a fisioterapia?

— Envelheci sessenta anos em duas semanas. Preciso de um andador e uma máscara de oxigênio.

— E a dor? Melhorou?

— Analgésicos uma vez por dia, doutora. Por que está tão séria?

Porque eu não queria enfrentar o que tinha para ralar. Não sabia nem como começar. Talvez não fosse necessário. Talvez ele já tivesse alguma informação.

— Conversou com o Dallin?

— Sim, na sexta-feira. Acho que lembra como fomos idiotas.

— Sim, eu lembro. E não falou mais com ele depois disso?

— Não. Por quê?

Engoli o ar.

— Sabe quem é o Dax? Do colégio?

Ele contraiu o rosto como se estivesse pensando.

— Dax Miller? O drogado?

— Ele não é drogado.

— O que tem ele?

— Bem, ele estava na biblioteca comig...

A porta se abriu e Dallin entrou falando:

— Ouvi dizer que você vai sair daqui na quarta-feira.

Olhei de Jeff para Dallin, e de novo para Jeff.

— Vai para casa na quarta? Não me contou.

— Ia contar agora. Oi, Autumn. Vou para casa na quarta.

— Isso é ótimo. Muito bom, mesmo.

— Concordo.

— Eu também. — Dallin puxou uma cadeira de rodinhas do outro lado do quarto e sentou ao lado de Jeff, na minha frente.

— Então, sexta à noite tem jogo de basquete, mas no sábado vou dar uma festa para você, Jeff Livre. Na minha casa. Você topa?

Jeff sorriu.

— Se o meu nome é o tema da festa, acho melhor topar.

— Não é muito cedo? — perguntei.

— Conhece minha médica, Dallin? Doutora Autumn.

— Ah, que engraçado. Mas é sério.

Ele segurou minha mão.

— Eu sei que é. Vou ficar bem. — E olhou para Dallin. — Ainda tem neve naquela colina no seu quintal? Temos que ir ao ferro-velho antes de sábado.

— Sim e sim.

Eu não ia conseguir conversar com ele hoje. Tinha a sensação de que Dallin estava ali de propósito. Eu havia interrompido seu dia e ele estava me punindo por isso. Tudo bem. Minha conversa com Jeff podia esperar. Talvez até depois da festa de comemoração. Jeff estava vivendo uma semana agitada. Eu não precisava estragá-la.

Dax estava na entrada da garagem de casa quando parei o carro. Um alívio constrangedor invadiu meu corpo. Ele estava ali. Eu precisava dele, e ele estava ali. Então lembrei sobre o que precisava falar primeiro, antes de dizer que ele era incrível. Meus olhos se voltaram para o livro no console do carro. Eu o encaixei entre os bancos e abaixei a janela do meu lado.

— Entra. — Não queria correr o risco de sermos interrompidos por meus pais.

Ele sentou no banco do passageiro e eu saí dirigindo sem destino.

— Fiquei preocupada, achei que podia estar doente. Não te vi no colégio. É muito bom te ver. Tive um dia esquisito. Os últimos dois dias foram muito esquisitos, na verdade. Eu precisava conversar. — Toquei a mão dele, mas Dax não reagiu, não se moveu. Olhava pela janela, e seu olhar era sombrio.

— Não queria que eu entrasse e conhecesse sua família? — ele perguntou.

— Quê? Não, eu queria. Eu quero. Vou adorar te apresentar para eles, mas preciso falar com você.

— Para aqui. — Ele apontou um centro comercial adiante. Entrei no estacionamento e parei na frente do consultório de um dentista.

— Aconteceu alguma coisa? Está tudo bem no abrigo? Com você? — Cheguei mais perto e passei os braços em torno de seus ombros, depois beijei seu rosto. Se ele precisava se distrair com alguma coisa, seria um prazer ajudar. Eu também precisava de um pouco de distração. Ele continuava quieto, imóvel, de braços cruzados.

— Dax? Que foi? — Puxei seus braços de um jeito brincalhão.

— Você esteve com a minha mãe.

— Ah. — *Ah*. Toda essa raiva era de *mim*. Voltei ao meu banco. Quem tinha contado para ele? Eu devia ter contado. Já tinha até planejado a maneira mais leve de fazer isso. — Sim.

— Mandou minha carta para ela?

— Não, não mandei. A minha mãe mandou por acidente. A carta caiu de dentro do livro. Ela a viu em cima do balcão e mandou. Desculpa.

— E você, por acaso, tinha decorado o endereço no envelope?

— Não, eu salvei no celular quando vi porque fiquei curiosa, queria saber onde ela morava. E aí, quando a carta foi enviada... Eu sei que deve parecer inacreditável, mas juro que não foi nada planejado. Foi só um grande acidente.

— Mas você planeja tudo com antecedência. Cria regras para tudo.

— Não, nem tudo.

Ele não olhava para mim. Mantinha os olhos fixos no para-brisa, como se precisasse se concentrar para controlar a raiva.

— Entrar no carro e ir até a casa da minha mãe também foi um acidente?

— Bem, essa parte não. Aí eu já estava só tentando consertar o erro.

— *Esse* foi o erro.

— Eu sei. — Meu peito estava apertado, a respiração ficava difícil. Mas eu não queria usar essas reações como desculpa para não ter essa conversa e tentei me controlar.

252

— Quem te contou?

— Ela.

— A sua mãe? Ela te contou? Ela foi a sua casa?

— Foi. Com a carta na mão e falando sobre a minha nova amiga Autumn.

— Como ela te encontrou?

— Seguindo o rastro do remetente.

— Mas não era isso que ela devia ter feito. Ela me falou que só queria mandar uma carta com coisas importantes que você precisava saber sobre si mesmo. E ia esperar até eu dar notícias. Ela ia esperar eu conversar com você primeiro.

— Ela mente. O tempo todo. Faz qualquer coisa para conseguir o que quer.

— Desculpa, eu só queria consertar as coisas.

— Por quê? — Ele finalmente olhou para mim e eu desejei que desviasse o olhar. Havia muito ódio ali.

— Não sei. Eu queria ajudar. — Uma lágrima transbordou e eu a limpei depressa. — Ela falou que tinha mudado e eu... — *Onde eu estava com a cabeça?*

— Não sou seu projeto secreto de caridade, Autumn.

— Secreto? Você não é nenhum segredo.

— Ah, não?

— Eu... — Não era de propósito. Eu achava que ele não queria ser visto comigo no colégio. — Eu contei para a Lisa sobre você... sobre nós. E para o meu irmão.

— Fica fora dos meus assuntos — ele disse. — Você falou que seria só uma distração. Sem vínculos. Se sente necessidade de tentar consertar a minha vida, já é mais que um vínculo.

Assenti, e mais lágrimas transbordaram.

— Fica tranquilo, você acabou de me curar de qualquer vínculo.

Ele desceu do carro e bateu a porta. Depois se afastou. Eu fiquei ali parada, com o coração doendo tanto que era como se alguém o espremesse entre os dedos. Só fui embora quando acalmei as batidas do coração e derramei todas as lágrimas que tinha para chorar, deixando os sentimentos por Dax escorrerem com elas. Talvez ele tivesse me feito um favor.

11

A troca de mensagens começou na manhã seguinte, quando eu estava na cama, tirando um dia para me restabelecer emocionalmente. Ou para me refazer de um coração partido. De qualquer maneira, eu precisava de um tempo, e minha mãe concordou.

Lisa
Cadê você?

Eu
Não estou bem, vou ficar em casa uns dois dias.

Lisa
Ah, não! Quer que eu te leve uma sopa?

Eu
Não, vou melhorar logo.

Lisa
Tomara que esteja bem no fim de semana, porque vai ser surreal.

Quarta-feira.

Jeff
Saí do hospital hoje! Pode vir me ver? Estou entediado.

> **Eu**
> Parabéns! Não posso ir hoje. Não fui nem no colégio. Talvez eu passe na sua casa amanhã.

Quinta-feira.

> **Lisa**
> Ainda está doente? Se me deixar ir te fazer uma visita, eu uso máscara.

> **Eu**
> Não precisa de máscara. Já estou bem melhor.

> **Lisa**
> Oba! Bem a tempo de ir no jogo de basquete amanhã.

> **Eu**
> Não sei se eu vou.

> **Lisa**
> O Jeff vai estar lá.

> **Eu**
> O Dallin vai fazer a festa para ele no sábado?

> **Lisa**
> Sim

> **Eu**
> Vou tentar ir. Mas acho que não vou no jogo.

> **Lisa**
> Por quê?

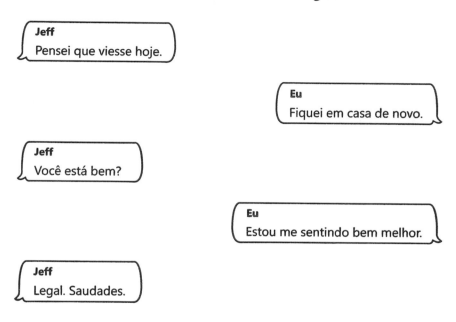

Algumas horas mais tarde, quando estava enrolada no meu edredom assistindo a um filme, recebi outra mensagem.

Engoli o nó na garganta. Também estava com saudade dele. Como sentia saudade de todos os meus amigos. Mas era só isso. Amizade. E eu precisava dizer isso a ele. Talvez esse fosse mais um motivo para eu ter ficado em casa a semana toda. Eu estava fugindo.

Sexta-feira.

— Tem certeza que vai ficar bem aqui sozinha? — minha mãe perguntou. Ela estava toda arrumada, pronta para ir a uma festa do escritório com meu pai.

— Certeza absoluta. Desculpa não ir com vocês. Prometi ao papai que iria quando ele me deixou ir para a cabana.

Minha mãe sorriu.

— Ah, não, isso seria uma tortura para você. Além do mais, você nem foi à cabana. Não está deixando de cumprir nenhuma promessa.

— Isso é verdade.

— Como se sente?

— Melhor. Obrigada por me deixar ficar em casa esta semana.

— Tudo bem. Você precisa se cuidar.

— Eu sei. Por isso vou ficar em casa hoje à noite também em vez de ir ao jogo de basquete. Só de pensar nisso já começo a tremer.

— Não tem nada de errado em não ir. Acho que às vezes você se preocupa demais com o que seus amigos vão pensar se não for a algum lugar e deixa de se preocupar com os seus próprios sentimentos.

— Eu sei. Bem, agora eu sei. Estou cuidando disso.

Dax estava enganado. Eu não precisava contar sobre minhas crises de ansiedade para os meus amigos, só precisava aprender a dizer "não" para eles e cuidar melhor de mim.

Minha mãe tocou meu rosto.

— Te amo, querida. Fica bem.

— Vou ficar.

A campainha soou às 18h45, e pensei em não abrir a porta. Não estava esperando ninguém e não queria falar com um vendedor. Mas a pessoa tocou novamente, e eu suspirei e fui ver quem era. Quando abri a porta, vi um segundo do rosto sorridente de Dallin antes de ele enfiar uma fronha na minha cabeça.

Gritei e tentei tirá-la, mas minhas mãos foram imobilizadas junto ao corpo por algum tipo de corda ou fita adesiva.

— Sua presença está sendo solicitada — ele disse. — Isso é um sequestro.

— Dallin, por favor, não faz isso. Não é legal. — Eu já sentia minha pulsação acelerando, o peito ficando apertado. *É só o Dallin*, disse a mim mesma. *Eu vou ficar bem.* Mas o argumento não aju-

258

dou. Era a fronha na minha cabeça. Eu precisava me livrar dela. Estava me sentindo sufocada, presa, confinada. — Tira isso. Por favor. Não sou um dos seus amigos idiotas. — Eu sabia que ele já tinha feito isso com Zach antes. No cinema. Dallin só estava fazendo o que sempre fazia. Mas eu não conseguia lidar com isso como o Zach.

Dallin me guiou para um carro cujo motor já estava ligado, eu ouvi. Uma porta se abriu e ele me pôs lá dentro. Eu não sabia se os outros garotos, Zach ou Connor, estavam ali.

— Alguém pode tirar a fronha, por favor? Vou passar mal. — Meu estômago doía e eu estava com medo de vomitar.

Ouvi uma risadinha, mas ninguém me ajudou. O carro começou a andar e alguém ligou o rádio. Ninguém tinha posto o cinto de segurança em mim.

— O cinto de segurança — falei.

— Cinto de segurança? — A voz estava bem perto da minha orelha, e outra voz atrás de mim falou a mesma coisa. Ouvi as vozes altas, distorcidas. Mas alguém prendeu meu cinto.

Durante o trajeto, vozes diferentes gritaram coisas idiotas. Coisas como: "Não ultrapassa o sinal vermelho de novo!" e "Aquilo é a polícia?" Eu queria que fosse. Talvez eles fossem parados e tivessem problemas sérios por estarem transportando uma garota com uma fronha na cabeça. Achei que tinha reconhecido a voz de Zach. E a de Dallin, é claro, mas não sabia quem mais estava lá. Podiam ser só os dois. Em algum momento essa coisa ia sair da minha cabeça, então tentei manter a calma.

Depois de uns dez minutos de comentários ridículos, o carro parou. Eu não havia conseguido me controlar. Sentia o suor e as lágrimas molhando meu rosto. Devia ter ranho também. Mas eles ainda não haviam terminado. Um último grito fez meu coração parar. Era a voz de Dallin.

— Ei, olha lá, seu namorado está aqui, Autumn! Não sabia que ele gostava de basquete!

E, pela primeira vez durante toda a viagem, ouvi a voz de Jeff. Ele riu, achando que era uma piada. Não era, havia um erro no comentário de Dallin. Dax não era meu namorado.

— Você está apontando para Dax Miller? — Jeff perguntou.

— Estou, e você devia perguntar para a Autumn sobre ele. Os dois ficaram bem próximos quando você estava no hospital. — Eu queria dar um soco no Dallin. Era compreensível que ele me odiasse por suas diversas razões irritantes, mas será que ele não entendia que estava magoando seu melhor amigo?

O carro parou e alguém me ajudou a descer. Eu me debati até alguém me soltar e tirar a fronha da minha cabeça. Só conseguia pensar em sair dali. Queria sair dali.

— Autumn — Jeff disse, e eu o encarei. Na cadeira de rodas, ele contornou a van da qual devíamos ter acabado de sair. — Calma. Somos nós.

Olhei em volta e vi Lisa e Zach, Connor, Morgan e Avi. Todos olhavam para mim como se eu fosse meio maluca. Limpei o rosto, ainda tentando descobrir para onde podia fugir.

— Você sabia que era a gente, não sabia? — Lisa perguntou.

— Ela me viu e ouviu nossa conversa o tempo todo — Dallin falou. — Não sei por que tanto escândalo.

— Por nada. Não é escândalo. Isso é só o que acontece, de vez em quando, quando a gente tem um transtorno de ansiedade e alguém te amarra e enfia um saco na sua cabeça. Eu tenho transtorno de ansiedade! — gritei com toda a força dos pulmões. — Está feliz, Dallin? Está satisfeito por saber que acabou de ser o gatilho de uma crise?

Como se fossem um só, todos se aproximaram de mim, fechando o círculo.

— Não — falei. — Preciso de espaço. Espaço. — Empurrei Lisa e Avi e passei entre as duas, correndo pelo estacionamento até a estufa, onde me tranquei e tentei pensar em como voltaria para casa.

260

15

Senti o vento antes de perceber que alguém tinha aberto a porta. Passei os últimos quinze minutos encolhida no chão de terra da estufa, analisando meu comportamento aquela noite. Performance épica. Eu, com cara de louca e descontrolada, gritando sobre ataques de pânico, enquanto meus amigos tentavam entender como a brincadeira que fizeram havia provocado uma reação tão exagerada. O tempo todo eu soube que minha reação era exagerada, mas não era algo que eu pudesse impedir. E agora, depois da crise, depois que o corpo acalmou e as lágrimas secaram, eu percebia isso com uma clareza ainda maior. Queria saber quem mais tinha me visto no estacionamento, cercada por meus amigos como uma gata selvagem que eles tentavam domar. Alguém havia dito que Dax estava lá. Ele já havia entrado no ginásio quando tudo aconteceu? Eu não me importava. Não ia pensar em Dax. Até agora, quando a porta se abriu e, por um momento de pavor, pensei que pudesse ser ele.

Mas não era. Era Jeff. Ele estava em pé, a cadeira de rodas vazia atrás dele. Uma lâmpada do lado de fora da estufa projetava sua luz no vidro embaçado e criava um halo sinistro sobre as plantas mortas à minha volta.

— Ei — ele disse, andando devagar. Eu não sabia se era por ainda não se sentir seguro sobre as pernas ou se era por mim.

Levantei e bati as mãos na calça para limpá-las.

— Oi.

— Tudo bem?

— Vai ficar.

Ele parou perto de mim e se apoiou na mesa.

— Quer dizer que você tem crises de ansiedade?

— Tenho.

— Por que não contou para a gente?

— Porque eu não queria que vocês me tratassem de um modo diferente.

Ele acenou com a cabeça em direção à porta.

— Então você queria que te tratassem daquele jeito?

Dei risada baixinho.

— Eu acreditava que sim. Mas acho que não.

— Desculpa.

— Não é sua culpa. Eu devia ter contado. Devia ter falado para todo mundo.

Ele tocou meu ombro.

— Passei os últimos quinze minutos te procurando. A Lisa também queria vir. Ela está preocupada com você. — Seus olhos eram mansos e curiosos. — Eu devia ter deixado que ela viesse?

— Não. A gente precisa conversar. — Não dava mais para adiar.

— Sobre Dax Miller?

— O Dax é... Quer dizer, era um bom amigo. Mas eu esperava mais. Eu gosto dele. Mas ele não gosta de mim do mesmo jeito.

— Eu sou a segunda opção, então?

— Não. Jeff, você sabe que gosto de você, mas não desse jeito.

Ele riu, o que me surpreendeu.

— Caramba. Não sou uma opção, pelo visto.

O eterno sorriso estava lá, e eu não sabia se era um disfarce para a dor ou se ele realmente não estava ligando.

— Desculpa — pedi.

— Minha vontade é dar um chilique monstro, porque quero muito que você goste de mim.

— Mas...?

— Mas isso seria ingratidão. Você se doou muito para mim nas últimas semanas. Minha mãe contou que você sempre esteve por perto e que me ajudou demais. Então, mesmo querendo que gostasse de mim como gosta do Dax, vou ser uma pessoa grandiosa, engolir o orgulho e a tristeza, e dizer para serem felizes... depois de te beijar.

— Obr... espera, como é que é?

— Se você deixar, é claro. Passamos meses paquerando, só queria saber se seria tão legal quanto imagino que seria. Eu beijo muito bem.

— Eu... — *Ele estava falando sério?* Mas aquele era o Jeff, e não dava para saber ao certo. Gostar dele tornaria minha vida muito mais fácil. — Não quero deixar de ser sua amiga. Isso não tornaria tudo muito esquisito?

— E se eu prometer não ficar estranho depois?

Mais regras. E era como se nenhuma delas vingasse. Eu sabia que não devia isso ao Jeff, mas talvez devesse a mim mesma. Para nunca ter que olhar para trás e imaginar como teria sido, se eu tivesse ficado com ele.

Ele fechou os olhos e eu me aproximei, mas parei. Não era isso que eu queria. Estava fazendo de novo, tentando fazer outra pessoa feliz. Estávamos tão próximos que tive que pôr um dedo sobre sua boca para impedir o beijo.

— Não posso — murmurei. — Não quero.

Ele apoiou a testa na minha.

— Eu tentei.

Eu me afastei dele.

Jeff olhou por cima do meu ombro, para alguma coisa atrás de mim. Eu virei para olhar, mas só vi a porta aberta e a cadeira de rodas vazia.

— Que foi? — perguntei.

263

— É... — Ele balançou a cabeça. — Nada. Não foi nada.

— Desculpa, até agora eu não sabia o que queria. Passei meses te enrolando — falei, lembrando o que Dallin tinha me dito.

— Enrolando? Não. Acho que nós dois estávamos nos testando, descobrindo o que sentíamos. Você só foi na direção contrária à minha.

Olhei para ele parado na minha frente, tão alto, forte e estável.

— Fico feliz por você ter melhorado, Jeff.

— Eu também.

— Amigos?

— É claro. Acha que o pessoal topa sair do jogo mais cedo com a gente para ir tomar um milk-shake?

— Acho que o pessoal topa o que você disser.

— Eu também achava, mas você acabou de provar que não é bem assim. — Ele sorriu para mim. — Também posso te levar para casa. Prefere ir para casa?

Pensei nisso, analisei como estava me sentindo. Era como se um peso tivesse sido tirado dos meus ombros e do peito, e eu me sentia melhor do que nos últimos tempos.

— Não, quero ir ao Iceberg.

Uma hora depois, estávamos todos sentados em volta de uma das mesas do Iceberg, tomando milk-shake e comendo fritas. Bati com o copo na mesa para chamar a atenção de todo mundo.

— Desculpa, gente, eu devia ter contado para vocês.

Lisa tocou meu braço.

— É, devia. A gente te ama de qualquer jeito. — Meus amigos falaram a mesma coisa em diferentes versões.

— Obrigada. — Era difícil me lembrar do que eu tinha tanto medo. De ser tratada de maneira diferente? De não ser aceita? Eu é que não me aceitava como era. Era eu quem precisava me sentir mais confortável comigo mesma. Esperava ser capaz disso de agora em diante.

Lisa tossiu para limpar a garganta e sussurrou ao meu lado:

— Olha quem acabou de entrar.

Eu olhei. Era Dax. Eu estava presa no meio do banco atrás da mesa, incapaz de sair. Não que estivesse muito ansiosa para isso.

Dax passou por nossa mesa e seguiu em frente a caminho do caixa.

— Tenho que te contar uma coisa — Jeff também sussurrou, do meu outro lado.

— O quê?

— Ele viu a gente na estufa.

— Quê?

— Quando a gente quase se beijou. De onde estava, ele deve ter pensado que o beijo aconteceu. Achei que não falar nada era um jeito de te proteger.

— Proteger?

— Ouvi histórias sobre ele.

— Jeff... — A raiva brotou no meu peito.

— Eu sei, não fica brava. Estou contando agora porque vi como você olhou para ele quando o cara entrou aqui. Isso não é uma paixonite passageira.

Dax pagou a compra que levava em um saquinho de papel pardo e se dirigiu à porta. Eu estava presa, entre duas pessoas à direita e mais duas à esquerda.

— Eu resolvo — Jeff avisou, depois chamou: — Dax!

Dax virou e Jeff acenou, chamando-o à mesa. Ele voltou.

Incapaz de controlar sua natureza debochada, Jeff passou um braço sobre meus ombros e perguntou:

— Estava olhando para a minha namorada?

Dei uma cotovelada em suas costelas e ele riu. Pensei que Dax negaria a acusação, olharia para Jeff com desprezo e iria embora, sentindo que era alvo de alguma piada, mas ele continuou onde estava e encarou Jeff.

— É. Estava.

Isso chamou a atenção de todos, inclusive a minha. Mas eu não me sentia muito caridosa com Dax, depois da nossa última interação.

— Bom saber que está melhor — Dax continuou olhando para Jeff. Depois olhou para mim. — Que bom que tudo voltou ao normal.

Eu não devia nenhuma explicação ao Dax, principalmente depois da maneira como ele havia me tratado. Duas semanas atrás eu teria me sentido tentada a explicar tudo, para garantir que ele continuasse gostando de mim.

Mas, em vez de responder ao comentário dele, eu simplesmente disse:

— Ainda está usando a pulseira. — Eu tinha tirado a minha depois da nossa briga no carro.

Ele olhou para o meu pulso.

— Ela me faz lembrar de um relacionamento que não quero perder.

Meu coração deu um pulo.

— Você mesmo disse que era uma pessoa sem vínculos. Sem compromissos.

Ele acenou para mim com a cabeça, depois balançou a mão para os outros.

— A gente se vê.

— Não vai atrás dele? — Lisa perguntou quando Dax passou pela porta.

Olhei para os meus amigos, os que não sabiam da minha história com Dax. Aqueles que tinham a confusão estampada no rosto. Não sabia se queria ir atrás dele. Sabia que meu coração batia acelerado. Sabia que gostava dele. Mas a ideia de deixar Dax se aproximar de novo me assustava.

— Se você não for, eu vou — Jeff avisou. — Aquilo foi demais.

Dei risada.

— Dá licença. — Eu precisava pelo menos ouvir o que ele tinha para dizer. Empurrei Lisa e Avi, ao lado dela. As duas demoraram para se mexer, e eu passei por cima da mesa.

— Sério? — Dallin perguntou, tirando o milk-shake e as fritas do meu caminho para não acabar com tudo no colo.

— Sabe o que você faz com a sua opinião? — Nesse momento, eu não queria saber o que ele pensava. Jeff riu atrás de mim.

Demorei demais para sair. A calçada estava vazia. Olhei para um lado e para o outro, torcendo para ver um ponto de ônibus. Não vi nenhum. Dax havia sumido. Virei e corri até o fim do prédio, na esquina, e espiei do outro lado. Dax estava lá, apoiado na parede.

Perdi o fôlego por um instante e parei antes de alcançá-lo, perto, mas longe do alcance de suas mãos.

— Oi — falei.

— Oi. Valeu por ter saído.

Assenti e esfreguei os braços arrepiados de frio. Ele tirou a jaqueta e me deu.

— Não precisa. — Não sabia nem quanto tempo ia ficar ali fora. Não precisava me embrulhar em seu cheiro enquanto tentava raciocinar com clareza.

Ele não vestiu a jaqueta, só a segurou.

— Fui ao jogo esperando te ver, mas não foi uma boa hora. Sabia que você e seus amigos normalmente vêm para cá depois do jogo, então decidi vir, porque precisava falar com você. Eu estou... — Ele levantou a cabeça e olhou para mim. — Estou muito mal por ter te tratado daquele jeito no outro dia. Desculpa. Você não merecia. Sei que sua intenção foi boa. Queria poder dizer que me comportei daquele jeito por causa do choque de encontrar minha mãe ou porque estava com medo do que sentia por você, mas isso não é desculpa.

— Obrigada. — Queria que ele chegasse mais perto, que tomasse a iniciativa, porque eu não conseguia. Ele tinha me magoado, e agora era eu quem mantinha a guarda alta.

— Eu não devia ter te beijado.

— Quê?

— Você me avisou o que aconteceria se a gente se beijasse, e eu não quis ouvir.

Ri com ironia.

Ele sorriu. Era um sorriso triste, não aquele a que eu havia me habituado, mas ainda tocava meu coração.

— Não, isso é mentira. Eu me apeguei a você antes mesmo do beijo. O Jeff é um cara legal e um FDP sortudo.

Dessa vez gargalhei e cobri a boca com a mão.

Dax se afastou da parede, e eu soube que ele estava indo embora, agora que havia acabado de falar. Pensei em deixá-lo ir, porque a lembrança daquele dia no carro ainda causava em mim uma dor física.

Mas não podia. Mesmo sabendo que isso podia acabar em sofrimento, que ele podia tornar minha vida assustadora, complicada e imprevisível, sabia que não podia deixá-lo ir embora. Porque sabia que ele também faria minha vida feliz, completa e reconfortante.

— Eu e o Jeff não estamos juntos.

Ele parou, um pé na frente do outro, a jaqueta ainda na mão.

— Não?

— Acontece que eu também não sigo as regras.

— Como assim?

— Eu me apeguei a uma pessoa que dizia que não ia se apegar.

— Espero que esteja falando de mim.

Assenti. Ele voltou, deu três passos para percorrer a distância entre nós e me abraçou. Senti seu coração batendo no meu peito, rápido e forte.

Fechei os olhos e escondi o rosto no espaço entre seu ombro e o pescoço.

Um arrepio percorreu minhas costas, e ele se afastou e pôs a jaqueta sobre meus ombros, depois me puxou para perto outra vez, os lábios a milímetros dos meus.

— Tem certeza que está preparado para isso? — perguntei.

— Isso o quê?

— Compromisso.

Ele sorriu.

— Você faz tudo ficar fácil.

— Tem certeza que quer ir a essa festa? Não precisamos ir — Dax falou.

Na noite seguinte, Dax estava no meu quarto, olhando fotos no meu computador. Ele havia conhecido meus pais mais cedo. Correu tudo bem. Foi mais constrangedor que qualquer outra coisa. Meus pais o adoraram. Na verdade, se jogaram em cima dele. Principalmente por causa do episódio do resgate na biblioteca e do cenário que tinham na cabeça. E eu não ia corrigir essa impressão, porque ele realmente tinha me ajudado na biblioteca. Não conseguia nem imaginar como teria sido minha crise de pânico sem ele lá.

Minha mãe ficou segurando a mão dele e dizendo:

— É muito bom te conhecer. Muito bom.

Meu pai continuou:

— Vocês se conhecem do colégio?

— Sim — confirmei. — Estudamos no mesmo lugar. Mas a gente não se conhecia antes da biblioteca.

— E agora vai sair com minha filha? — Meu pai sorria. — A biblioteca aproximou vocês. — Ele olhou para a frente como se captasse alguma coisa no ar. — "Os livros aproximam as pessoas." Seria um bom slogan para uma biblioteca.

— Acho que não foi o primeiro a pensar nesse, pai.

Ele sorriu.

— Acho que minha filha está dizendo que não sou tão genial quanto imagino.

Bati de leve no braço dele.

— Não, você é tão genial quanto pensa que é.

— Isso foi um insulto? — ele me perguntou, estreitando os olhos.

— Acho que não — falei.

Ele riu.

— Vamos subir para o meu quarto, vou terminar de me arrumar.

— Quer alguma coisa? — Minha mãe olhava para Dax. — Água, um lanche...?

Pensei que ela ia terminar a frase com "um abraço", por isso segurei a mão de Dax e o levei dali. Ele havia ficado tão quieto durante esse tempo que cheguei a ter medo de que mudasse de ideia sobre querer se apegar a alguém, se o vínculo incluísse pais como os meus.

— Desculpa — pedi.

— Não, eu que tenho que me desculpar. Não lido muito bem com pais. Fiquei sem saber o que dizer. Eles foram muito legais. Eu vou melhorar.

Dei risada e o abracei.

— Você é muito fofo. E se saiu muito bem. Acho que já é o favorito deles. Não tem mais que se esforçar muito.

— Fofo?

Eu o beijei.

— Não gostou do adjetivo?

— Eu sobrevivo.

Sorri e apontei meu pufe em forma de saco gigante.

— Senta. Preciso terminar de me arrumar.

Em vez de sentar, Dax começou a andar pelo quarto e olhar as fotos nas paredes. Algumas eu havia tirado, outras eram de fotógrafos que admirava. Ele parou na frente da cômoda para olhar fotos dos meus amigos comigo. Nas últimas vinte e quatro horas, não pensei em dar uma olhada nelas e guardar as que poderiam incomodá-lo. Como aquela para a qual tinha olhado durante meses, Jeff e eu, ele com os braços sobre meus ombros, eu olhando para ele, em vez de olhar para a câmera. Agora era tarde demais.

Peguei o rímel e me aproximei do espelho de corpo inteiro.

Dax acenou com a cabeça em direção às fotos.

— Você tirou alguma delas?

— Não. Quer dizer, sim, algumas, talvez. Mas essas aí foram feitas com o celular ou os amigos me mandaram por mensagem. Minhas fotos estão no computador.

— Posso ver?

— Quer ver minhas fotos?

— Sim, é claro.

Liguei o computador. Abri a galeria de fotos e entreguei o laptop para ele. Dax sentou-se na cadeira e começou a olhar as fotografias.

Fiquei olhando para ele por um momento de nervosismo, ainda segurando o rímel aberto, e foi então que ele olhou para mim e perguntou:

— Tem certeza que quer ir a essa festa? Não temos que ir.

— Hoje estou me sentindo bem. Acho que vai ser bom.

— Podemos ir caminhar. Tem uma trilha linda e bem sossegada com vista para o vale. Acho que vai gostar de lá.

A ideia era ótima.

— Sim.

— Sim?

— Sim. Vamos amanhã.

Ele assentiu, hesitante, depois olhou novamente para o computador.

— São maravilhosas, Autumn. Essa da teia congelada é incrível.

— Acha que não vou ficar bem na festa?

— Não, não é isso.

Só então entendi.

— Ah! *Você* não quer ir à festa.

Ele riu.

— Já deve ter percebido que não sou muito bom com... bem... gente.

Sorri, joguei o rímel de volta em cima da cômoda e sentei no chão ao lado dele.

— Você é ótimo comigo.

Ele deixou o computador de lado e me puxou para o pufe.

Passei os dedos por seu cabelo.

— Não precisamos ficar muito. É só uma comemoração pelo Jeff ter saído do hospital e estar vivo. Acho importante eu ir. E quero que você vá comigo. Vai conhecer meus amigos oficialmente.

Ele passou os braços em torno da minha cintura e me puxou para perto. Talvez eu não quisesse ir à festa, afinal.

— Tenho uma coisa para você — Dax falou.

— Tem?

Ele mudou de posição e tirou alguma coisa do bolso. Era uma pulseira cor-de-rosa.

Franzi a testa.

— Onde achou isso? Joguei a minha fora.

— Eu imaginei. Fui à biblioteca. — Dax pegou meu braço e amarrou a pulseira nele, depois estendeu o próprio braço. A pulseira que ele sempre tinha usado no pulso direito agora estava no esquerdo, sobre a tatuagem. Ele não falou nada. Nem precisava. Apoiei a testa em seu ombro, com um sorriso no rosto.

O lugar era barulhento e estava cheio, como na última festa que Dallin havia organizado. Disse a mim mesma que a lavanderia estaria disponível, se eu precisasse dela. Isso acalmou meu coração disparado. Sem mencionar a mão de Dax segurando a minha. Eu o levei por entre os grupos, apresentando-o a várias pessoas, inclusive Jeff e Dallin, até encontrar Lisa.

Ela bateu com o quadril no meu.

— Oi, gata. Conseguiu vir. E trouxe seu boy. — Ela sorriu para Dax. — Oi, eu sou a Lisa.

— Oi — disse Dax.

— Já te vi por aí. Mais recentemente, ontem à noite no Iceberg, quando você tentava descolar a minha melhor amiga.

Dax levantou a mão que segurava a minha.

— Acho que consegui.

Ela assentiu.

— Você conquistou o melhor coração do mundo, cuida bem dele.

Olhei para Lisa com ar surpreso. Normalmente, ela não era tão sentimental.

Lisa sustentou meu olhar, depois disse:

— Pode dançar comigo ou prefere ficar aqui, longe da aglomeração?

— Eu adoraria ir dançar com você. — Afaguei a mão de Dax. — Tudo bem?

— É claro.

Lisa me levou para o meio da multidão.

— Não pude conversar com você ontem à noite.

— Eu sei. Essa coisa de se apaixonar ocupa a gente.

Ela riu.

— Que bom que veio. Depois de ontem à noite, fiquei com medo de que se sentisse... não sei...

— Idiota?

— Não, idiota não, mas meio constrangida, sei lá. Fiquei preocupada, achei que podia não querer mais andar com a gente. Desculpa pelo lance do sequestro.

Balancei a cabeça.

— Não, tudo bem. Eu sabia que era brincadeira, mas não consegui convencer meu corpo disso. Às vezes ele não se dá bem com o cérebro, sabe?

— Sinto muito.

Dei de ombros.

— É a vida. Na maior parte do tempo, dá para controlar. Ainda quero viver, certo?

— Eu entendo. Estou feliz por ter vindo.

— Eu também.

Quando a música acabou, ela se inclinou para mim e disse:

— Não quer ir salvar o cara?

Olhei para trás e vi Dax cercado por Jeff, Dallin, Zach e Connor.

— Vou esperar um minuto para ver como ele se vira.

— Ele parece te fazer bem — Lisa comentou. — Você está mais calma, mais confiante... sei lá, vocês combinam.

— É verdade.

— E para ajudar, ele ainda é gato.

Dei risada e olhei de novo para o grupo dos garotos. Jeff, Dallin e os outros riam e falavam animados, trocando soquinhos e empurrões. E Dax estava ali, parado, com um sorrisinho no rosto, só ouvindo, quieto. Então ele olhou para mim, disse alguma coisa para os outros e deixou o grupo, caminhando em minha direção.

Toquei o braço de Lisa.

— Vou dançar com meu namorado.

Ela sorriu.

— E eu vou paquerar por aí.

— Divirta-se.

Dax segurou minha mão, e nós subimos a escada e atravessamos dois cômodos sem falar nada. Eu não sabia se Jeff ou os outros garotos tinham dito alguma coisa ou se algo o incomodava, até que ele abriu a porta da lavanderia, me deu passagem, entrou e fechou a porta.

— Tudo bem? — perguntei.

— Sim, só achei que a gente devia visitar sua parte favorita da casa.

Dei risada e ele me abraçou.

— Quer dançar? — perguntei. A música soava distante, mas ainda era audível.

Ele começou a me balançar de um lado para o outro num ritmo muito mais lento que o da melodia.

— Agora que está comprometido com uma garota, talvez não falte tanto no colégio ou até queira ter um gatinho de estimação — falei.

Senti o rosto colado ao meu se mover quando ele sorriu.

— Um passo de cada vez, Autumn, um passo de cada vez.

Agradecimentos

A todos vocês que convivem com ansiedade, depressão ou outro transtorno, vocês são vistos. Sei que há dias em que sentem que dominaram uma fera e outros em que têm a impressão de que foram dominados por ela. Obrigada por serem quem são e continuarem lutando.

Este é meu sétimo livro! Sétimo? Como isso aconteceu? Vou contar como aconteceu, queridos leitores. Com seu amor e incentivo, vocês me inspiram a continuar escrevendo mais histórias e explorar novos personagens, porque sempre voltam querendo mais. Obrigada! Escrever é o que mais gosto de fazer, e sou muito feliz por poder continuar fazendo isso.

Gostaria de expressar minha enorme gratidão por Erika Hill, da Provo Library, em Utah, que tem recebido a mim e a meus amigos para sessões de autógrafos nos últimos anos. A Provo Library inspirou este livro. É uma biblioteca linda. Agradeço a visita especial quando soube que eu estava escrevendo *Ao seu lado*, porque isso me mostrou que a biblioteca não é só linda, mas também muito legal (as torres do sino arrasam). Tive de fazer alguns ajustes na biblioteca para o propósito da história, mas, de forma geral, tentei me manter fiel ao clima do prédio.

Como sempre, quero agradecer à minha agente, Michelle Wolfson. Você está por perto desde o começo, em todos os altos e baixos desse ofício, e sem você provavelmente eu estaria perdida agora. Ou mais perdida, pelo menos. Você é uma amiga incrível e um grande apoio.

Obrigada, Catherine Wallace, minha editora. Você é muito competente em melhorar meu ponto de vista. Obrigada por acreditar em minhas histórias e fazê-las ganhar vida. E ao restante da minha equipe na Harper, Jennifer Klonsky, Stephanie Hoover, Elizabeth Ward, Tina Cameron, Bess Braswell, Jon Howard, Maya Packard, Michelle Taormina, Alison Klapthor, as meninas da Epic Reads e outros que certamente estou esquecendo, obrigada!

Meu muito obrigada a meu marido, Jared, o primeiro leitor das minhas histórias. Ele é ótimo para me transmitir a confiança de que necessito antes de mandá-las para as pessoas que têm de desmontá-las para que eu possa melhorá-las. Ele não só lê minhas histórias, mas me apoia em tudo que faço. Na verdade, estou escrevendo esta obrigadalogia durante os Jogos Olímpicos no Rio e disse a ele que quero começar a remar. Ele respondeu: "É melhor nos mudarmos para Michigan, então". (Só para constar, eu provavelmente não vou me dedicar ao remo.) Amo você, Jared.

É muito estranho como estou sempre alternando entre a primeira e a terceira pessoa, não é? Você não fica feliz por eu ser melhor escrevendo livros do que agradecimentos? A menos que odeie meus livros. Nesse caso, para você tanto faz, provavelmente.

Este parágrafo também é sobre minha família. Meus filhos são maravilhosos. Sei que outras pessoas pensam que seus filhos são os melhores, mas eu praticamente ganhei na loteria da maternidade (devia ter guardado essa frase para meu próximo livro, que é sobre ganhar na loteria. Alerta de spoiler de "Agradecimentos": o meu próximo livro vai ter a frase da "loteria da maternidade" de novo). Hannah, Autumn, Abby e Donavan, obrigada por sempre me apoiarem e por serem esses garotos tão relaxados que sabem como me fazer rir. Amo muito vocês.

Também tenho amigos escritores incríveis que estão sempre por perto para me ajudar a melhorar uma história, fazer um brainstorming ou ficar acordados até às três da manhã em reuniões, me fazendo rir tanto que acabo chorando. Muito amor para: Candice Kennington, Jenn Johansson, Renee Collins, Natalie Whipple, Michelle Argyle, Sara Raasch, Bree Despain, Jeff Savage, Tyler Jolley, Charlie Pulsipher, Michael Bacera. Eu não devia ter começado a citar nomes. Agora vou deixar de fora alguém incrível e me sentir péssima.

Dito isso, vou citar mais nomes. Afinal, é isso que se faz nesta seção. Começo por amigos que não são escritores e que amo, gente que me mantém com os pés no chão: Stephanie Ryan, Rachel Whiting, Elizabeth Minnick, Claudia Wadsworth, Misti Hamel, Brittney Swift, Mandy Hillman, Emily Freeman e Jamie Lawrence.

Por último, mas não menos importante, minha maravilhosa família estendida. Prontos para mais uma longa lista de nomes de gente que amo muito? Aqui vai: Chris DeWoody, Heather Garza, Jared DeWoody, Spencer DeWoody, Stephanie Ryan, Dave Garza, Rachel DeWoody, Zita Konik, Kevin Ryan, Vance West, Karen West, Eric West, Michelle West, Sharlynn West, Rachel Braithwaite, Brian Braithwaite, Angie Stettler, Jim Stettler, Emily Hill, Rick Hill, e os vinte e cinco filhos que existem por causa de todas essas pessoas.

Impresso no Brasil pelo Sistema Cameron da Divisão Gráfica da
DISTRIBUIDORA RECORD DE SERVIÇOS DE IMPRENSA S.A.